中國古典文學基本叢書

蘇詩補注

第四册

〔宋〕蘇　軾　撰
〔清〕查慎行　補注
范道濟　點校

中　華　書　局

東坡先生編年詩卷二十四

古今體詩五十六首元豐甲子八月自金陵歷真、閏、揚、淮，在泗州度歲作。

次韻荊公四絶〔一〕

其一

青李扶疎禽自來，清真逸少手親裁。深紅淺紫從争發，雪白鵝黄也鬬開。

〔一〕荊公：《宋史·王安石傳》：「安石再相，屢謝病求去，帝益厭之，罷爲鎮南軍節度使、同平章事，判江寧府。明年，改集禧觀使，封舒國公。元豐三年，復拜左僕射、觀文殿大學士，换特進，改封荊。」按，先生自黄移汝，正安石罷相居金陵之時也。

其二

砍竹穿花破緑苔，小詩端爲覓榿栽。細看造物初無物，春到江南花自開。

其　三

騎驢渺渺入荒陂，想見先生未病時。勸我試求三畝宅，從公已覺十年遲。

愼按：《潘子真詩話》謂：「東坡得請歸宜興，道過鍾山，時荆公病方愈，約坡卜居秦淮，故坡詩云：『勸我試求三畝宅。』」云云。按陸務觀《題跋》云：「東坡自黄州歸，見荆公於半山，劇談累日，約卜鄰以老焉。蓋宜興得請，在明年春夏之交，未嘗再過金陵也。」今依施氏本，編自黄移汝時。

其　四

甲第非真有〔一〕，閒花亦偶栽。聊爲清净供，却對道人開。公自注：荆公病後，捨宅作寺。

〔一〕甲第非真有：《臨川集·請捨宅爲寺札子》云：「臣幸遭興運，超拔等夷，顧迫衰殘，縻捐何補。願以臣所居江寧府上元縣園屋爲僧寺，永遠祝延聖壽。如蒙矜許，特賜名額，庶昭隆典。」江少虞《事實類苑》云：「荆公再罷政，到金陵築第於（舊）〔南〕門外七里，去蔣山（六）〔亦〕七里。元豐末，公被疾，奏捨爲寺，賜名報寧院。」《六朝事跡》云：「半山報寧禪寺，荆公故宅也。其地名白塘，舊以地卑，積水爲患。自荆公卜居，乃鑿渠决水，以通城河。元豐七年，請以宅爲寺。」

《熙寧日曆》則云：「王安石奏請以所居爲僧寺，奉旨依所乞，以報本禪寺爲名額。」「報本」與「報寧」互異，《日曆》訛也。

附王介甫原作四首：《臨川集》題云「池上看金沙花數枝過酴醾架盛開」。

酴醾一架最先來，夾水金沙次第栽。濃緑扶疎雲乍起，醉紅撩亂雪争開。

午陰寛占一方苔，映水前年坐看栽。紅蕊似嫌塵染污，青條飛上别枝開。

北山輸緑漲横陂，直塹迴塘灩灩時。細數落花因坐久，緩尋芳草得歸遲。

故作酴醾架，金沙祇漫栽。似矜顔色好，飛度雪前開。

半山亭〔一〕《外集》有「次韻」二字。

登嶺勢巍巍，蓮峰太華齊。凭欄紅日蚤，回首白雲低。松柏月中老，猿猴物外啼。禪師吟絶後，千古指人迷。

〔一〕半山亭：《六朝事跡》：「報寧禪寺，地名白塘，由城東門至蔣山，此半道也。故今亦名半山寺。」《金陵志》：獨龍岡有上、下二定林寺，王荆公卜居於二定林之間，名曰半山。

慎按：此詩施氏原本不載，新刻載《續補》下卷，今據《外集》移編。

張庖民挽辭〔一〕

東晉巾車令〔二〕，西京執戟郎。甘心向山水〔三〕，結髮事文章。故自輕千户，何曾羨一囊。天高鬼神惡，骨朽姓名芳。庾嶺銘旌暗，秦淮舊宅荒。吾詩不用刻，妙語有黄香。公自注：黄魯直爲庖民作《哀詞》。

〔一〕張庖民：字翔父。

〔二〕巾車令：《錦繡萬花谷》：「巾車令，陶潛也。」

〔三〕甘心向山水：《山谷集》中《張翔父墓表》云：「翔父才德，俯仰庸人，不甚出奇見異。其於林泉，心安性服之也。」

次韻葉致遠見贈〔一〕

欲求五畝寄樵蘇，所至一作「到處」遲留一作「留連」似賈胡。信命不須歌去汝，逢人未免歎猶吾。人皆勸我杯中物，我獨憐君屋上烏。一伎文章何足道〔二〕，要知一作「言」摩詰是文殊。末句宋刻作「要言磨却是文殊」。

〔一〕葉致遠：名濤，注詳上卷末。

〔二〕一伎文章：杜甫詩：「文章一小伎，於道未爲尊。」

次韻致遠

長笑右軍稱草聖，不如東野以詩鳴。樂天自愛吟淮月，懷祖無勞聽角聲。

慎按：此詩施氏原本不載，新刻本載《續補》下卷，今因人附編。

次韻杭人裴維甫〔一〕

餘杭門外葉飛秋〔二〕，尚記居人挽去舟。一别臨平山上塔〔三〕，五年雲夢澤南州〔四〕。凄涼楚些緣吾發，邂逅秦淮爲子留。寄謝西湖舊風月，故應時許夢中游。

〔一〕裴維甫：《咸淳臨安志》：仁宗嘉祐四年，劉輝榜進士。

〔二〕餘杭門：吴自牧《夢粱録》：「杭州北城門者三，一曰餘杭門，舊名北關者是也。」《咸淳臨安志》：餘杭門有水、陸二門。

〔三〕臨平山：《咸淳臨安志》：「臨平山去仁和縣五十四里。周圍十八里，上有塔，下有藕花洲，即鼎湖也。」

〔四〕雲夢澤南州：杜牧《齊安》詩：「平生睡足處，雲夢澤南州。」

慎按：施氏原注：「東坡倅杭官滿，以九月離錢塘，故云『餘杭門外葉飛秋』，在黄五年，至是復與維甫邂逅於秣陵也。」新刻本删去，今補録。

次韻段縫見贈〔一〕

季子東周負郭田，須知力穡是家傳。細思種薤五十本〔二〕，大勝取禾三百廛。若得與君連北巷，故應終老忘西川〔三〕。短衣匹馬非吾事，只擬關門不問天。

〔一〕段縫：字約之。按，施氏原注：「約之居金陵，與王介甫遊，而意不相與。知興國軍，嘗論免役法不便。元豐初，吴冲卿爲相，頗進熙寧異議之人，除知秦州。蔡確言其無才能，止以曾詆毁新政，故膺獎任。詔與合入差遣，乃俾通判閬州。縫避遠，求分司，遂以本官致仕。元祐二年春，左司諫王覿薦之，詔縫致仕，與管勾宫觀，秩爲朝散大夫。」此段新刻删去，今補録。

〔二〕種薤五十本：《藝苑雌黄》：「《前漢書·龔遂傳》有『令民種一百薤、五十本葱』之説，坡詩誤以一百本爲五十本矣。」

〔三〕西川：《全蜀藝文志》：唐貞觀初，置劍南道爲西川，至貞元，增置東川府於梓州。北宋分西川爲東、西兩路，夔爲川東，益爲川西。

題孫思邈真〔一〕

先生一去五百載，猶在峨眉西崦中。自爲天僊足官府，不應尸解坐蟲蟲。

〔一〕孫思邈：《舊唐書》：「思邈，京兆華原人。周宣帝時，隱居太白山。隋文帝徵爲國子博士，不起。唐高宗召見，賜鄱陽公主邑宅以居焉。學殫術數，自云年九十二，鄉里咸云數百歲人。注《老子》、《莊子》及《千金方》。子行，天授中爲鳳閣侍郎。」

戲作鮰魚一本作「洄魚」一絶〔一〕

粉紅石首仍無骨，雪白河豘不藥人〔二〕。寄語天公與河伯，何妨乞與水精鱗。

〔一〕鮰魚：《釋氏稽古略》：「鍾山寶公以〔翦刀〕〔剪拂〕尺扇挂杖頭，負之行聚落。遇食鱠者，從而求食。啗者遺而薄之，寶公即吐水，皆成活魚。今江中鮰魚是也。」〇慎按，《説文》、《玉篇》均無「鮰」字，《廣韻》、《類篇》止有「鮠」字，《廣韻》注：似鮎。《類篇》注：鯷之小者。惟《本草》云：鮠，今作鮰。

〔二〕河豘：程大昌《演繁露》：河豘當作「河鲀」。嚴有翼《藝苑雌黄》：「鲀，水族之奇味，世傳其能殺人。」

同王勝之〔一〕游蔣山〔二〕

到郡席未一作「不」暖〔三〕，居民空惘然。好山無十里，遺恨恐他年。欲款南朝寺〔四〕，同登北郭船。朱門收畫戟，紺宇出青蓮。公自注：荆公以宅爲寺。夾路蒼髯古〔五〕，迎人翠麓偏。龍腰蟠故國，烏爪寄層顛。竹杪飛華屋，松根泫細泉。峰多巧障日，江遠欲浮天。略彴横秋水，浮圖插暮烟。歸來踏人影，雲細月娟娟。

〔一〕王勝之：《東都事略》：「王益柔，字勝之，少力學，尹洙見其文，曰：『贍而不流，制而不窘，未可量也。』爲人伉直尚氣，喜論天下事。杜衍薦於朝，除集賢校理。蘇舜欽以祠神會客事除名，言者謂益柔作《傲歌》，坐奪職。久之，爲開封推官，歷知制誥，遷龍圖直學士，除秘書監。出知蔡、揚、亳三州，江寧、應天二府。」《宋史》：「王益柔用父曙廕，至殿中丞。熙寧元年，判度支審官院。詔百官轉對，益柔言：『人君之難，莫大於辨邪正。邪正之辨，莫大於置相。』意指王安石也。後以直學士知江寧府。」○按，史傳所載，與施注詳略不一，故並録之。

〔二〕蔣山：《元和郡縣志》：「鍾山在上元縣東北十八里，古金陵山也。」《〔新〕唐書·地理志》：「江南道其名山，衡、廬、茅、蔣。」《景定建康志》：「鍾山一名蔣山。漢末秣陵尉蔣子文逐盜，死事於此。吴大帝爲立廟，封爲蔣侯。」《初學記》載揚雄《潤州箴》所云「蔣廟鍾山，孫陵曲衍」，是也。

〔三〕到郡席不暖：施氏原注：「勝之至江寧，纔一日，移南都。坡在賞心亭作長短句，送之。末云：『公駕飛車凌彩霧。紅鸞驂乘青鸞馭。却訝此洲名白鷺。非吾侣，翩然欲下還飛去。』」此段新刻本删去，今爲補録。

〔四〕南朝寺：杜牧詩：「南朝四百八十寺，多少樓臺煙雨中。」

〔五〕蒼髯：《金陵地紀》：蔣山初少林木，東晉時，令諸州刺史罷還京者，人栽松百株，郡守五十株。宋時，刺史栽三十株，下至郡守各有差。

慎按：《西清詩話》：「元豐中，王文公在金陵。東坡自黄北還，日與公遊，後渡江至儀真，和遊蔣山詩，寄金陵守王勝之。公亟取讀，至『峰多巧障日，江遠欲浮天』，乃抚几嘆曰：『老夫平生作詩，無此二句。』」

附王介甫次韻：

金陵限南北，形勢豈其然？楚役六十里，陳亡三百年。江山空幙府，風月自舼船。主送悲凉岸，妃埋想故蓮。臺傾鳳久去，城踞虎争偏。司馬壖廟域，獨龍層路顛。森疎五願木，蹇淺一人泉。棁杖窮諸嶺，籃輿罷半天。朱門圍緑水，碧瓦第青烟。墨客誰能賦，留詩野竹娟。

至真州再和二首〔一〕

其一

老手王摩詰，窮交孟浩然。論詩曾伴直〔二〕，話舊已忘年。北上難陪驥〔三〕，東行且趁船。離亭花映肉，醉眼路窺蓮。栬轉三山没〔四〕，風回五兩偏。荒祠過瓜步〔五〕，古甃墮松顛。聞道清香閣，新篘白玉泉。莫教門掩夜，坐待月流天。小院檀槽鬧，空庭樺燭烟。公詩便堪唱，爲賦宋刻本作「付」小嬋娟。

〔一〕真州：《隆平集》：「乾德二年，以揚州迎鑾鎮爲建安軍。」《九朝通略》：祥符二年，建安軍鑄玉皇、太祖、太宗像成，陞軍爲真州。《太平寰宇記》：「（真州）〔建安軍〕本揚州白沙鎮，僞吴改爲迎鑾鎮。大江入京口之岸，東至揚州六十里。」

〔二〕孟浩然伴直：《新唐書·孟浩然傳》：「王維（常）私邀入内署，俄而玄宗至，浩然匿牀下。維以實對，帝曰：『（恨）〔聞其人而〕未見也，何懼而匿？』詔浩然出。」

〔三〕北上：時王勝之自江寧移守南都，故云。

〔四〕三山：《金陵志》：三山在江寧府城西南，周圍四里，大江從西來，勢如建瓴，此山當其衝。《輿地志》謂其積石森鬱，濱於大江，有三峰南北相接。謝朓有《晚登三山望京邑》詩，即此矣。

〔五〕荒祠瓜步：王象之〔《輿地紀勝》〕曰：「瓜州（渡），在江都縣南四十里，楊子江之沙磧也。沙漸（長）〔漲〕，其狀如瓜（字）。」《廟記》云：江祠，祀江妃也。以伍員配。阮昇之《記》云：其神亦號江都王。

其二

公顔如雪柏，千載故依然。笑我無根柳，空中不待年。肯留歸闞棹宋刻本作「旆」，坐待逆一作「迎」，去聲風船。特許門傳籥一作「鑰」，那知箭起蓮。相逢月上後，小語坐西偏。流落千帆側〔一〕，追思百尺顛。躬耕懷谷口，水石羡平泉。茅屋歸元亮，霓裳醉樂天。行聞宣室召，歸近御爐烟。未用歌池上，隨宜教李娟。

〔一〕千帆側：劉禹錫詩：「沉舟側畔千帆過。」

次韻答寶覺〔一〕

芒鞵竹杖布行纏，遮莫千山與宋刻本作「更」萬山。從來無脚不解滑，誰信石頭行路難。

〔一〕寶覺：金陵定林寺僧也，與王荆公遊。見周益公《題跋》、《臨川集》中多贈答詩。

眉子石硯歌贈胡誾〔一〕

君不見成都畫手開十眉，横雲却月争新奇。游人指點小顰處，中有漁陽胡馬嘶。又不見王孫青瑣横雙碧，腸斷浮空遠山色。書生性命何足論，坐費千金買消渴。爾來喪亂愁天公，謫向君家書硯中。小窗虚幌相嫵媚，令君曉夢生春紅。毘耶居士談空處〔二〕，結習已空花不住。試教天女爲磨鉛，千偈瀾翻無一語。

〔一〕眉子硯：《苕溪漁隱叢話》：「新安龍尾石，性皆潤澤，可以敵玉。滑膩而能起墨，以之爲硯，故世所珍。石雖多，惟羅紋者、眉子者、刷絲者佳。」高似孫《硯箋》：「羅紋坑在眉子坑東，金星坑在羅紋西北，並南唐李氏發。眉子坑在羅紋坑西，開元中發。眉子石有金花眉、金星眉、對眉、短眉、長眉、簇眉、闊眉、雁（胡）〔湖〕眉、錦蹙眉、菉豆眉等名。」

〔三〕昆耶：《維摩經》：「昆耶離大城中有長者，名維摩詰。」《翻譯名義》：「昆耶離，此云廣博嚴淨，其國寬平，城邑華麗，故名。」

慎按：施氏原注：「此詩墨跡刻石成都，題爲『古眉子石硯歌』。」新刻删去，今補録。

以玉帶施元長老元以衲裙相報次韻二首〔一〕

其一

病骨難堪玉帶圍，鈍根〔二〕仍落箭鋒機〔三〕。欲教乞食歌姬院〔四〕，故與雲山舊衲衣。

〔一〕元長老：《金山志》：了元佛印禪師，字覺老，饒州浮梁林氏子。出家，即遍參圓通訥公，以爲書記。先住江州之承天，繼遷淮之斗方，廬山之開先、歸宗，潤州之金山、焦山，凡四十餘年，縉紳之賢者多與之遊，名動朝野。神宗賜高麗磨衲金鉢，以旌師德。

〔二〕鈍根：《法華經》：「鈍根小智人，着相憍慢者，不能信是（經）〔法〕。」

〔三〕箭鋒機：《傳燈録》：「（神）機〔緣〕交激，若（柱）〔拄〕於箭鋒。」

〔四〕乞食歌姬院：（鄭文寶《南唐近事》）〔周密《癸辛雜識》〕云：「韓熙載相江南，後主即位，頗疑北人。

熙載懼禍，因放蕩不羈。售伎樂數百人，荒湛爲樂。〔以足日膳。〕（所受月俸，）〔鄭文寶《南唐近事》：「韓熙載放曠不羈，所得俸錢，〕即爲諸姬分去。（遂敝）〔乃著衲〕衣負（篋）〔筐〕，（使）〔命〕門生舒雅執（板挽之）〔手版〕，（隨房）〔於諸姬〕乞食，以（足日膳）〔爲笑〕云云。《苕溪漁隱》云：「嘗讀《北夢瑣言》，裴休嘗披毳衲於歌姬院持鉢乞食，自言『不爲俗情所染，可以説法爲人』。」東坡即用此事。江少虞《事實類苑》專引韓事爲此詩注脚，而不及裴，今爲詳考辨正如此。

其二

此帶閱人如傳舍，流傳到我亦悠哉。錦袍錯落差相稱，乞與佯狂老萬回〔一〕。

〔一〕萬回：《高僧傳》：「萬回，法雲公，虢州人。年（當）〔尚〕弱（齡），白痴不語，口自呼萬回，因字焉。兄戍遼陽，母爲設齋祈福，回忽曰：『兄安，極易知耳。』因裹齋餘出門，際晚而歸，執其兄書，云『平善』。自爾聲聞朝野。中宗神龍二年，敕剃度，回一人而已。自高宗末天后時，常召入内道場，賜錦繡衣。」《舊唐書·萬回傳》：咸亨四年，度爲沙門。回幼時致兄書，六千里外，朝往暮歸，因號萬回。與《高僧傳》小異。

次韻滕元發〔一〕許仲塗〔二〕秦少游

二公詩格老彌新，醉後狂吟許野人。坐看青邱〔三〕吞澤芥〔四〕，自慚黄潦薦溪蘋。兩邦旌纛光相照，十畝鋤犂手自親。何似秦郎妙天下，明年獻頌請東巡。

〔一〕滕元發：《宋史》本傳：元發初名甫，字元發，後改字達道，以元發爲名，東陽人。神宗朝言新法之害，『以翰林學士出知定州。貶居筠州，上章自訟，有「樂羊何功，謗書滿篋；即墨何罪，毀言日聞」之語。（帝）〔神宗〕惻然，即以爲湖州。哲宗立，徙蘇州。「

〔二〕許仲塗：《宋史》：「許遵，字仲塗，泗州人。第進士，神宗朝以大理寺請知潤州。」

〔三〕青邱：《海内十洲記》：「長洲一名青邱，在南海辰巳之位，地方五千里，去岸二十五萬里。」

〔四〕澤芥：《藝苑雌黄》：「《子虚賦》中芥蒂，刺鯁也。非草芥之芥。東坡先生詩，『坐看青邱吞澤芥』，又，西湖詩亦有『青邱已吞雲夢芥』之句，皆非也。」

慎按：此詩起句二公屬滕、許，次句野人，先生自謂。以下四句，兩兩分説。時滕知湖州，許知潤州，故云「兩邦旌纛」。先生將乞常州居住，故有「十畝鋤犂」之句。結處方説到少游。章法首尾開合如此。王氏注訛認次句中「許」字作姓，遂謂「許野人」指「仲塗」，一字失解，通篇節節俱礙矣。施氏補注亦未能確證其謬，今駁正。

送金山鄉僧歸蜀開堂〔一〕

撞鐘浮玉山〔二〕，迎我三千指。衆中聞謦欬，未語知鄉里。我非箇中人，何以默識子。振衣忽歸去，隻影千山裏。涪江〔三〕與中泠〔四〕，共此一味水。冰盤薦琥珀，何似糖霜美〔五〕。

〔一〕鄉僧：遂寧僧圖寶也。見《糖霜譜》。

〔二〕浮玉山：《金山志》：客問：「何爲浮玉？」答云：「此出《仙經》，上仙居浮玉山，朝上帝，則山自浮去。」因金、焦俱在水上，故名。

〔三〕涪江：《方輿勝覽》：「涪江自思州上費溪發源，經五十八節灘，至黔州。溉與施州江會，凡五百餘里，與蜀江合於涪州之東。以其出於黔州，又名黔江。」清澈可鑒毛髮。

〔四〕中泠：《水記》云：「劉伯芻以揚子江水爲第一，李秀卿以揚子江南零水爲第七。」《名勝志》：「金山下有泉，曰中泠，亦曰南零。」

〔五〕糖霜：洪邁曰：「自古食蔗，始爲蔗漿。宋玉《招魂》所謂『胹鼈炰羔，有柘漿』是也。孫亮時，交州獻甘蔗餳。《南中八郡志》：『笮甘蔗汁曝成飴，謂之石蜜。』唐太宗遣使至摩揭陀國，取熬糖法，即詔揚州上諸蔗，榨瀋如其劑，色味美於西域。然只是今之沙糖，不言作霜。然則糖霜非古也，歷世詩人亦未言之。惟東坡過金山寺，作詩送遂寧僧圖寶云：『冰盤薦琥珀，何似糖霜美。』黃魯直在戎州，作頌《答梓州雍熙長老寄糖霜》云：『遠寄蔗霜知有味，勝於崔一作「雀」子水晶鹽。』則遂寧糖霜見於文字者，實始二公。甘蔗所在皆植，獨福、唐、四明、番禺、廣漢、遂寧有糖冰，而遂寧爲冠。亦皆起於近世。唐大曆中，有鄒和尚者，始來小溪之繖山，教民以造霜之法。繖山在縣北二十里，山前後爲蔗田者十之四，糖霜户十之三。蔗有四色，曰杜蔗；曰西蔗；曰艻蔗，《本草》所謂荻蔗也；曰紅蔗，《本草》崑崙蔗也。惟杜蔗紫嫩，味極厚，專用作霜。凡霜，一甕中品色亦自不同，堆疊如假山者爲上，團枝次之，甕鑑次之，小顆塊次之，砂脚爲下。紫爲上，深琥珀次之，淺黄又次之，淺白爲下。遂寧王灼作《糖霜譜》七篇，予采之，以廣聞見。」

慎按：前説宋時糖霜色貴紫，與今不同。故公詩云：「金盤薦琥珀，何似糖霜美。」與洪説正合，故詳録之。

送沈逵一作「達」赴廣南〔一〕

嗟我與君皆丙子，四十九年窮不死。君隨幕府戰西羌，夜渡冰河斫雲壘。飛塵漲天箭灑甲，歸對妻孥真夢耳。我謫黄岡四五年，孤舟出没烟波裏。故人不復通問訊，疾病飢寒疑死矣。相逢握手一大笑，白髮蒼顔略相似。我方北渡脱重江，君復南行輕萬里。功名如幻何足計，學道有涯一作「牙」真可喜。勾漏丹砂已付君，汝陽甕盎吾何耻。君歸赴一作「趁」我雞黍約，買田築室從今始。

〔一〕廣南：《太平寰宇記》：開寳初，潘美平南漢，分廣南東、西路。《九域志》：「廣南分〔東〕、西二路，東路州十五，縣四十；西路州二十三，軍三，縣六十四。」張維《廣西郡邑記》云：以《漢志》考之，今之東路，即漢之南路。

豆粥

君不見滹沱流澌車折軸〔一〕，公孫倉皇奉豆粥。濕薪破竈自燎衣，飢寒頓解劉文叔。又不見金谷敲冰草木春，帳下烹煎皆美人。萍虀豆粥不傳法，咄嗟而辦石季倫。干戈未解身如寄，聲色相纏心已醉。身心顛倒不自知〔二〕，更識人間有真味。豈如江頭千頃雪色蘆，茅簷出没晨烟孤。地碓舂秔光似玉，沙缾煮豆軟如酥。我老此身無着處，賣書來問東家住。卧聽雞鳴粥熟時，蓬頭曳履君家去。

〔一〕滹沱：《禮記》：「晉人將有事於河，必先有事於（滹沱）〔惡池〕。」《山海經》：秦戲之山無草木，多金玉，滹沱之水出焉。《太平寰宇記》：秦戲山在太原府繁疇縣東北二十里。《水經注》：「滹沱水入雷河溝水，過舊曲陽城是也。」按，光武所渡，在冀州南宫信都，乃滹沱之下流也。

〔二〕身心顛倒：《楞嚴經》：「如來之身，名正遍知；汝等之身，名性顛倒。」又云：「阿難與諸大衆瞪瞢瞻佛，目睛不瞬，不知身心顛倒所在。」

秦少游夢發殯而葬之者云是劉發之柩是歲發首薦秦以詩賀之劉涇亦作因次其韻〔一〕

君看三代士執雉〔二〕，本以殺身爲小補。居官死職士死綏，夢尸得官真古語。五行勝己斯爲官，官如草木吾如土。仕而未禄猶賓客〔三〕，待以純臣蓋非古〔四〕。餽焉曰獻稱寡君，豈比公卿相爾汝。世衰道微士失己，得喪悲歡反其故。草袍蘆箠相嫵《韻語陽秋》作「娬」媚，飲酒嬉游事群聚。曲江〔五〕船舫月燈毬〔六〕，是謂舞殯而歌墓。看花走馬到東野〔七〕，餘子紛紛何足數。二生年少兩豪逸，詩酒不知軒冕苦。故令將仕夢發棺，勸子勿爲官所腐。塗車芻靈皆假設，著眼細看君勿誤。時來聊復一飛鳴，進隱不須煩杜宋刻本作「伍」舉。

〔一〕劉發：字全美，見《淮海集》。

〔二〕執雉：《曲禮》疏：「雉，取性耿介，惟敵是赴。羔、雁生執，雉則死（執）〔持〕，亦表見危致命。」《尚書》「二生一死，贄」是也。

〔三〕仕而未禄：《禮記》：「仕而未有禄者，君有饋焉，曰獻使焉，曰寡君。」

〔四〕純臣：《詩》：「還其私人。」疏引《儀禮·有司徹》：「主人降，獻私人。注云：大夫言私人，明不純臣。此申伯雖是王之卿士，亦是不得純臣也。」

〔五〕曲江：《西京雜記》：「朱雀街東第五街，皇城之東第三街，龍華寺南，有流水屈曲，謂之曲江。」程大昌《雍録》：「唐曲江，秦隑洲，漢爲樂游苑，隋宇文愷以地在京城東南隅，鑿池以厭勝之，從城外包（之）入城爲芙蓉池。（宋敏求）《長安志》亦同。劉餗云：『古曲江，文帝惡其名曲，改名。』開元中，疏鑿爲勝地。南即芙蓉苑，西即杏園、慈恩寺。」《太平寰宇記》：「曲江池，漢武所造，（亦）名宜春苑，乃漢祖校文之所。後以秀士每年登科賜宴於此，不忘校文之義也。」《南部新書》：「進士春闈，宴曲江亭，在五六月。未過此宴，不得出京。」

〔六〕月燈毬：《摭言》：「進士之宴有九，五曰櫻桃，六曰月燈。《南部新書》：每歲寒食，新進士於月燈閣置打毬之宴。」元稹詩：「（傳）〔僧〕餐月燈閣，（劇）〔醵〕宴劫灰池。」

〔七〕看花走馬：孟東野（及第）〔《登科後》〕詩：「（東）〔春〕風得意馬蹄疾，一日看遍長安花。」

慎按：葛立方《韻語陽秋》云：「晉樂廣曰：『人未嘗夢乘牛車入鼠穴，擣蔬噉鐵杵，以無想因也。』自樂論之，凡夢皆出於想。而殷浩乃云：『官本臭腐，故將得官而夢尸。』是豈出於想耶？劉發方赴舉，少游夢發殯而葬者，云是劉發之柩。少游以詩賀云云，乃一時褒美贊喜之詞，非殷浩之意也。東坡『世衰道微』云云，全篇二百餘言，皆用浩意，可謂巧於遣詞。」

附秦少游原注：

歲逢困敦斗申指，辰次庚辰漏傳子。夢出城闉登古原，草木縈天帶流水。千夫荷鍤開久殯，前有一人狀瓌偉。素冠長跪烝酒肴，云是劉郎字全美。馬鳴車響斷還續，人境晦明秋色裏。既寤茫然失所遭，河轉星翻汗如洗。世傳夢凶常得吉，神物戲人良有旨。全美聲名海縣聞，閉久當開乃其理。娟娟二十四橋月，月下吹簫聊爾耳。洗眼看君先一鳴，九萬扶搖從此始。

金山夢中作

江東賈客木綿（一作「棉」）裘，會散金山月滿樓。夜半潮來風又烈（一作「熟」），臥吹簫管到揚州。

次韻周穜惠石銚宋刻本作「棹」。

銅腥鐵澀不宜泉，愛此蒼然深且寬。蟹眼翻波湯已作〔一〕，龍頭拒火柄猶寒〔二〕。薑新鹽少茶初熟，水漬雲蒸蘚未乾。自古函牛多折足，要知無脚是輕安。

〔一〕蟹眼：蔡襄《茶録》：「候湯最難，未熟則沫浮，過熟則茶沉。前世謂之『蟹眼』者，過熟湯也。」

〔二〕龍頭：《周禮・考工記》：「黄金勺，鼻寸，衡四寸。」注云：「衡〔謂〕勺，柄龍頭也。」韓愈《石鼎聯句》：「龍頭縮囷蠢，豕腹脹彭亨。」

次韻蔣穎叔〔一〕

月明驚鵲未安枝，一棹飄然影自隨。江上秋風無限浪，枕中春夢不多時。瓊林花草聞前語〔二〕，罨畫溪山指後期〔三〕。公自注：蔣詩記及第時瓊林苑宴坐中所言，且約同卜居陽羨。豈敢便爲雞黍約，玉堂金殿要論思。

〔一〕蔣穎叔：《宋史》：「蔣之奇，字穎叔，以廕得官。登進士第。又舉賢良方正，中選。英宗擢監察御史。神宗立，轉殿中侍御史。劾歐陽修（帷簿事），問狀無實，貶監道州酒税，改宣州。元豐中，爲江、淮、荆、（湖）〔浙〕發運〔副〕使。元祐初，進天章閣待制，歷户部侍郎。未幾，出知熙州。紹聖初，召爲中書舍人，拜〔同〕翰林學士。徽宗立，拜知樞密院（事），以疾告歸，卒。」

〔二〕瓊林花草：李濂《汴京遺跡志》：「瓊林苑在開封城西鄭門外，俗呼爲西青城。宋時建苑，爲宴進士之所，與金明（寺）〔池〕南北相對，其中松柏森列，百花芬郁。」

〔三〕罨畫：《太平寰宇記》：「宜興縣有圻溪，俗呼爲罨畫溪。《吴興統志》：罨畫溪在長興縣西，古木夾岸，朱藤蔽其上，花時遊人競集，如在畫中。溪半有畫溪亭。」

龜山〔一〕辯才師〔二〕

此生念念浮雲改，寄語長淮今好在。故人宴坐虹梁南〔三〕，新河巧出龜山背〔四〕。木魚呼客振林莽，鐵鳳横空飛綵繪。忽驚堂宇變雄深，坐覺風雷生謦欬。羨師遊戲浮漚間，笑我榮枯彈指内。嘗茶看畫亦不惡，問法求詩了無礙。千里孤帆又獨來，五年一夢誰相對。何當來世結香火，永與名山躬（一作「供」）井碓〔五〕。

〔一〕龜山：張商英《龜山水陸院記》云：「以佛書考之，則五百梵僧游止之所。以道經考之，則太真元君之别治也。山有五名，曰迦葉，曰寶積，曰紫銅，曰五峰，曰歸來，號南五臺。」《臨淮志》：上龜山，在盱眙縣西南；下龜山，在縣北三十里。有上、下二寺。上龜山寺中有鐵鑄羅漢一百五十區。下龜山寺，宋天禧中金臂禪師建，亦皆鐵象。

〔二〕辯才：按，天竺元凈號辯才，子由爲作塔銘，不載其住龜山事，或别是一人，所未詳也。

〔三〕虹梁：《元和郡縣志》：「宿州虹縣，（音貢）漢〔舊〕縣，（舊）屬沛郡，唐屬泗州。縣臨汴河濱。」

《演繁露》：「虹，今讀如絳。」與古不同。

〔四〕新河：《宋史・神宗本紀》：「熙寧四年，開洪澤河，達於淮。」又，《蔣之奇傳》：「請鑿龜山左肋，至洪澤爲新河，以避淮險。自是無覆溺之患。」又，《河渠志》：「蔣之奇建言，宜自龜山蛇浦下屬洪澤，鑿左肋爲複河，取淮爲源，不置堰牐。帝遣都水監丞陳祐甫經度。既成，命之奇撰記，刻石龜山後。」

〔五〕供井碓：《高僧傳》：「忍師問惠能曰：『汝作何功德？』能曰：『願竭力抱石而舂，供衆而已。』」

贈潘谷〔一〕

潘郎曉踏河陽春，明珠白璧驚市人。那知望拜馬蹄下，胸中一斛泥與塵。何似墨潘穿破褐，琅琅一作「琅玕」翠餅敲玄笏。布衫漆黑手如龜，未害冰壺貯秋月。世人重耳輕目前，區區張李爭媸妍〔二〕。一朝入海尋李白，空看人間畫墨僊。

〔一〕潘谷：陸友《墨史》：「潘谷，伊洛間墨師也。」何薳《春渚紀聞》：「潘谷賣墨都下，負篋而酣（歌）〔詠〕，每笏止取百錢。其用膠不過五兩，亦（自）遇濕不敗。」

〔二〕張李爭媸妍：《墨史》：「張遇，易水人。遇墨有題光啓年者，妙不減（李）廷珪，宮中取以畫眉。蔡君謨謂〔李〕廷珪墨第一，〔張〕遇第二。」陳後山《叢談》：「秦少游有李廷珪墨半（丸）〔錠〕，不爲文理，質如金石。潘谷見而拜之，曰：『真李氏故物也。』又有張遇墨一團，面爲盤龍，鱗鬣悉具，背有「張遇麝香」四字。潘墨之龍，略有大節耳，亦妍妙，有紋如盤絲。二物世所罕見也。」

徐大正閒軒〔一〕

冰蠶不知寒，火鼠不知暑。知閒見閒地，已覺非閒侣。君看東坡翁，懶散誰比數。形骸墮醉夢，生事委塵土。蚤眠不見燈，晚食或欺一作「欹」午。卧看盜取氈，坐視麥漂雨。語希舌頰强，行少腰脚僂。五年黄州城，不蹋黄州鼓。人言我閒客，置此閒處所。問閒作何味，如眼不自睹。頗訝徐孝廉，得閒能幾許。介子願奉使，翁歸備文武。應緣不耐閒，名字挂庭宇。我詩爲閒作，更得不閒語。君如汗血駒，轉盻略燕楚。莫嫌鑾輅重，終勝鹽車苦。

〔一〕閒軒：《淮海集·閒軒記》云：「建安之北，有山與州治相直，曰北山。山之南有澗，澗之南有横阜。背山面阜，有屋數十楹，則東海徐君大正燕居之地也。名曰閒軒。君少舉進士，便馬善射，慷慨有氣略，而欲就閒曠，處幽隱，分猿狖之居，厠麋鹿之遊，竊爲君不取也。」

附參寥作：《參寥集》題云「寄題徐德之先生閒軒」。

建安自古多俊髦，徐子磊落尤其豪。論兵説劍走湖海，身勤事左無所遭。緑林五校已屠膾，黑衣三衛羞徒勞。歸來故山便卜築，脱棄萬事輕鴻毛。横前澗水漱哀玉，傍舍老櫪藏飛猱。山蔬何用羨粱肉，鶴氅未必輸青袍。追雲弄月有真趣，慎勿輕語傳兒曹。

附陳後山作：

倦游梁楚愛吾廬，去寄山林孰與娱。想見杖藜臨過鳥，更能赤手縛於菟。君寧平世輕三釜，我亦東原有一區。擬買嬋娟作歸計，可無堆玉斗量珠。

蒜山松林中可卜居余欲僦其地地屬金山故作此詩與金山元長老〔一〕

魏王大瓢無人識，種成何啻實五石。不辭破作兩大尊，只憂水淺江湖窄。我材濩落本無一作「無所」用，虛名驚世終何益。東方先生好自譽，伯夷宋刻本作「孟賁」子路并爲一。杜陵布衣老且愚，信口自比契與稷。暮年欲學柳下惠，嗜好酸鹹不相入。金山也是不羈人，蚤歲聞名晚相得。我醉而嬉欲儇去，旁人笑倒山謂實。問我此生何所歸，笑指浮休百年宅。蒜山幸有閒田地〔二〕，招此無家一房客〔三〕。

〔一〕蒜山：《元和郡縣志》：「蒜山在丹徒縣西，臨江壁絶。晉安帝時，海賊孫恩率衆登山，宋武帝擊破之。」即此。《太平寰宇記》以爲馬蒜山。

〔二〕閒田地：白居易詩：「月（中）〔宮〕幸有閒田地。」

〔三〕無家客：張籍詩：「愛養無家客，多傳得力方。」

王中一作「仲」父哀辭并引

仁宗朝以制策登科者十五人〔一〕，軾忝冒時，尚有富彦國、張安道、錢子飛、吴長文、夏公酉一作「西」、陳令舉、錢醇老、王中父并軾與家弟轍，九當作「十」人存焉〔二〕。其後十有五年，哭中父於密州，作詩弔之，則子飛、長文、令舉殁矣。又八年，軾自黄州量移汝海，與中父之子沇之相遇於京口，相持而泣，則十五人者，獨三人存耳，蓋安道及軾與家弟而已。嗚乎，悲夫！乃復次前韻，以遺沇之，時沇之亦以臯謫家於錢塘云〔三〕。

生芻不獨比前人，束藁端能廢謝鯤。子達想無身後念，吾哀不復夢中論。已知毅豹爲均死，未識荆凡定孰存。堪笑東坡癡鈍老，區區猶記刻舟痕。

〔一〕制策登科：《宋史·選舉志》：制科以待才傑，試秘閣預選，然後對制策入等，然後加恩賜第，視進士尤美。雖狀元及第，猶應制科，然不常置士。由是科進者，亦甚鮮。其法，先上藝業於有司，有司先校之，乃試秘閣，合格，天子乃親策之。其後，制科視進士之期，須近臣論薦，乃許應舉。

〔二〕九人：富弼字彦國，張方平字安道，錢明逸字子飛，夏噩字公酉，陳舜俞字令舉，錢藻字醇老，吴奎字長文，王介字中父，合先生兄弟共十人，序中「九」字訛，當作「十」。

〔三〕沇之臯謫：施氏原注：「中父名介，常山人。事見《中父挽詞》注。子沇之，字彦魯，少從王介甫學，彥魯之得罪，因太學生虞蕃上書，付御史舒亶、何正臣治其獄。踰年方決，追逮徧四方。彥魯時在國子直講、潁州團練推官，坐受太學生章公弼請囑補上舍不以實，除名。故云『東藁端能廢謝鯤』。先生作《中父挽詞》，有『他時京口尋遺跡，宿草猶應有淚痕』之句，則中父蓋葬於潤州，而與其子復相遇於此也。」此段新刻删去，今補録。

附子由作：《欒城集》題云「過王介同年墓」。

平生使氣坐生風，徐扣方知學有功。應奉讀書無復忘，虞翻忤物自甘窮。埋根射策久彌奮，投老爲邦悍莫攻。墳木未須驚已拱，少年我亦作衰翁。自注：昔與中父同登制科，僕年最少，今已老矣。

蔡景繁官舍小閣

使君不獨東南美，典刑尚記先君子〔一〕。戲嘲王叟短轅車，肯爲徐郎書紙尾？三年弭節江湖上，千首放懷風月裏。手開西一作「東」閣坐虛明，目浄東溪照清泚。素琴濁酒容一榻，落霞孤鶩供千里。大舫何時繫門柳，小詩屢欲書窗紙。文昌新構滿鵷鸞，都邑正喧收杞梓。相逢一醉豈有命，南來寂寞君歸矣。

〔一〕先君子：施氏原注：「蔡承禧之父元導，字濬仲。自少以文章見知於蘇儀甫翰林，留處門館，使與其子丞相子容同習六科。景祐五年，以茂材異等召試秘閣，時如格者衆，遂不得與廷策。後與景繁同中嘉祐二年進士第，終南劍推官。」此段新刻删去，今補録。

十一月十一本無「十」字三日與幾先〔一〕自竹西來訪慶老不見獨與君卿供奉蟾知客東閣道話久之公自注：惠州追録。

卷卷長廊走黄葉，席簾垂地香烟歇。主人待來終不來，火紅銷盡灰如雪。

〔一〕幾先：杜介，字幾先，揚州人。注詳後。

邵伯梵行寺山茶〔一〕

山茶相對阿一作「本」誰栽，細雨無人我獨來。説似與君一作「渠」君一作「渠」不會一作「見」，爛紅如火雪中開。

〔一〕邵伯梵行寺：《名勝志》：「邵伯湖在江都縣北四十五里，東爲艾〔陵〕湖，西爲白茆湖。舊有斗門橋，官河水涸，則引湖水以濟漕運，上有邵伯鎮，有梵行寺院。」

慎按：以上二首，施氏原本不載，新刻載《續補》下卷，據《外集》，乃離黄州以後作，今移編。

高郵陳直躬處士畫雁二首〔一〕

其一

野雁見人時，未起意先改。君從何處看，得此無人態。無乃槁木形，人禽兩自在。北風振枯葦，微雪落璀璀。慘澹雲水昏，晶熒沙礫碎。弋人悵何慕，一舉渺江海。

〔一〕陳直躬：鄧椿《畫繼》：「陳直躬，高郵人，坡公有題所畫雁二詩。而晁无咎集中有《和蘇翰林題李甲畫雁二首》，乃用此韻，不知何也。」

慎按：李甲，字景元，華亭人。見米元章《畫史》中。本集有《題李景元畫七絶》，補之蓋訛以陳直躬爲李甲也。

其二

衆禽事紛争，野雁獨閒潔。徐行意自得，俯仰若有節。我衰寄江湖，老伴雜鵝鴨。作書問陳子，曉景畫苕霅。依依聚圓沙〔一〕，稍稍動斜月。先鳴獨鼓翅，吹亂蘆花雪。

〔一〕圓沙：杜甫詩：「宿鷺起圓沙。」

附晁補之次韻二首：

畫寫物外形，要物形不改。詩傳畫外意，貴有畫中態。我今豈見畫，觀詩雁真在。尚想高郵間，湖寒沙璀璀。冰霜已凌厲，藻荇良瑣碎。衡陽渺何處，中沚若烟海。

蕭條新湖秋，霜落洲渚潔。蓮垂蘭杜死，菖蒲見深節。慘淡沙礫姿，清波侶群鴨。往時吴興守，看畫憶苕霅。爲儀尚不污，孤高比雲月。聞在雪堂時，滿堂惟畫雪。

和王斿二首公自注：斿，平甫子。

其一

異時長怪謫僊人〔一〕，舌有風雷筆有神。聞道一作「見説」騎鯨游汗漫，憶嘗一作「曾」捫蝨話悲辛〔二〕。氣吞餘子無全目，詩到諸郎尚絶倫〔三〕。白髮故交空掩卷，泪河東注問蒼旻。

〔一〕謫僊人：謂平甫也。《東都事略》：「王安國，字平甫，自丱角未嘗從人受學，操筆爲文，語皆驚人。」《臨川集》中《平甫墓志》云：「於書無所不該，於詞無所不工。舉茂才異等。神宗即位，召試，賜進士及第。官止大理寺丞，年止四十七。」方回《瀛奎律髓》注云：「平甫有《校理集》六十卷，而詩占二十九卷。東坡謂『異時長怪謫僊人』云云，其(推重)〔稱許〕如此。○施氏原注：「平甫與東坡交，自負其《甘露寺》詩『平地風烟飛白鳥，半山雲木卷蒼藤』，坡應之曰：

『精神全在「卷」字，但恨「飛」字不稱耳。』平甫請易之，坡遂易以『翻』字，平甫嘆服。子斿，字元龍，篤學好義，有父風。元祐中，東坡上奏理平甫之冤，乞考斿行實而録用之。大觀間，爲提點京西刑獄。」此段補注新刻本删去，今補録。

〔二〕騎鯨、捫蝨：《詩話總龜》：「東坡詩：『龍驤萬斛不敢過，漁舟一葉從掀舞。』又云：『見説騎鯨游汗漫，憶曾捫蝨話悲辛。』以『鯨』爲『蝨』對，以『龍驤』爲『漁舟』對，大小氣燄之不等，其意若玩世。秀傑之氣，終不可没。」

〔三〕諸郎：《臨川集》：平甫「二子旊、斿，皆嶷嶷有立。」任淵《陳後山詩》注：旊字元鈞，斿字元龍。按，《實録》：元符元年九月，看詳訴理所言宣德郎王斿於元祐中進狀，稱先臣冤抑，罪名未除，不幸不得出於兹時。詔斿罷江寧府粮料，旊罷京東運判，差監衡州酒税。《秦少游集》有《送王元龍赴泗州粮料院》詩，任注以爲江寧者，訛。

其二

嫋嫋春風送度關，娟娟霜月照生還。遲留歲暮江淮上，來往君家伯仲間〔一〕。未厭冰灘吼新洛〔二〕，且看松雪媚南山〔三〕。野梅官柳何時動，飛蓋長橋待子閒。

〔一〕伯仲間：施氏原注謂：「東坡過金陵，與介甫相唱和，故詩云『來往君家伯仲間』。予考平甫之殁，在熙寧十年，王斿乃介甫猶子，豈得稱伯仲？詩中所云，只是説元鈞、元龍兄弟耳。」施注一段雖經新刻本删去，而舊本所有，故爲辨正。

〔二〕新洛：《宋史》：元豐二年四月，命宋用臣導洛通汴，以代漕渠，謂之清汴。

〔三〕南山：在泗州，即都梁山。注詳本卷。

次韻張琬一本作「畹」。

新落霜餘兩岸隆，塵埃舉袂識西風。臨淮〔一〕自古多名一作「奇」士，樽酒相連一作「逢」，又作「從」樂寓公。半日偷閒歌嘯裏，百年暗盡往來中。知君不向窮愁老，尚有清詩氣吐虹。

〔一〕臨淮：《元和郡縣志》：「秦泗水郡，漢沛郡，（元鼎中改）〔武帝分置〕臨淮郡，唐武德中，爲泗州。」

慎按：泗州所屬，別有臨淮縣。詩中專指泗州，非縣也。施氏原注訛。

次韻王定國南遷回見寄〔一〕

土暈銅花蝕秋水，要須悍石相礱砥。十年冰蘖戰膏粱，萬里烟波濯紈綺。歸來詩思轉清激，百丈空潭數魴鯉。逝將桂浦擷蘭蓀，不記槐堂收劍履。却思庾嶺今何在，更説彭城真夢耳。公自注：來詩述彭城舊遊。君知先竭是甘井，我願得全如苦李。妄心不復九迴腸，至道終當三洗髓。廣陵陽羨何足較，公自注：余買田陽羨，來詩以爲不如廣陵。只有無何真我里。樂全老子今禪伯，公自注：張安道也，定國其壻。掣電機鋒不容擬。心通豈復問云何，印可聊須答如是〔二〕。相逢爲我話留滯，桃花春漲孤舟起。

〔一〕王定國南遷回：《宋史》：「王鞏從蘇軾遊，軾得罪，鞏亦竄賓州。數歲而還，豪氣不少挫，後歷宗正丞，以跌宕傲世，故終不顯。」《淮海集》：定國以元豐二年謫賓州，七年放歸。

〔二〕印可：《維摩經》：「能如是宴坐者，佛所印可。」

贈梁道人

采藥壺公處處過，笑看金狄手摩挲。老人大父識君久，造物一作「化」小兒如子何。寒盡山中無歷日，雨斜江上一一作「有」漁蓑。神僊護短多官府，未厭人間醉踏歌。

雍秀才畫草蟲八物〔一〕

促　織〔二〕

月叢號耿耿，露葉泣溥溥。夜長不自暖，那憂公子寒。

〔一〕雍秀才：《畫繼》：「雍秀才，不知何許人。坡有咏所畫草蟲詩，詩意每一物譏當時用事者一人，如『升高不知回，竟作粘壁枯』，以比介甫；『初來花争妍，忽去鬼無跡』，以比章惇。今詩畫皆刊石，流傳於世。」

〔三〕促織：《爾雅・釋蟲》：「蟋蟀，蛬。注云：促織也。」陸璣《（草木蟲魚疏）〔詩疏廣要〕》：「幽州謂之趨織，語曰：趨織鳴，嬾婦驚。」

蟬

蜕形濁污中，羽翼便翾好。秋來間何闊，已抱寒莖槁。

蝦蟇

眸目知誰瞑，皤腹空自脹。慎勿困蜈蚣，飢蛇不汝放〔一〕。

〔一〕蜈蚣、蛇：《本草》：「蝦蟇畏蛇而制蜈蚣，故《關尹子》曰：『蝍且食蛇，蛇食鼁，鼁食蝍且。』」

羌蜋

洪鐘起暗室，飄瓦落空庭。誰言轉丸手，能作殷牀一作「雷」聲。

天水牛〔一〕

兩角徒自長，空飛不服箱。爲牛竟何事，利吻穴枯桑。

〔一〕天水牛：《爾雅》：「蠰，齧桑也。」郭璞注：「狀似天牛，長角，喜齧桑樹，作孔入其中。」據此，則天牛與齧桑各自一種，今詩中竟以天水牛爲齧桑矣。又按，《本草》：「天牛一名天水牛，又名八角兒，頭有黑角，如八字。」陳藏器《本草》云：「蠐螬所化。」

蝎　虎

跂跂有足蛇，脈脈無角龍。爲虎君勿笑，食盡蠆尾蟲〔一〕。

〔一〕蠆尾蟲：許氏《説文》：蝎，蠆尾蟲也。長尾爲蠆，短尾爲蝎。

蝸　牛〔一〕

腥涎不滿殼，聊足以自濡。升高不知回，竟作黏壁枯。

〔一〕蝸牛：《爾雅》：蜬蝓：又名瓜牛，形如瓜字。王立之《詩話》：「先生作《蝸牛》詩，初云：『中弱不勝觸，外堅聊自郛。』後改云云。」

鬼　蝶

雙眉卷鐵絲，兩翅暈金碧。初來花爭妍，忽去鬼無迹。

泗州南山〔一〕監倉〔二〕蕭淵東軒二首〔三〕

其一

偶隨樵父採都梁，公自注：南山名都梁山，出都梁香故也。竹屋松扉試乞漿。但見東軒堪隱几，不知公子是監倉。溪中亂石牆垣古，山下寒蔬匕箸香。我是江南舊游客，挂冠知有老蕭郎〔四〕。

〔一〕泗州南山：《苕溪漁隱叢話》：「淮北之地平夷，自京師至汴口並無山，惟隔淮方有南山，米元章謂爲第一山。」《太平寰宇記》：「盱眙縣在泗州南（七）〔五〕里，都梁山在縣南十六里。」《名勝志》：「澤蘭，一名都梁，香草，兹山所産。」《古詩》：「鬱金蘇合與都梁。」即此物也。

〔二〕監倉：孫彦同《職官分紀》：諸州掾屬有司倉參軍，又名倉曹。

〔三〕蕭淵：字潛夫，新喻人。仕至朝散郎，知郴州。見周益公《題跋》。

〔四〕挂冠老蕭郎：《宋史》：「蕭貫，字貫之，新喻人。俊邁能文，（登）〔舉〕進士甲科，知洪、饒二州。召還，將試知制誥，卒。」《孔武仲集·挂冠亭記》略云：「鄉丈人蕭公貫之，少登上第，歷館閣，屢（出）爲〔州〕使。年盛志得，而胸中浩然，不樂聲利。方其在京師，已有詩十六篇，述江南四時風景之美，以未得即歸爲恨。既又營其第舍之東，將因高築亭，爲退居燕息之所，名之曰挂冠。

公之年止於四十有六，而亭亦未及爲。其子潛夫，即其故基而屋之。」

其二

北望飛塵苦晝霾，洗心聊復寄東齋，珍禽聲好猶思一作「懷」越，野橘香清未過淮。有信微泉來遠嶺，無心明月轉空階。一官倉庾真堪老，坐看松根絡一作「落」者，訛斷崖。

周益公《題跋》云：「劉陽丞新喻蕭一致，五世從祖潛夫，元豐七年，監盱眙倉。坡公歲除前，過其東軒，留題二詩。蓋量移汝州時也。按，盱眙隸泗州，州在淮北，縣治其陰，故都梁號淮南第一山，景物清曠。公既樂之，而潛夫諱淵，蓋慕陶靖節者，其人又可知矣，此公所爲賦詩也。承平時，監當（官）〔頗〕爲美仕，故倉庾氏所居，往往有登臨燕息之地，名流或遷謫而來，秩高或折資而授，今著令猶與本縣令序官。」

慎按，施氏原注：「此詩猶存蕭氏。墨跡刻石成都，『珍禽聲好猶思越』，作『懷越』，未知即蕭氏所藏，或是別本也。」此段新刻刪去，今補録。

附子由次韻二首：

肩輿嬝嬝渡浮梁，吏隱知君寄一倉。十里遥看飛皂蓋，小軒相對有壺漿。清宵往往投車轄，永日霏霏散篆香。留滯淮南仍有樂，暮年何意復爲郎。

萬斛塵飛日爲霾，無心退食自成齋。梅生紅粟初迎臘，魚躍銀刀正出淮。卧病空看帆渡磧，誦詩猶記雪填堦。夾河南北俱形勝，且借高城作兩崖。

泗州除夜雪中黄師是送酥酒二首〔一〕

其一

暮雪紛紛投碎米〔二〕，春流咽咽一作「活活」走黄沙。舊遊似夢徒能説，逐一作「遷」客如僧豈有家？冷硯欲書先自凍，孤燈何事獨成一作「生」花。使君夜半分酥酒，驚起妻孥一笑譁。

〔一〕黄師是：《宋史》：「黄實，字師是，陳州人。登進士第，歷轉運副使。（紹聖中）哲宗議召用，曾布陰阻之。林希曰：『實兩女皆嫁蘇轍子，所爲不正，不宜用。』乃知陝州。黨禍（作）〔起〕，以章惇甥獲免。」○慎按，施氏原注謂哲宗欲用師是，而林希阻之，此云曾布，兩處不同，並存備考。陶九成《説郛》：「黄實自言，元豐甲子爲淮東提舉，嘗於除夜泊汴口，見蘇子瞻植杖立對岸，若有所俟者。歸舟中，即以揚州厨釀二尊、雍酥一奩（貽）〔遺〕之。」

〔二〕碎米：陸佃《埤雅》引《説文》曰：「『霰，稷雪也。』閩俗謂之米雪，言霰粒如米。所謂稷雪，義本此。」

其　二

關右土酥黄似酒〔一〕，揚州雲液却如酥〔二〕。欲從元放覓拄杖，忽有麴生來坐隅。對雪不堪令飽一作「冷」暖，隔船應已厭歌呼。明朝積玉深三尺，高枕牀頭尚一壺。

〔一〕關右土酥：《西河舊事》：「祁連山在張掖、酒泉二郡界，牛羊充肥，乳酪醲好，一斛酪得酥斗餘。」《太平寰宇記》：「關西道慶州，土産有牛酥。」杜甫詩：「金城土酥净如練。」

〔二〕雲液：李保《續北山酒經》：有雲腴、瓊液二名。

章錢二君見和復次韻答之

其　一

黄昏已作風翻絮，半夜猶驚月在沙。照汴玉峰明佛刹，隔淮雲海暗人家。來牟有信迎三白，薝蔔無香散六花。宋刻本公自注：薝蔔，梔子花也，與雪花皆六出。欲唤阿咸來守歲，林烏一作「鴉」櫪馬鬭喧一作「讙」譁。

其二

分無纖手裁春勝，更一作「況」有新詩點蜀酥。醉裏冰髭失纓絡，夢回布被起廉隅。君應旅睫寒生暈，我亦飢腸夜自呼。明日南山春色動，不知誰佩紫微壺。

慎按：施氏原注：「『林烏櫪馬鬭讙譁』，集本作『喧譁』，『更有新詩點土酥』，集本作『況有』，今皆從刻石本。」此段新刻補注芟去，今補録。

【校記】

一、《次韻荆公四絶·其四》注一引《熙寧日曆》云云，實轉引自宋王明清《玊照新志》卷一「王安石劄子奏」條。此段引文又見於陶宗儀《説郛》卷四十二載王明清《熙豐日曆》。據此，「熙寧」當作「熙豐」。

二、《至真州再和二首·其一》注五引王象之云云，按，此段引文出自王象之《輿地紀勝》卷三十七《淮南東路·揚州府》「景物上·瓜州」條。初白漏引書名也。

三、《以玉帶施元長老元以衲裙相報次韻二首·其一》注四引《南唐近事》一段，其中「韓熙載相江南，後主即位，頗疑北人。熙載懼禍，售伎樂數百人，荒湛爲樂，以足日膳」數語，乃出自周密《癸辛雜識·前集》「乞食歌姬院」條，「荒湛」作「荒淫」。而僅「放蕩不羈，所受月俸，即爲諸姬分去。遂敝衣負篋，使門生舒雅執板挽之，隨房乞食，以足日膳」數語出鄭文寶《南唐近事》，文字頗異，「放蕩」作「放曠」，「受月俸」作「得俸錢」，「遂敝衣負篋」作「乃著衲衣負筐」，「板挽之」作「手版」，「使」作「命」，「隨房」作「於諸姬院」，「足日膳」作「爲笑」。

四、《次韻滕元發許仲塗秦少游》注四引《藝苑雌黄》云云，其中「東坡先生詩『坐看青邱吞澤芥』」一句，於原文乃在「《子虛賦》中芥蔕」之前。

五、《送金山鄉僧歸蜀開堂》注四引《水記》云云，按，《水記》雖有「第一」、「第七」之説，然原文與之頗異，此條引文實轉引自曹學佺《名勝志·南直隸名勝志》卷十二《鎮江府志勝·丹徒縣》「金山」條。

六、《豆粥》注一引《禮記》「晉人將有事於河，必先有事於滹沱」云云。「滹沱」原文作「惡池」，《禮記義疏》曰「惡池即滹沱」。初白將《禮記義疏》之語徑改原文。

七、《秦少游夢發殯而葬之者云是劉發之柩是歲發首薦秦以詩賀之劉涇亦作因次其韻》注五引《西京雜記》云云，今本《西京雜記》無此引文。按，此段引文見於宋郭知達《九家集註杜詩》卷二《哀江頭》「春日潛行曲江曲」注引《西京雜記》，又見於《資治通鑑綱目》卷四十六唐德宗建中二年「冬十月殺左僕射楊炎」條下元王幼學《集覽》注引《西京雜記》。然《九家集註杜詩》與《資治通鑑綱目》均不載於初白《采輯書目》，究不知初白引文所自。

八、《龜山辯才師》注一引張商英《龜山水陸院記》云云，實轉引自《名勝志·南直隸名勝志》卷十四《鳳陽府志勝·盱眙縣》「龜山」條。

九、《雍秀才畫草蟲八物·促織》注二引陸璣《草木蟲魚疏》「幽州謂之趨織，語曰：趨織鳴，嬾婦驚」云云。按，此引文出自陸璣《詩疏廣要》。

十、《泗州除夜雪中黄師是送酥酒二首·其二》注一引《西河舊事》云云，實轉引自樂史《太平寰宇記》卷一百五十二《隴右道三·張掖縣》「祁連山」條。

東坡先生編年詩卷二十五

古今體詩五十六首元豐八年乙丑正月自泗州往南都，得請歸陽羨，五月抵常州後作。

正月一日雪中過淮謁客回作二首

其一

十里清淮上，長堤轉雪龍。冰崖落屐齒，風葉亂裘茸。萬頃穿銀海，千尋度玉峰。從來修月手，合在廣寒宫。

其二

攢眉有底恨，得句不妨清。霽霧開寒谷，飢鴉舞雪城。橋聲春市散，塔影暮淮平。不用殘燈火一作「燭」，船窗夜自明。

書劉君射堂〔一〕

〔一〕集本云：劉乙新作射亭。公自注：乙父嘗知眉州。

蘭玉當年刺史家，雙鞬馳射笑穿花。而今白首閒驄馬，只有清尊照畫蛇。寂寂小軒蛛網徧，陰陰垂柳雁行斜。手柔弓燥春風後一作「暖」，置酒看君中戟牙。

〔一〕劉君：本集元豐七年冬有《與泗州劉倩叔遊南山·浣溪沙》詞，疑即其人。

孫莘老寄墨四首〔一〕

其一

徂徠無老松，易水無良工〔二〕。珍材取樂浪，妙手惟潘翁〔三〕。公自注：潘谷作墨，雜用高麗煤。魚胞熟萬杵，犀角盤雙龍〔四〕。墨成不敢用，進入蓬萊宫。蓬萊春晝永，玉殿明房櫳。金箋灑飛白〔五〕，瑞霧縈長虹。遥憐醉常侍〔六〕，一笑開天容。

〔一〕孫莘老寄墨：史容《黄山谷詩注》云：孫莘老，元豐末「自南京召爲太常少卿，遷秘書少監。哲宗即位，兼侍講。」而施氏原注引李端叔之儀《跋》云：「近時以筆墨爲事者，無如唐彦猷，雅致自將，故所録皆絶俗。其子坰行筆無家法，而類蔡君謨，然亦自可喜。家世相因，所有多佳墨，未嘗妄與人，蓋非東坡不可得。莘老作字至不工，每得佳墨，必怏然思見東坡。孫時初入講筵，乃以爲寄。」云云。按，孫時爲秘書少監，詩中明云「歸天禄」，非講筵也。哲宗朝始兼侍講耳。

〔二〕易水良工：《澠水燕談》：「李超，易水人，與子廷珪至歙州，其地多松，因留居，以墨名家。超本姓奚，江南賜姓李氏。」陸友《墨史》：「奚廷珪，易水人。或曰『李廷珪本姓奚，江南賜姓李』，非也。蓋居歙者李氏，籍宣州者奚氏，各是一族，而名偶同耳。自蔡君謨以來，皆言李廷珪即奚廷珪，惟黄孝秉云「奚墨不及李」。按，《墨經》云：『觀易水奚氏、歙州李氏，皆用大膠。是族有奚、李之分，居有易、歙之異矣。』廷珪，超子，世爲南唐墨官。其墨能削木，誤墮溝中，數月不壞。」

〔三〕潘翁：注見前。

〔四〕盤雙龍：注見上卷。

〔五〕金牋：本集《試〔東野暉〕墨（雜記）》云：「世（云）〔言〕蜀中冷金牋最宜墨，非也。惟此（最）〔紙〕難爲墨，（常）〔嘗〕以此（牋）〔紙〕試墨，惟李廷珪乃黑。」

〔六〕常侍：《〔舊〕唐書》：「劉洎爲散騎常侍，太宗作飛白賜群臣，洎登（牀）〔御座〕，引手得之。（上）〔帝〕笑曰：『昔聞婕妤辭輦，今見常侍登牀。』」

其　二

谿石琢馬肝，剡藤開玉版。噓噓雲霧出，奕奕龍蛇綰。此中有何好，秀色紛滿眼。故人歸天禄〔一〕，古漆窺蠹簡。隃麋給尚方，老手擅編劃。分餘幸見及，流落一歎赧。

〔一〕天禄：按，漢天禄閣以藏秘書。孫莘老時爲秘書少監，故云。注詳本題下。

其　三

我貧如飢鼠，長夜空齩齧。瓦池研竈煤，葦管書柹葉。近者唐夫子〔一〕，遠致烏玉玦〔二〕。公自注：唐林夫寄張遇墨半丸。先生又繼之，圭璧爛箱篋。晴窗洗硯坐，蛇蚓稍蟠結。便有好事人，敲門求醉帖。

〔一〕唐夫子：唐林夫，名坰，其父名詢，字彦猷。注詳後。本集《（雜記）〔書唐林夫惠硯〕》云：「行至泗州，見蔡景繁附唐林夫書信，與予端硯一枚，張遇墨半螺。」

〔二〕烏玉玦：李廷珪《藏墨訣》云：「贈爾烏玉玦，泉清研須潔。避暑懸革囊，臨風度梅月。」

其　四

吾窮本坐詩，久服朋友戒。五年江湖上，閉口洗殘債〔一〕。今來復稍稍，快癢如爬疥。先生不譏訶，又復寄詩械。幽光發奇思，點黮出荒怪。詩成自一笑，故疾逢蝦蟹。

〔一〕口債：（白居易）〔蘇軾《次韻秦太虚見戲耳聾》〕詩：「口孽不停詩有債。」

留題蘭皐亭〔一〕

雪後東風未肯和，扣門遷客夜經過。不知舊竹生新筍，但見清伊換濁河。無復往來乘下澤，聊同語笑宋刻本作「笑語」説東坡。明年我亦開三徑，寂寂兼無雀可羅。

〔一〕蘭皐亭：本集《張氏園亭記》略云：「道京師而東，凡八百里，得靈壁張氏之園於汴之陽。其（中）〔外〕修竹森然以高，喬木蓊然以深。因汴之餘浸以爲池。予由宋登舟，三宿而至其下。張氏之子碩，求文記之。張氏世有顯人，自其伯父殿中君與其先人通判君始爲此園，作蘭皐之亭，以養親。其後增治之，於今五十餘年矣。」

和人見贈

只寫東坡不著名，此身已是一長亭。壯心無復春流起，衰鬢從教病葉零。知有雪兒供筆硯，應嗤爨婦洗盆缾。回來索酒公應厭，京口新傳作客經。

和田仲宣見贈

頭白江南醉司馬，寬心時復喚殷兄。寒潮不應淮無信〔一〕，客路相隨月有情。未許低頭拜東野，徒言飲酒宋刻本作「共飲」勝公榮。好詩惡韻那容和，刻燭應須便置觥。

〔一〕潮信：《乾鑿度》：「潮者，水氣（往）來〔往〕，行險而不失其信者也。」

和王勝之三首〔一〕

其一

城上湖光暖欲波，美人唱我踏春歌〔二〕。魯公賓客皆詩酒，誰是神僊張志和〔三〕。

〔一〕王勝之：元豐七年秋，自江寧移守南都。注詳上卷。

〔二〕踏春歌：《酉陽雜俎》：「元和初，有士人醉卧廳事，見古屏上婦人悉於牀前踏歌，曰：『長安少女踏春陽，無處春陽不斷腸。』」

〔三〕張志和：顔真卿碑文：「玄真子，姓張氏，本名龜齡。以明經擢第。肅宗朝，改名志和。後不願仕，著書十二卷，號玄真子。大曆九年秋，訪真卿於湖州。」云云。徐獻忠《吴興掌故集》：「志和，字子同，婺州人。肅宗朝，待詔翰林，出爲南海尉，遂放浪江湖，與陸羽往還，因托跡吴興。後，憲宗圖其像，求之不可得。李德裕稱其隱而有名，顯而無事，不窮不達，嚴光之比。」

其二

齊一作「齋」釀如澠漲緑波，公詩句句可絃歌。流觴曲水無多日，更作新詩繼永和。

其三

要知太守憐孤客，不惜陽春和俚歌。坐睡尊前呼不應，爲公雕琢損天和。

南都一本作「部」，訛妙峰亭〔一〕

千尋挂雲闕，十頃含風灣〔二〕。開門弄清泚，照見雙銅鐶。池臺半禾黍，桃李餘榛菅。無人肯回首，日暮車斑斑。使君非世人，心與古佛閒。時要聲利客，來洗塵埃顔。新亭在東阜，飛宇臨通闤。古甃磨翠壁，霜林散烟鬟。孤雲抱商邱〔三〕，芳草連杏山〔四〕。俯仰盡法界，逍遥寄人寰。亭亭妙高峰，了了蓬艾閒。五老壓彭蠡，三峰照潼關〔五〕。均爲拳石小，配此一掬慳。煩公爲標指，免使勤躋攀。

〔一〕南都妙峰亭：留守王勝之所建，東坡爲題榜。見《淮海集》詩注。

〔二〕含風灣：張安道《〔論併廢汴河〕劄子》云：「閼伯臺下有水淵，未嘗涸，宋人謂之商邱海。」

〔三〕商邱：《樂全集》又云：「昔高辛有子，曰閼伯，至於帝堯，遷於商邱。主辰，故辰爲商星。今宋實商地，商邱在焉。俗名閼伯臺，著於祀典。」《名勝志》：「商邱在歸德府城〔西〕南（二）〔三〕里，周二百步。」

〔四〕杏山：歷代地志俱不載，惟《一統志》云：鈞州在開封西南二百餘里，城北有杏山。《洛陽記》云：「仙人劉根嘗隱於此。」

〔五〕三峰照潼關：韓愈詩：「荆山已（過）〔去〕華山來，日照潼關四扇開。」

慎按：先生於元豐八年春至南都，得請歸陽羡。以詩考之，正王勝之守南都時也。施氏原本訛編此詩於起知登州之後，今改正。

附秦少游作：

王公厭承明，出守南宫鑰。結構得崇邱，巋然瞰清洛。是時謫僊人，發軔自廬霍。郊原春鳥鳴，來此動豪酌。報投一何富，玉案金刀錯。新榜揭中楹，千載見遠託。朅來訪陳迹，物色初摇落。人烟隔凫雁，田疇帶城郭。紅蕖隕風漪，沙礫卷飛籜。青青陵上姿，獨汝森自若。人生如博奕，得喪難前約。金椎初控頤，已復東方作。大明昇中天，龍鸞入階閣。深懲漁奪弊，法令一刊削。斯民如解懸，喜氣鬱磅礴。公乎數登覽，行矣翔寥廓。

附子由作：

我登妙峰亭，欲訪德雲師。春陽被原野，瀰渙含流澌。未復桃李色，稍增松桂姿。子孑東來檣，冉冉將安之。萬物委天運，此身免奔馳。悵然懷舊游，一邱覆茅茨。清泠久沮洳，文雅空頹隳。提攜二三子，醉倒春風吹。不見妙峰處，安知德雲期。南遷久忘反，有獲空自知。歸來覽新構，怳然發深思。遠行極南海，此地初不移。酌我一斗酒，盡公終日嬉。德雲非公歟，相對欲無辭。

記夢 并引

樂全先生夢人以詩三篇示之，字皆旁行而不可識。旁有人道衣古貌，爲讀其中一篇，云：人事且常在，留質悟圓閒。凡四句，覺而忘其二，以告其客蘇軾。軾以私意廣之云。

圓閒有物物閒空，豈有圓空入井中〔一〕。不信天形真箇樣，故應眼力自先窮。連環易一作「已」解如神手，萬竅猶號未濟風。稽首問公公大笑，本來誰礙更求通。

〔一〕圓空：《楞嚴經》：「譬如方器，中見方空。吾復問汝：此方器中所見方空，爲復定方，爲不定方？若定方者，別安圓器，空應不圓；若不定者，在方器中，應無方空。」

寄蘄簟與蒲傳正〔一〕

蘭溪美箭不成笛〔二〕，離離玉筯排霜脊。千溝萬縷自生風，入手未開先慘慄。公家列屋閑一作「閉」蛾眉，珠簾不動花陰移。霧帳銀牀初破睡，牙籤玉局坐彈碁。東坡病叟長羈旅，凍卧飢吟似飢鼠。倚賴春風洗破衾，一夜雪寒披故絮。火冷燈青誰復知，孤舟兒女自嘎咿。皇天何時反炎燠，媿此八尺黄琉璃。願君宋刻本作「公」浄掃清香閣，卧聽風漪聲滿榻。習習還從兩腋生，請公乘此朝閶闔。

〔一〕蒲傳正：《宋史·蒲宗孟傳》：「第進士，歷集賢校理。神宗朝，累遷翰林學士兼侍讀，拜尚書左丞。未幾，御史論其荒於酒色，及繕治府舍過制。罷知汝州，徙知亳、杭、鄆三州，帥永興，移大名。宗孟厭苦易地，默默不樂，求知河中而卒。性侈汰，每旦刲羊十豕十，然燭三百，澡浴每用婢十人，一浴至湯五斛。他奉養率稱是。嘗以書抵蘇軾，云：『晚年學道有所得。』軾答云：『有二事相勸，一曰慈，二曰儉。』蓋鍼其失云。」

〔二〕蘭溪：《太平寰宇記》：「蘭溪水源出（苦）〔箬〕竹山，其側多蘭。唐武德初改縣，指此爲名。」今蘄水縣。

寄怪石石斛與魯元翰〔一〕

山骨裁方斛，江珍拾淺灘。清池上几案，碎月落杯盤。老去懷三友，平生困一簞。堅姿聊自儆，秀色亦堪餐。好去髯卿舍，憑將道眼看。東坡最後供，霜雪照人寒。

〔一〕魯元翰：名有開。注見前。

漁父四首

其一

漁父飲，誰家去，魚蟹一時分付。酒無多少醉爲期，彼此不論錢數。

其二

漁父醉，蓑衣舞，醉裏却尋歸路。輕舟短棹任横斜，醒後不知何處。

其　三

漁父醒，春江午，夢斷落花飛絮。酒醒還醉醉還醒，一笑人間今古。

其　四

漁父笑，輕鷗舉，漠漠一江風雨。江邊騎馬是官人，借我孤舟南渡。

慎按：以上四首，王氏本所無，今從宋刻本及施氏原本編録。

李憲仲哀詞并引

同年友李君諱惇，字憲仲。賢而有文，不幸早世，軾不及與之遊也，而識其子廌有年矣。廌自陽翟見余於南京，泣曰：「吾祖母邊、母馬、前母張與君之喪，皆未葬。貧不敢以飢寒爲戚，顧四喪未舉，死不瞑目矣。」適會故人梁先吉老，聞余當歸陽羨，以絹十匹、絲百兩爲賻，辭之不可，乃以遺廌，曰：「此亦仁人之餽也。」既，又作詩，以告知君與廌者，庶幾皆有以助之。廌年二十五，其文曄然，氣節不凡，豈終窮者哉？

大夢行當覺，百年特未滿。遑哀已逝人，長眠寄孤館。念我同年生，意長日月短。鹽車困騏驥，烈火廢圭瓚。後生有奇骨，出語已精悍。蕭然野鶴姿，誰復識中散。有生寓大塊，死者誰不竄。嗟君獨久客，不識黃土煖。推衣助孝子，一溉滋湯旱。誰能脱左驂，大事不可緩。

贈眼醫王宋刻本有「生」字彦若

鍼頭如麥芒〔一〕，氣出如車軸〔二〕。間關脉絡中，性命寄毛粟。而況清净眼〔三〕，内景含天燭。琉璃貯沆瀣〔四〕，輕脆不任觸。而子於其間，來往施鋒鏃。笑談紛自若，觀者頸爲縮。運鍼如運斤，去翳如拆屋。常疑子善幻，他技雜符祝。子言吾有道，此理君未矚。形骸一塵垢，貴賤兩草木。世人方重外，妄見瓦與玉。而我初不知，刺眼如刺肉。君看目與翳，是翳要非目。目翳苟二物〔五〕，易分如麥菽。寧聞老農夫，去草更一作「易」傷穀。鼻端有餘地，肝膽分楚蜀。吾於五輪間〔六〕，蕩蕩見空曲。如行九軌道，並驅無擊轂。空花誰開落〔七〕，明月自朏朒。請問樂全堂，忘言老尊宿。公自注：彦若，樂全先生門下醫也。

〔一〕鍼芒：《後漢書》陳忠疏云：「臣聞輕者重之端，小者大之源，故潰隄蟻孔，氣洩鍼芒。」

〔二〕氣出：《針灸經》：「鍼入三分，得氣即瀉。」

〔三〕清净眼：《楞嚴經》：「吾今爲汝建大法幢，亦令十方一切衆生，獲妙微密性净明心，得清净眼。」注云：「見離眚病，廓然分照，曰清淨眼。」

〔四〕琉璃：《楞嚴經》「佛告阿難：『如汝所言，潛根内者，猶如琉璃，彼人當以琉璃籠眼，當見山河，見琉璃否？』」

〔五〕目翳：《龍木論》：「目患有圓翳、冰翳、滑翳、澁翳、散翳、浮翳、深翳、横翳、偃月翳、棗花翳、白翳、黑翳、胎翳、花翳、玉翳諸名。」（傳燈録）〔《天聖廣燈録》卷九〕：「百丈云：『若作佛見法見，但是一切有無等見，名眼翳。』」

〔六〕五輪：《龍木論》有五輪八廓内外之障，血輪屬心，水輪屬腎，氣輪屬肺，風輪屬肝，肉輪屬脾臟。

〔七〕空花：《龍木總論》：「凡眼初患之時，眼前多見蠅飛，花發垂蟢，薄烟輕霧，漸漸失明。」

與歐育等六人飲酒

忽驚春色二分空，且看樽前半丈紅。苦戰知君便白羽，倦游憐我憶黄封。年來齒髮老未老，此去江淮東復東。記取六人相會處，引杯看劍坐生風。

觀杭州鈐轄歐育刀劍戰袍〔一〕

青綾衲衫暖襯甲，紅線勒帛宋刻本作「巾」光遶脇〔二〕。禿襟小袖雕鶻盤，大刀長劍龍蛇柙宋本作「插」。兩軍鼓譟屋瓦墜，紅塵白羽紛相雜。將軍恩重此身輕，笑履鋒鋩如一插宋刻本作「搯」。書生只肯坐帷幄，談笑毫端弄生殺。叫呼擊鼓催上竿，猛士應憐小兒黠。試問黃河夜偷渡，掠面驚沙寒霎霎。何如大艦日高眠，一枕清風夢宋刻本作「過」苕霅。

〔一〕鈐轄：注別見。

〔二〕勒帛：《老學庵筆記》：「予童時，見前輩猶繫頭巾帶於前，背子背及（腕）〔腋〕下，皆垂帶。長老言：『背子率以紫勒帛繫之，散腰則謂之不敬。』至蔡太師爲相，始去勒帛。」

王伯敭〔一〕所藏趙昌花四首〔二〕

梅花

南行度關山〔三〕，沙水清練練。行人已愁絕，日暮集微霰。殷勤小梅花，髣髴吴姬面。暗香隨我去，回首驚千片。至今開畫圖，老眼凄欲泫。幽懷不可寫，歸夢君家倩。

〔一〕王伯敭：字廷老，注別見。

〔二〕趙昌：《（廣川畫跋）〔宋朝名畫評〕》：「趙昌，劍南人。畫花果，初師滕昌祐，後過其藝。」夏士良《圖繪寶鑑》：「趙昌，字昌之，善畫花果，作折枝有生意，敷色尤造其妙，不特形似，直與花傳神也。」

〔三〕關山：嶺名，注别見。本集有《梅花二絶句》，先生初赴黄州道中作也。

黄　葵

弱質困夏永，奇姿蘇曉一作「晚」涼。低昂黄金杯〔一〕，照耀初日光。檀心紫各本作「自」者，訛成暈，翠葉森有芒。古來寫生人，妙絶誰似昌。晨粧與午醉，真態含陰陽。君看此花枝，中有風露香。

〔一〕黄金杯：《本草》：黄蜀葵，似蜀葵，别是一種。夏末開花，淺黄色，葉心下有紫檀色，旦開午收暮落。亦呼側金盞花。

慎按：《許彦周詩話》云：「寫生之句，取其形似，故詞多迂弱。東坡《黄葵》詩云：檀心紫成暈，翠葉森有芒。揣模刻骨，造語壯麗。後世莫及。」云云。據此，則「自成暈」當作「紫成暈」，與《本草》方合，向來諸刻本俱訛，今改正。

芙　蓉

清飈已拂林，積水漸收潦。溪邊野芙蓉，花水相媚好。坐看池蓮盡，獨伴霜菊槁。幽姿强一笑，暮景迫摧倒。凄凉似貧女，嫁晚驚衰蚤〔一〕。誰寫少年容，樵人劍南老〔二〕。公自注：

趙昌自題其畫，云劍南樵叟。

〔一〕嫁晚：白居易《晚桃花》詩：「貧家養女嫁常遲。」

〔二〕劍南老：《歸田録》：「趙昌寫生逼真，筆法較俗，無古人格致。然時未有其比，昌每題末自稱劍南樵叟。」

山茶

蕭蕭南山松，黄葉隕勁風。誰憐兒女花，散火冰雪中。能傳歲寒姿，古來惟邱翁。趙叟得其妙，一洗膠粉空。掌中調丹砂，染此鶴頂紅。何須誇落墨，獨賞江南工。

寄吴德仁兼簡陳季常〔一〕

東坡先生無一錢，十年家火燒凡鉛。黄金可成河可塞，只有霜鬢一作「鬚」無由玄。龍邱居士亦可憐〔二〕，談空説有夜不眠。忽聞河東獅子吼，拄杖落手心茫然。誰似濮陽公子賢，飲酒食肉自得僊。平生寓物不留物，在家學得忘家禪。門前罷亞十頃田，清溪繞屋花連天。溪堂醉卧呼不醒〔三〕，落花如雪春風顛。我游蘭溪訪清泉〔四〕，已辦布襪青行纏。稽山不是無賀老〔五〕，我自興盡回酒船。恨君不識顔平原，恨我不識元魯山。銅駝陌上會相見〔六〕，握手一笑三千年。

〔一〕吴德仁：《宋史》：「吴瑛，蘄春人，以父遵路廕仕至虞部員外郎。致仕歸，有田，僅足自給。臨溪築屋，種花釀酒，客至必醉，人(咸)〔莫不〕愛其樂易而敬其高。」張文潛《宛邱集·吴大夫墓志》：「公諱瑛，字德仁，龍圖閣學士、贈太尉遵路之子。年四十六，以虞部員外郎知郴州。官罷，歸京師，即上書請致仕。士大夫凡知公者相率賦詩，飲餞於都門。既謝(事)〔仕〕，歸蘄春。(元祐間聘)〔哲宗朝，詔赴闕，堅卧〕不起，卒年八十四。」

〔二〕龍邱居士：《洪容齋三筆》：「陳季常自稱龍邱先生，好賓客，喜畜聲妓。然妻柳氏極兇妬，故東坡詩云云。『河東獅子』指柳氏也。黄山谷有《與季常簡》云：『審柳夫人時需醫藥，公暮年來想漸求清净，姬媵無新進矣，夫人復何所念而致疾耶？』則柳氏妬名固彰著於外，是以二公皆言之。」劉辰翁云：河東獅子，暗用杜詩「河東女兒身姓柳」爲戲。《西清詩話》亦云：「季常自以爲飽禪學，而其妻柳氏頗悍忌，故東坡因詩戲之。」云云。

〔三〕溪堂：《名勝志》：「溪堂在蘄州治南，至和中，吴瑛隱居也。司馬温公《寄吴比部之子壯年歸蘄春》詩云：『一朝投紱真高士，萬卷藏書舊世家。』」

〔四〕蘭溪清泉：《苕溪漁隱》載東坡云：「黄州東三十里爲沙湖，予將置田其間，因往相田，得疾。聞龐安常善醫，遂往求療，與之同遊清泉寺，在蘄水郭門外二里許，有王逸少洗墨泉，水極甘，下臨蘭溪，溪水西流。是日，與之極飲而歸。」

〔五〕稽山賀老：李白詩：「稽山無賀老，（空）〔卻〕棹酒船回。」先生常至蘄州，欲訪德仁而未果，彼此兩不相識，故結處復用蒯子訓事，言終當相遇也。

〔六〕銅駝陌：《太平寰宇記》：「洛陽有銅駝街。陸機《洛陽記》云：『漢鑄銅駝二枚，在宫南四會道頭，夾路相對。俗語曰：金馬門外聚群賢，銅駝陌上集少年。』言人物之盛也。」

慎按：《苕溪漁隱叢話》曰：「詩中所云『龍邱居士』即陳季常，『濮陽公子』即吴德仁。又云『稽山不是無賀老，我自興盡回酒船』，蓋欲訪德仁未成也。李白詩：『稽山無賀老，（空）〔卻〕棹酒船回。』用此事也。又云『恨君不識顔平原』，東坡自謂：『恨我不識元魯山』，謂德仁也。結言終當相見，如蒯子訓之徒者。一篇詩意（如）〔本末次〕序，有倫有理，潘子真但只言『「稽山不是無賀老」以下六句爲德仁作』，不知濮陽公子復是何人，毋乃與詩題相戾乎？」

題王逸少帖

顛張醉素兩秃翁〔一〕，追逐世好稱書工。何曾夢見王與鍾，妄自粉飾欺盲聾。有如市娼抹青紅，妖歌嫚舞眩兒童。謝家夫人澹丰容，蕭然自有林下風。天門蕩蕩驚跳龍，出林飛鳥一掃空。爲君草書續其終〔二〕，待我他日不忩忩〔三〕。

〔一〕顛張醉素：寶泉《述書賦》注：「張旭，吴郡人，俗號張顛。」《書苑菁華》：「懷素家長沙，幼而事佛，經禪之暇，頗好筆翰。許瑝贈詩云：醉來信手兩三行，醒後却書書不得。』錢起贈詩云：

『狂來輕世界，醉裏得真如。』」

〔二〕草書：庾肩吾《書品論》云：「草勢起於漢，時解散隸法，用以赴急（者），本因草創之義，故曰草書。建初中，京兆杜操始以善草得名。」《述書賦》注云：杜度，漢章帝時人，工於章草。崔瑗父子繼能，羅暉、趙襲亦法此藝，張伯英因而變之，以成今草，世稱一筆書，即草書之祖也。

〔三〕忩忩：與「匆匆」同。顏之推《家訓》：「世中書翰多稱勿勿，相承如此，莫知其由。或言此『忽忽』之殘缺耳。按，《説文》：勿者，州里所建之旗，象其三斿之形，所以促民事，故匆遽者稱勿勿。」據此，則「匆匆」當作「勿勿」。先生用以叶韻，亦踵世俗相傳之訛。又按，《書苑菁華》：「弘農張芝善草書，每書云：匆匆不暇草書。」則「匆匆」字相承久矣。

書林逋詩後〔一〕

吴儂生長湖山曲一作「麓」，呼吸湖光飲山緑，不論世外隱君子，傭奴販婦皆冰玉。先生可是絶俗人，神清骨冷無由俗。我不識君曾夢見，瞳子瞭然光可燭。遺篇妙字處處有〔二〕，步遶西湖看不足。詩如東野不言寒，書似西臺差少肉。平生高節已難繼，將死微言猶可録。自言不作封禪書，更肯悲吟白頭曲。公自注：逋臨終詩云：茂陵他日求遺草，猶喜初無封禪書。我笑吴人不好事，好作祠堂傍修竹。不然配食水僊王〔三〕，公自注：湖上有水仙王廟。一盞寒泉薦秋菊。

〔一〕林逋：《宋史·隱逸傳》：「林逋，字君復，錢塘人。少孤力學，不爲章句。恬淡，弗趨榮利。初遊江淮間，久之歸杭，結廬西湖之孤山二十年，足不及城市。真宗賜粟帛，詔長吏歲時勞問。自爲墓於廬側，不娶，無子，教兄之子宥，登進士甲科。」

〔二〕遺篇：《隆平集》：林逋喜爲詩，澄澹峭特，多奇句。既就稿輒棄之，好事者往往竊記，所傳尚三百餘首。

〔三〕水僊王：《咸淳臨安志》：「水僊王廟在西湖第三橋北。」然南宋時袁韶《記》略云：「或言廣潤龍君祠，即水仙王廟。按，錢塘水僊王事，始見於蘇詩。僊之廟於湖，公時蓋無恙，後莫知廟所在。故趙夔注蘇公詩，考驗無所得，乃序夢中諉以茫昧，使龍君之祠是，趙復奚所疑哉。」

和仲伯達

歸山歲月苦無多，尚有丹砂奈老何。繡谷只應花自染，鏡潭長與月相磨。君方傍海看初日，我已横江擊素波。人不我知斯我貴，不須雷雨起龍梭。

春日

鳴鳩乳燕寂無聲，日射西窗潑眼明。午醉醒來無一事，只將春睡賞春晴。

贈袁陟〔一〕

是身如虚空〔二〕，萬物皆我儲。胡爲强分别，百金買田廬。不見袁夫子，神馬載尻輿。游乎無何有，一飯不願餘。官湖爲我池，學舍爲我居。何以遺子孫，此身自籧篨〔三〕。薰風暗楊柳，秋水静芙蕖。應觀我知子，不怪子知魚。

〔一〕袁陟：不詳何許人。曾南豐有《答袁陟書》，韓魏公有《和袁陟節推龍興寺芍藥》詩。

〔二〕身如虚空：《維摩經》：「是身爲空，離我之所。」

〔三〕籧篨：用《晉書·皇甫謐傳》「以籧篨裹尸」之義，注詳《讀道藏》詩下。

蘇子容母陳夫人挽詞〔一〕

蘇陳甥舅真冰玉，正始風流起頽俗。夫人高節稱其家，凛凛寒松映修竹。雞鳴爲善日日新，八十三年如一晨。豈惟室家宜壽母，實與朝廷生異人。忘軀殉國乃吾子，三仕何曾知愠喜〔二〕。不須宋刻本作「煩」擁笏强垂魚，我視去來皆夢爾。誦詩相挽真區區，墓碑千字多遺餘。他年太史取家傳，知有班昭續《漢書》。

〔一〕蘇子容：《宋史》：「蘇頌，南安人。父紳，葬丹陽，因（家焉）〔徙居之〕。第進士。韓琦、富弼爲相，同表其廉退。神宗朝，知婺州。泝桐廬，江水暴迅，舟欲覆，母在舟中幾溺矣。頌哀號赴水，舟忽自正。母甫及岸，舟覆，人以爲純孝所感。元祐初，（自吏部侍郎遷尚書）〔拜刑部尚書，遷吏部兼侍讀〕。五年，擢尚書左丞。尋拜〔右〕僕射，上章辭位，以中太一宮使居京口。徽宗立，進爵趙郡公。」

〔三〕三仕：《東都事略》：「神宗朝，頌召試，知制誥。前秀州判官李定改太子中允，除監察御史裏行。宋敏求封還詞頭。（翼）〔翌〕日，復下，頌當制，奏定不由銓考擢授朝列，不緣御史薦置憲臺，隳紊法制，未敢具草。次至李大臨，亦封還。於是，並落知制誥，天下謂之三舍人。久之，頌復集賢院學士，擢知開封府。祥符縣令孫純有罪，頌坐失，出貶秘書監，知濠州，改滄州，召還，判吏部。」

神宗皇帝挽詞三首

其一

文武固天縱，欽明又日新。化民何止聖，妙物獨稱神〔一〕。政已三王上，言皆六籍醇。巍巍本無象，刻畫愧孤臣。

〔一〕妙物稱神：《易·繫辭》：「神也者，妙萬物而爲言者也。」

其　二

未易名堯德，何須數舜功。小心仍致孝，餘事及平戎。典禮從周舊，官儀與漢隆。誰知本無作，千古自承風。

其　三

接統真千歲，膺期止一章。周南稍留滯，宣室遂淒涼。病馬空嘶櫪〔一〕，枯葵已泫霜。餘生卧江海，歸夢泣嵩邙。

〔一〕《許彦周詩話》：「東坡受知神廟，雖謫而實欲用之。東坡微解此意，後作《挽詞》，『病馬空嘶櫪』四句云云，非深悲至痛，不能道此語。」

慎按：《宋史》：神宗崩於元豐八年乙丑三月戊戌。先生奉諱時，方在南都，《挽詞》必此時作。施氏原注編入五月以後，似失次第，今詮正。

過文覺顯公房

斕斑碎玉養菖蒲，一勺清泉滿石盂。净几明窗書小楷，便同《爾雅》注蟲魚。

愼按：此詩施氏原本不載，補注編《續補》下卷，以《外集》考之，載在第六卷，題云「過揚州壽寧文覺顯公房」。今據此移編。

歸宜興留題竹西寺三首〔一〕

其一

十年歸夢寄西風，此去眞爲田舍翁。剩覓蜀岡新井水〔二〕，要攜鄉味過江東。

〔一〕歸宜興：周益公《題橘頌帖》云：「公以元豐七年量移汝海，四月離黄，五月訪文定公於筠，七八月之交，留連金陵，九月間抵宜興。（十月二日寫此帖。）聞（眞）通〔眞〕觀側郭知訓宅，即其所館，不知凡留幾日。〔《楚頌帖》題十月二日。〕已而至泗（州），遇歲除。八年正月四日，乃行道中，上書乞常州。三月六日至南京，被旨從所請，回次維揚，有《歸宜興留題竹西三絶》，蓋五月一日也。」朱存理《鐵網珊瑚》載東坡《楚頌帖》云：「吾來陽羨，入荆溪，意思豁然，如愜平生之欲，逝將歸老，殆是前緣。當買一小園，種柑橘三百本，作一亭，名曰楚頌。元豐七年十月二十日書。」周益公又云：公以元豐八年五月得請常州居住，「是月起守文登，自此出入侍從，以及南遷，迨建中靖國辛巳北歸，竟薨於常，（集中班班可考）〔不暇踐〕種橘之約（遂墮渺茫）矣。公熙寧中倅杭，沿檄常、潤間，賦詩云：『惠泉山下土如濡，陽羨溪頭米勝珠。』又有『買牛欲老』之句，卜居權輿於此。元祐八年，辨御史黄慶基論買田事云：「責黄州日，買得宜興姓曹人一契田段，因其争訟無理，轉運司已差官斷遣，不欲與小人争利，許其將原價收贖云云。今公孫曾猶食此田，豈曹氏理屈，（而）〔不〕復（取）贖耶？」〇慎按，朱冠卿《宜典續圖經》云：「東坡初買田黄土村，田主曹姓者已鬻而造訟，有司已察而斥之。東坡移牒，卒以田歸之。」則先生子孫所食者，非曹氏之田也。益公特未細考，故云爾。

〔三〕蜀岡新井：《海録碎事》：「蜀岡自西北來，至揚州竹西亭乃絶。」《太平寰宇記》：「今枕禪智寺，即隋之故宫，岡有茶園。」《揚州志》：禪智寺側爲崑邱臺，即蜀岡也。《方輿紀勝》：大明寺在蜀岡側。《水記》云：劉伯芻品「大明寺（井）水爲第五。」

其二

道人勸飲雞蘇水〔一〕，童子能煎鶯從宋刻本，當作「罌」粟湯〔二〕。暫借藤牀與瓦枕，莫教辜負竹風凉。

〔一〕雞蘇水：詳見二十卷《石芝詩》注中。

〔二〕罌粟湯：《本草》：罌子粟一名（水）〔米〕囊，中有白子極細，可煮粥，和飲食。《清異録》：「（昭）〔明〕宗在藩，嘗（召）幕屬各（賜）〔設〕法乳湯，蓋罌中粟所煎者。」子由《藥苗》詩：「罌小如罌，粟細如粟。研作牛乳，烹爲佛粥。柳槌石鉢，煎以蜜水。便口利喉，調肺養胃。」

其　三

此生已覺都無事，今歲仍逢大有年〔一〕。山寺歸來聞好語〔二〕，野花啼鳥亦欣然。

〔一〕大有年：《穀梁傳》：「五穀大熟，爲大有年。」《詩》鄭箋：「豐年，大有年也。」

〔二〕山寺：揚州山光寺也。

葉石林《避暑録》云：「子瞻山光寺詩『野花啼鳥亦欣然』之句，其辨説甚明，蓋爲哲宗初即位，聞父老頌美之言而云。然神宗奉諱在南京，而詩作於揚州。余嘗至其寺，親見當時詩刻，後書作詩日月，今猶有其本。蓋自南京回陽羨時也。始過揚州，則未聞諱，既歸〔至〕〔自〕揚州，則奉諱在南京，事不相及，尚何疑乎？近見子由作《子瞻墓志》，乃云公至揚州，常人爲公買田，書至，公喜作詩，有『聞好語』之句，乃與辨辭異。豈爲《志》時，未嘗深考而訛耶？然此言出於子由，不可有二，以啓後世之疑。余在許昌時，《志》猶未出，不及見，不然當以告追與過也。」

廣陵後園題申公扇子〔一〕

露葉風枝曉自匀，緑陰青子浄無塵。閒吟遶屋扶疎句，須信淵明是可人。

〔一〕申公：按，《邵氏聞見後録》云：「吕申公帥維揚，東坡自黄移汝，經由見之。申公置酒，酒罷，行後圃中。東坡即几案間筆墨，書歌者團扇云云。」又，考《宋史》，吕公著於元豐五年以資政學士出知定州，又知揚州。元祐初入相，加太師，封中國公。當元豐之末，正其知揚州日也。施氏補注以爲章子厚者，謬，今駁正。

慎按：此詩施氏原本不載，補注本載《續補》下卷，今據《外集》及《邵氏聞見録》移編。

與孟震同遊常州僧舍三首

其一

年來轉覺此生浮，又作三吴浪漫遊。忽見東平〔一〕孟君子〔二〕，夢中相對説黄州。

〔一〕東平：《沿革表》云：東平國，漢初之濟東國及大河郡也。隋大業中，改東平郡，宋爲鄆州。

〔二〕孟君子：施氏補注引先生《君子泉銘序》，今本集失載，全篇見《鐵網珊瑚》，略云：「余謫居黄州，通判承議郎孟震字亨之，頗與予相善。光州太守曹九章以書遺予，曰：朝中士大夫，謂之孟君子。震，鄆人，及進士第。宇中有一泉甚清，〔余因名之君子泉〕，子由爲之記。」云云。與施氏補注所引小異，附録於此。

其二

湛湛清池五月寒〔一〕，小山無數碧巑岏。穲杉戢戢三千本，且作凌雲合抱看。

〔一〕五月：周必大云：「公《同孟震游常州僧舍》，有『湛湛清池五月寒』之句，而《謝表》云：『今月二十二日到常州訖。』即五月也。」

其　三

知君此去便歸耕，笑指孤舟一葉輕。待向三茅乞靈雨，半篙流水送君行。

常州太平寺法華院薝蔔亭醉題〔一〕

六花薝蔔林間佛，九節菖蒲石上僊。何似東坡鐵拄杖，一時驚起野狐禪。

〔一〕太平寺、野狐禪：並注見前。

慎按：此詩施氏原本不載，新刻本載《續補遺》下卷中，今因地附編。

贈常州報恩長老二首〔一〕

其　一

碧玉盌盛紅瑪瑙，井華水養石菖蒲〔二〕。也知法供無窮盡，試問禪師得飽無。

〔一〕報恩：史能之《咸淳毗陵志》：感慈寺，本顯慶寺，一名報恩，在武進縣東八里。唐顯慶中建，宋元祐三年，胡右丞宗愈請爲墳刹。

〔二〕井華水：《本草》注：「井華水，平旦第一汲者是。」杜甫詩：「兒童汲井華，慣捷缾在手。」

其二

薦福〔一〕老懷真巧便〔二〕，浄慈兩本更尖新〔三〕。憑師爲作鐵門限，準備人間請話人。

〔一〕薦福：《咸淳臨安志》：「薦福寺在鹽官縣西三十〔六〕里，有第一代尚禪師塔，師姓曹氏，出家，遍歷叢林，後歸舊隱，更薦福爲禪居。」張無垢有記。

〔二〕老懷：《釋氏稽古略》：「天衣禪師名義懷，樂清陳氏子。天聖間，試經得度，七坐道場。」其傳法弟子爲宗本。

〔三〕浄慈兩本：《五燈會元》：慧林圓照禪師宗本，世稱大本。無錫管氏子，出家，謁天衣禪師，得悟，首開法於平江瑞光寺。熙寧中，陳襄守杭，請師移住浄慈。《續燈録》：「杭州浄慈善本禪師，姓董氏，嘉祐八年，往京師地藏院得度。東遊至蘇，禮圓照本禪師於瑞光，執侍五年。元豐中，住雙林，遷浄慈。」世稱小本。

次韻答賈耘老〔一〕

五年一夢南司州〔二〕，飢寒疾病爲子憂。東來六月井無水，仰看古堰横奔牛〔三〕。平生管、鮑子知我宋刻本作「我知子」，今日陳、蔡誰從邱？夜航争度宋刻本作「路」泥水澀，牽挽直欲來瓜洲。自言「嗜酒得風痺，故鄉不敢居温柔。定將泛愛救溝壑，衰病不復從前樂。今年太守真卧龍〔四〕，笑語炎天出冰雹。時低九尺蒼須髯〔五〕，過我三間小池閣〔六〕。」「故人改觀争來賀，小兒不信猶疑錯。爲君置酒飲且哦，草間秋蟲亦能歌。可憐老驥真老矣，無心更秣天山禾。」

〔一〕賈耘老：名收，注見前。

〔二〕南司州：《〔舊〕唐書·地理志》：黄州黄陂縣，「武德三年，（以）〔以〕縣置南司州。」《輿地紀勝》：南司州在古黄州西南四十里獨家村。《元和郡縣志》：「南司州本西陵縣地，劉表以地當江漢之口，（遣）〔使〕黄祖築城（爲）鎮，名黄城鎮，後改黄陂縣。」

〔三〕奔牛：《十道志》：「萬策湖中有銅牛，人逐之，上東山入土。掘之，走至此。」今栅口及堰皆以「奔牛」爲名。《名勝志》：「奔牛臺在常州武進縣北三十五里。」

〔四〕今年太守：勞鉞《湖州志》：滕元發以元豐末知湖州。本集《與元發尺牘》云：「郡人有賈耘老者，有行義，極能詩，公擇、子厚皆禮異之。願公時一顧慰其牢落。」及先生得請歸常，又《答滕書》云：「耘老至，辱手書，及道起居之詳。」云云。詩中所云太守，正指元發也。蓋元發因先生之言，必致禮於耘老，故中段述其辭如此。

〔五〕九尺蒼須髯：《後漢書・趙壹傳》：「體貌魁梧，身長九尺，美須豪眉，望之甚偉。」

〔六〕小池閣：賈所居名浮暉閣，注詳前。

墨　花并引

世多以墨畫山水、竹石、人物者，未有以畫花者也。汴人尹白能之〔一〕，爲賦一首。

造物本無物，忽然非所難。花心起墨暈，春色散毫端。縹緲形纔具，扶疏態自完。蓮風起宋刻本作「盡」顛一作「傾」倒，杏雨半摧殘。獨有狂居士，求爲黑牡丹。兼書平子賦，歸向雪堂看。

〔一〕尹白：夏士良《圖繪寶鑑》：「尹白專工墨花、習花、光梅，扶疏縹緲。」

送竹几與謝秀才

平生長物擾天真，老去歸田只此身。留我同行木上座〔一〕，贈君無語竹夫人〔二〕。但隨秋扇年年在，莫鬭瓊枝夜夜新。堪笑荒唐玉川子，暮年家口若爲親。

〔一〕木上座：《傳燈録》：「（本空）參夾山，上堦禮拜。山問：『闍黎與甚麽人同行？』（本）〔師〕曰：『木上座。』（遂同到堂下）〔夾山便共師下到堂中〕，〔師〕取拄杖擲〔夾〕山前。」

〔二〕竹夫人：《侍兒小名録》云：「東坡《寄柳子玉》詩：『聞道牀頭惟竹几，夫人應不解卿卿。』又，《送竹几與謝秀才》詩云：『贈君無語竹夫人。』蓋俗謂竹几爲竹夫人也。山谷云：『竹夫人，乃涼寢竹器。憩臂休膝，非夫人之職，而冬夏青青，竹之所長，故名之曰青奴。』

溪陰堂〔一〕

白水滿時雙鷺下，緑槐高處一蟬吟。酒醒門外三竿日，卧看溪南十畝陰。

〔一〕溪陰堂：《高齋詩話》云：「東坡《過真州范氏溪堂》詩云云，蓋用老杜『兩箇黄鸝鳴翠柳』一首詩意也。」據此，則溪陰堂當在真州。但以詩語考之，與先生過真州時景物不合，姑仍依施氏原本，編此。

次韻許遵

蒜山渡口挽歸艎〔一〕，朱雀橋邊看道裝〔二〕。供帳已應煩百兩，擊鮮毋久溷諸郎。問禪時到長干寺〔三〕，載酒閒過緑野堂。此味只憂兒輩覺，逢人休道北窗涼。

〔一〕蒜山渡：陸游《南唐書・馬仁裕傳》：初給使烈祖，署爲右職。「烈祖鎮潤州，仁裕監蒜山渡，首聞朱瑾之亂，馳入白之。烈祖即日渡江定亂。」按，《太平寰宇記》：即京口渡也。

〔二〕朱雀橋：《晉書》：成帝沿淮設航，二十有四，有青溪、朱雀等名。按，晉帝建朱雀門，上用兩銅雀，故朱雀航以之得名。王敦作亂，温嶠令焚航，始用杜預浮橋法代之。按，今鎮淮橋在聚寶門内，乃朱雀橋故址。

〔三〕長干寺：《梁京寺記》：建康南五里，有大長干、小長干、東長干，並是地名。梁武帝初，起長干寺。

慎按：許仲塗名遵，先生有《次韻滕元發許仲塗》詩，見上卷。時許方知潤州，今此詩云云，意仲塗自潤罷官往金陵，有詩寄先生，復次韻送之也。

贈章默并引

章默居士，字志明，生公侯家，才性高爽。棄家求道，不蓄妻子，與世無累。而父母與兄之喪，貧不能舉，以是眷眷世間，不能無求於人。余深哀其志，既有以少助之，又取其言爲詩，以贈其行，庶幾有哀之者。

章子親未葬，餘生抱羸疾。朝吟噎鄰里，夜淚腐茵席。前年黑花生，今歲白髮出。身隨日月逝，恨與天地畢。願求不毛田，親築長夜室。難從王孫裸，未忍夏后堲。五陵多豪士，百萬付一擲。心知義財難，甘就貧友乞。不辭毛髮宋刻本作「粟」施，行自邱山積。此志苟朝遂，夕死真不戚。誓求無生理，不踐有爲迹。棄身尸陀林〔一〕，烏鳶宋刻本作「烏」任狼籍。

〔一〕尸陀林：《翻譯名義》：「尸陀，此翻寒林。此林多死尸，人入畏寒也。又名恐畏林，一名晝暗林。」

【校記】

一、《孫莘老寄墨四首·其一》注五引本集《試墨雜記》云云，誤。此引文出自蘇軾《題跋》，非《雜記》也，見《蘇軾文集》第七十卷，題曰「試東野暉墨」。

二、同上《其三》注一引本集《雜記》，誤。此引文出自蘇軾《題跋》，非《雜記》也，見《蘇軾文集》第七十卷，題曰「書唐林夫惠硯」。

三、同上《其四》注一引白居易詩「口孽不停詩有債」，誤。白居易無此詩，實乃出自蘇軾《次韻秦太虛見戲耳聾》，見《蘇詩補註》卷十八，「孽」作「業」。

四、《南都妙峰亭》注四引《洛陽記》云云，實轉引自樂史《太平寰宇記》卷七《河南道七·許州陽翟縣》「杏山」條。

五、《贈眼醫王彦若》注五引《傳燈録》云云，誤。此條引文見於宋李遵勖《天聖廣燈録》卷九《洪州大雄山百丈懷海禪師》「但無一切有無等法」條、宋賾藏《古尊宿語録》卷二《大鑑下三世》「百丈大智禪師」條、明瞿汝稷《指月録》卷八《六祖下第三世·洪州百丈山懷海禪師》「未悟未解時名母」條。然上述三書均未收入初白《采輯書目》，究不知初白引文所自，姑繫於《天聖廣燈録》之下。

六、《王伯敭所藏趙昌花四首·梅花》注二引《廣川畫跋》云云，誤。《廣川畫跋》無此引文，實轉引自宋劉道醇《宋朝名畫評》卷三《花卉翎毛》「趙昌」條。又，此引文另見於明朱謀垔《畫史會要》卷二《北宋》「趙昌」條，《佩文齋書畫譜》卷五十《畫家傳六·宋一》「趙昌」條亦有載。

七、同上《芙蓉》注二引《歸田録》云云，然今本《歸田録》無引文末句「昌每題末自稱劍南樵叟」，經查，此條引文實轉引自宋佚名《錦繡萬花谷·前集》卷三十三《畫》「無古人格致」條。

八、《書林逋詩後》注三引袁韶《記》云云，實轉引自潛説友《咸淳臨安志》卷七十一「水僊王廟」條附「記文」。

九、《歸宜興留題竹西寺三首·其一》注一引朱冠卿《宜興續圖經》云云，實轉引自朱存理《鐵網珊瑚》卷三《宜興續編圖經四事》之三。

十、《贈常州報恩長老二首·其二》注三引《五燈會元》云云，今本《五燈會元》不見此引文，實轉引自覺岸《釋氏稽古略》卷四宋神宗元豐五年「東京慧林圓照禪師」條，引文乃撮其大意者，故不加引號。〇同注又引《續燈録》云云，亦轉引自《釋氏稽古略》卷四宋哲宗元祐六年「秋八月」條。

十一、《次韻答賈耘老》注二引《十道志》云云，實轉引自宋王存《元豐九域志》卷五《兩浙路·常州毘陵鎮》「奔牛堰」條。

十二、《溪陰堂》注一引《高齋詩話》云云，實轉引自宋蔡正孫《詩林廣記》卷二「東坡題真州范氏溪堂」條。

十三、《次韻許遵》一引陸游《南唐書·馬仁裕傳》，然引文前二句「初給使烈祖，署爲右職」不見於陸氏《南唐書》，實引自馬令《南唐書》卷十一《馬仁裕傳》。

東坡先生編年詩卷二十六

古今體詩五十一首元豐乙丑五月後起知登州，十月到任，十一月以禮部郎還朝，除起居舍人作。

送穆越州

江海相望宋刻本作「忘」十五年，羡公松柏蔚蒼顔。四朝耆舊冰霜後〔一〕，兩郡風流水石間。舊政猶傳蜀父老，先聲已振越溪山。尊前俱是蓬萊守，莫放高樓雪月閒。

〔一〕四朝：慎按，自仁宗天聖元年癸亥，至元豐八年乙丑，已是六十三年，若更遡而上之，以實「四朝耆舊」之語，則穆東美在真宗朝已應從宦，恐無此理。王注以爲歷仕四朝不知何據。

小飲公謹一本作「瑾」舟中

青泥赤日午相烘，走訪一作「扣」船窗柳影中。輟我東坡無限睡，賞一作「當」君南浦不貲風。坐觀邸報談迂叟。公自注：是日，坐中觀邸報，云叟押入門下省。閒説滁山憶醉翁，公自注：鄧，滁人也。

此去澄江三萬頃，只應明月照還空。

慎按：宋制，兩府有除拜，未受命，先押入，以示不準辭免之意。《司馬温公行狀》：「哲宗即位，詔除公知陳州。過闕入見，至則拜門下侍郎。」以《宰輔編年録》考之，元豐八年五月事。先生是時亦起知登州途中，聞司馬入相之命，故自注云「是日坐中觀邸報，叟押入門下省」。施氏補注脱去「押」字、「門」字，遂不成語。今補正。又按，此詩施氏原本不載，今據《外集》編此。

金山妙高臺

我欲乘飛車〔一〕石刻作「輕舟」，東訪赤城石刻作「松」子〔二〕。蓬萊不可到〔三〕，弱水三萬里。不如金山去，清風半帆耳。中有妙高臺〔四〕，雲峰自孤起。仰觀初無路，誰信平如砥。臺中老比邱〔五〕，碧眼照窗几。巉巉玉爲骨，凜凜霜入齒。機鋒不可觸，千偈如翻水。何須尋德雲，即此比邱是。長生未可石刻作「暇」學，請學長不死〔六〕。

〔一〕飛車：《墉城集仙録》：「王母所居閬風之苑有城千里，玉樓十二，左帶瑶池，右環翠水。非飈車羽輪不可到。」《（列子）〔金縷子〕》：「奇肱國民能造飛車。」

〔二〕赤城：按，《（神）〔續〕僊傳》：「謝自然聞司馬承禎居玉霄峰，遂詣焉。後告别承禎，挈一席，投之入海，泛於波上。俄（至）〔到〕一山，有道士曰：『蓬萊隔弱水，此去三千里。非舟楫可行，非飛僊莫到。承禎名在丹臺，身居赤城，乃良師也。』」據此，則詩中「赤松子」應作「赤城子」，指司馬子微而言，與下二句相合。又，《謝傳》本云三千里，施氏補注則云三萬里，明明改易以就詩句。注家似此者甚多，雖無係輕重，必爲駁正者，惡其傅會遷就也。

〔三〕蓬萊：《續博物志》：「蓬萊山，使高麗者望之甚遠，前後峭拔，其島屬昌國縣。島人云蓬萊三僊（人）〔山〕，越弱水三萬里，不應指顧間便見，此外不復見山。」

〔四〕妙高臺：《京口三山志》：「金山（初）〔始〕名浮玉（山），（亦）〔又〕名伏牛山。山（之）東〔麓水中〕有善財石。」野鶻多棲其山，有臺曰妙高。

〔五〕老比邱：時了元住金山。

〔六〕不死：嵇康《養生論》：「世或有謂神僊可以學得，不死可以力致者。」

慎按：先生《與佛印尺牘》云：「『妙高』詩，聊應命耳。今日過召伯埭，自此入塵土俠猾之鄉矣。」云云。

贈杜介〔一〕并引

元豐八年七月二十五日，杜幾先自浙東還，與余相遇於金山，話天台之異，以詩贈之。

我夢遊天台，横空石橋小〔二〕。秋風吹菌露，翠濕香嫋嫋。應真飛錫過〔三〕，絶磵度雲鳥。

舉意欲從之，倐然已松杪。微言粲珠玉，未説意先了。覺來如墮空〔四〕，耿耿牎户曉。群生陷迷網，獨達從古少。杜叟子何人，長嘯萬物表。妻孥空四壁，振策念輕矯。遂爲赤城遊〔五〕，飛步凌縹緲。問禪不歸舍，屢爲瓠壺繞。何人識此志，佛眼自照瞭宋刻本作「燎」。我夢君見之，卓爾非魔嬈。僊葩發茗椀，剪刻分葵蓼。從今更不出，閉户閒騕褭。時從佛頂巖〔六〕，馳下雙蓮沼〔七〕。

〔一〕杜介，字幾先。注見前。

〔二〕石橋：〔《太平寰宇記》：〕「《登真隱訣〔注〕》：『天台山在桐柏山後，四明山東南。』〔《啓蒙記注》〕：『去天不遠，路經油溪，水深險清冷，前有石橋。路逕不盈尺，長數十丈，臨絶澗，惟忘其身，然後能濟。』今名相山，《道書》謂之玉堂。」

〔三〕應真：《晉書・釋道安傳》：應真之侶也。《宋高僧傳序》：「成飛錫之應真。」《道山清話》：「應真，即羅漢也。」

〔四〕墮空：《傳燈録》：此身如墮空虛，眼前皆白。

〔五〕赤城：《述異記》：「赤城一峰，高三百丈，丹壁爍〔石〕〔日〕。」（元和郡縣志）〔《太平寰宇記》卷九十八〕：「赤城山在天台縣北六里，土色皆赤，狀（如）〔似〕雲霞。山下有洞，在三十六小天數。赤城丹洞，周三百里，上有玉清平〔山洞〕天。」

〔六〕佛頂巖：《天台記》：赤城西北至佛頂巖，梁僧定光隱此三年，無人知者。智顗至江陵，夢光引至山顛，曰：「汝當住此。」及顫至佛隴，光曰：「金地吾已居之，汝宜往銀地。」今有金地嶺、銀地嶺。

〔七〕雙蓮沼：《名勝志》：「過金地嶺西北，有寒風闕，由闕東上，爲華頂峰，乃山之第八重最高處。自下望之，若蓮花之萼。峰下數里，有雙溪，上天柱峰轉左，上下有二池。」

余將赴文登過廣陵而擇老移住石塔相送竹西亭下留詩爲別〔一〕

竹西失却上方老〔二〕，石塔還逢惠照師〔三〕。我亦化身東海去，姓名莫遣世人知。

〔一〕文登：《文獻通考》：「登州文登縣有文登山。」《齊乘》：「春秋牟子國，後魏置東牟郡，唐武德中以文登縣置登州。」

〔二〕竹西上方：盛儀《維揚志》：上方禪智寺，在江都縣東，一名竹西寺，蜀井在内，即隋故宫也。

〔三〕石塔：《維揚志》：石塔寺，即唐木蘭院。

慎按：此詩施氏原本不載，新刻本載《續補》下卷，今因題編次於此。

附子由和：

遠老陶翁好弟兄，虎溪廬阜久逢迎。何須更要經平子，清議從來貴士衡。

別公擇

黍離不復閔宗周，何暇雷塘弔一邱。若問西來祖師意，竹西歌吹是揚州。

慎按：此詩施氏原本不載，今從《續補》卷中改編。

贈葛葦一本作「鞏」。

竹椽茅屋半摧傾，肯向蜂窠寄此生。長恐波頭卷室去，欲將船尾載君行。小詩試擬孟東野，大草閒臨張伯英〔一〕。消遣百年須底物，故應憐我不歸耕。

〔一〕大草：開按，須溪云：大草謂張帖，比他帖字大。

贈王寂

與君暫別不須嗟，俯仰歸來鬢未華。記取江南烟雨裏，青山斷處是君家。

次韻孫莘老斗野亭寄子由〔一〕在邵伯堰。

落帆別本作「帽」訛謝公渚〔二〕，日脚東西平。孤亭得小憩，暮景含餘清。坐待斗與牛，錯落挂南荛。老僧如夙昔〔三〕，一笑意已傾。新詩出故人，舊事疑前生。吾生七往來，送老海上城。逢人輒自哂，得魚不忍烹。似聞績溪老〔四〕，復作東都行。小詩如秋菊，豔豔霜中明。過此感我言，長篇發春榮。

〔一〕斗野亭：盛儀《維揚志》：邵伯鎮有斗野亭，以揚州分野屬斗也。

〔二〕謝公渚：《晉書》：「太(康)〔元〕十一年，謝安鎮廣陵，於城東北二十里築壘，名曰新城。」樂史《太平寰宇記》：廣陵縣有邵伯堰，在新城北二十里，謝公所築。「有斗門，在縣東北四十里，合瀆渠。有小渠東去七里，入艾陵湖。」其西爲白茆湖。

〔三〕老僧：名榮，斗野主人也。見《欒城集》注。

〔四〕績溪老：按，《年譜》，子由時自筠州移知績溪縣，尋以校書郎被召入京。

附孫莘老原唱：

淮海無林邱，曠澤千里平。一渠閑防缺一字，物色故不清。老僧喜穿築，北户延朱荛。簷楯斗杓落，簾幃河漢傾。平湖杳無涯，湛湛春波生。結纜嗟已晚，不見芙蓉城。尚想紫芡盤，明珠出新烹。平生有微尚，一舟聊寄行。遇勝輒偃蹇，霜須刷澄明。可待齒牙豁，歸與謝浮榮。

慎按：《黄山谷集》云「外舅孫莘老守蘇州，留詩斗野亭」云云，時元豐三年庚申也。《莘老集》世不傳，此詩從《淮海集》采出，山谷、少游、張琬、張芸叟皆有次韻，詩不具録。

附子由和：《欒城集》原題《和子瞻次孫覺諫議韻題邵伯閘上斗野亭見寄》。

扁舟未遽解，坐待兩閘平。濁水污人思，野寺爲我清。昔遊有遺詠，枯墨存高甍。故人獨未來，一尊誰與傾。北風吹微雲，暮寒依月生。前望邗溝路，却指鐵甕城。茅簷卜兹地，江水供晨烹。試問東坡翁，畢老幾此行。奔馳力不足，隱約性自明。早爲歸耕計，免慙老僧榮。自注：僧榮，斗野主人也。子瞻將卜居丹陽蒜山下，此亭正當歸路，故云爾。

送楊傑〔一〕并引

無爲子嘗奉使登太山絶頂，雞一鳴，見日出。又嘗以事過華山，重九日，飲酒蓮花峰上。今乃奉詔與高麗僧統游錢塘。皆以王事，而從方外之樂，善哉，未曾有也！作是詩以送之。

天門夜上賓出日，萬里紅波半天赤。歸來平地看跳丸，一點黄金鑄秋橘〔二〕。太華峰頭作重九〔三〕，天風吹灧黄花酒。浩歌馳下腰帶鞓〔四〕，醉舞崩崖一揮手。神遊八極萬緣虚，下視蚊雷隱汙渠。大千一息八十反，笑厲東海騎鯨魚。三韓王子西求法〔五〕，鑿齒彌天兩勍敵。過江風急浪如山，寄語舟人好看客。

〔一〕楊傑：《宋史·文苑傳》：「楊傑，字次公，無爲人。（第）〔舉〕進士。元祐中，爲禮部員外郎，自號無爲子。」《東都事略》：「楊傑，元豐年官太常者數任，一時禮文，傑與討論。」

〔二〕黄金鑄秋橘：《抱朴子·微旨篇》：「始青之下，日與月兩半，同昇合成。一出彼玉池，入金室，大如彈丸，黄如橘。」

〔三〕太華峰：《華岳志》：中峰曰蓮花峰，東峰曰僊人掌，西峰曰巨靈足，南峰曰落雁峰，西北曰毛女峰，東北曰雲臺峰。

〔四〕腰帶鞓：太華峰上地名，《西華山志》失載。按，陸游《感舊》詩亦有「青城山裏屏風疊，太華峰頭腰帶鞓」之句。

〔五〕三韓王子：《文獻通考》：「熙寧八年，高麗王運遣其弟僧統來朝，問求佛法，并獻經像。」《教苑遺事》：「高麗國（名）〔君〕文宗仁孝王第四子出家，名義天。元豐八年乙丑冬，航海至明州，上表，乞游中國，詔以楊傑館伴。所至二浙、淮南、京東諸（路）〔郡〕，迎餞如夏國禮，遍訪三學宗工。初抵鄞，師事明智、中立而友法鄰，請跋教乘。造杭州上天竺，以弟子禮事慈辨。過潤州金山，以禪規展拜佛印禪師了元，元據坐受禮，楊傑以爲疑，佛印曰：『不如是，何以示華夏師法耶？』」

慎按：義天游錢塘，乃元祐元年事，《通考》以爲熙寧八年，王注以爲元祐二年，俱訛。

附子由次韻：

人言長安遠如日，三韓住處朝日赤。飛帆走馬入齊梁，却渡吴江食吴橘。玉門萬里惟言九，行人泪墮陽關酒。佛法西來到此間，遍滿曾如屈伸手。出家王子身心虚，飄然渡海如過渠。遠來欲見傾盆雨，屬國真逢戴角魚。至人無心亦無法，一物不見誰爲敵。東海東邊定有無，拍手笑作中朝客。

次韻送徐大正〔一〕

公自注：嘗與余約，卜隣於江淮間。將赴登州，同舟至山陽，以詩見送，留别。

别時酒醆照燈花，知我歸期漸有涯。去歲渡江萍似斗，今年並海棗如瓜。多情明月邀君共，無價青山爲我賒。千首新詩一竿竹，不應空釣漢江槎。

〔一〕徐大正：字得之，東海人。注見二十四卷《閑軒》下。

楊康功有石狀如醉道士爲賦此詩〔一〕

楚山固多猿，青者黠而壽。化爲狂道士，山谷恣騰蹂。誤入華陽洞，竊飲茅君酒。君命囚巖間，巖石爲械杻。松根絡其足，藤蔓縛其肘。蒼苔眯其目，叢棘哽其口。三年化爲石，堅瘦敵瓊玖。無復號雲聲，空餘舞杯手。樵夫見之笑，抱賣易升斗。楊公海中僊，世俗那得友。海邊逢姑射，一笑微俛首。胡不載之歸，用此頑且醜。求詩紀其異，本末得細剖。吾言豈妄云，得之亡是叟。

〔一〕楊康功：華陰人，仕龍圖待制。本集《與康功尺牘》云：「(今)〔兩〕日大風，孤舟掀舞雪浪中，楊次公惠醖一壺，醉中與公作《醉道士石》詩，托楚守寄去。」按，康功曾使高麗，故稱爲海中僊。

慎按：《陵陽室中語》云：「東坡作文，如天花變現，初無根葉，不可揣測。如《醉道士石》詩，共二十八句，却二十六句假説，惟用二句收拾，此真千古絶調也。」

附秦少游詩：

黄冠初飲何人酒，徑醉頽然不知久。風吹化石楚山阿，藤蔓纏身蘚封口。常隨白鶴一飛去，但有衣冠同不朽。異物終爲賢俊得，野老田夫豈宜有。華陰楊公香案吏，一見遂作忘年友。日暮西垣視草歸，往往對之傾數斗。大夢之間無定論，啓母望夫天所誘。穀城或與子房期，西域更爲陳郝吼。我疑黄冠反見玩，若此堅頑定醒否？何當一笑凌蒼霞，顧謝世人聊舉手。

附參寥詩：

天官夜宴瓊樓春，一官大醉頽穹旻。飛光貫地若素練，百里雞犬聲紛紛。吹風洗雨歲月古，化此頑石良悲辛。楚山之老頗知異，濯以澗底清漪淪。霓裳彷彿認羽客，楮冠數寸横秋雲。空齋晝閒戲一擊，琅然哀韻還清真。我聞天官天所陳，雖復暫屈終當伸。烈風迅雷一朝作，却上蒼蒼朝紫宸。

迨作淮口遇風詩戲用其韻

我詩如病驥，悲鳴向衰草。有兒真驥子，一噴群馬倒。養氣勿吟哦，聲名忌太早。風濤借筆力，勢逐孤雲掃。何如陶家兒，遶舍覓梨棗。君看押强韻，已勝郊與島。

過泗上喜見張嘉父二首〔一〕

其一

眉間冰雪照淮明，筆下波瀾老欲平。直得全生如許妙，不知形諜已多名〔二〕。

〔一〕張嘉父：慎按，施氏舊注：「張嘉父名大寧，山陽人。登元豐八年第。治《春秋》學，以書問於先生。答之曰：『此書自有妙用，學者罕能領會，多求之繩束中，乃近法家者流。惟丘明識其用，微見端兆，欲使學者自得之。故僕以爲難，未敢輕論也。』建中靖國初，還自南海，首以書與錢濟明，問嘉父今安在，想日益不止。時已除《春秋》博士矣。政和間爲司勳郎。張文潛作《南山賦》以贈之，其略曰：『南山巖巖兮，其下有人佩玉而握珠。尅意魯叟之古經，不習世儒之臆書。』其所居當是泗之南山，今爲盱眙也。」此段新刻本删去，今補録。

〔二〕形諜：《莊子》：「内誠不解，形諜成光。」

其二

空翠娱人意自還，明窗一榻共秋閒。會知名利不到處，定把清觴屬此山〔一〕。

〔一〕此山：按，嘉父居泗州南山，張文潛嘗作《南山賦》以贈之。

慎按：以上二首，施氏原本不載，今因題編次。

次韻徐積〔一〕

殺雞未肯邀季路，裹飯先須問子來〔二〕。但見中年隱槐市，豈知平日賦蘭臺。海山入夢方東去，風雨留人得暫陪。若説峨眉眼前事宋刻本作「是」，故鄉何處不堪回。

〔一〕徐積：《東都事略》：「徐積，字仲車，山陽人。少孤，事母（至）〔盡〕孝，四十不婚不仕。鄉人勉之就舉，遂偕母至京師。既登第，未調官而母（卒）〔亡〕，遂不復仕。監司上其（名）〔行〕，以爲教授。久之，致仕，歸山陽。於是始娶，後以壽終，謚曰節孝處士。」○慎按，王資深所撰《仲車行狀》略云：「先生父名石，神童出身，知融州羅城縣。羅城君卒，先生始三歲。既冠（後），從安定胡先生學。治平三年登第，以耳疾，不能從仕。元祐元年，就除揚州司户參軍、楚州教授。」則東坡與相見時，尚未授職，故有「中年隱槐市」之句。

〔三〕子來：《藝苑雌黄》云：《莊子》：「子輿與子桑友，而霖雨十日。子輿曰：『子桑殆病矣。』裹飯而往食之。」裹飯者，子桑，非子來也。先生詩訛。然觀退之《贈崔斯立》詩云：「昔者十日雨，子來寒且飢。」其失自退之始矣。

慎按：《節孝先生集》有《贈子瞻四首》，皆古體詩，此首原作失去，無從采録。

元豐七年有詔京東淮南築高麗亭館密海二州騷然有逃亡者明年軾過之嘆其壯麗留一絶云〔一〕

簷楹飛舞垣牆外，桑柘蕭條斤斧餘。盡賜昆邪作奴婢，不知償得此人無。

〔一〕高麗：《演繁露》引南唐章僚《海外行程記》：「自海、萊二州，須得西南風乃行。與中國對者，已在山東之東矣。而其屬郡有康州者，乃與明州相對。康之鄰郡曰武州，其氣候正似餘姚，則麗之與明又斜相對，直微兼西北矣。」王溥《五代會要》：「高麗本扶餘之别種，都平壤城，在京師東五千一百里。前王姓高氏。（晉天成四）〔長興三〕年，封權知國事王建爲高麗國王。」自後有國者皆王氏。徐兢《宣和奉使高麗圖經》：「熙寧四年，高麗國王王徽復修方貢，神宗嘉其忠藎。元豐三年、四年，連使來朝。六年，徽卒，命楊景略爲祭奠使，錢勰爲弔慰使，七年七月，自密之板橋航海而往。哲宗踐阼，使來奉慰，又來奉賀。」葉石林《詩話》：「高麗遣使來朝，神宗以張誠一館伴，問其（所以）復朝之意。對云：『其國主王徽常誦《華嚴經》，祈生中國。一夕忽夢至京師，備見城邑宮室之盛，覺而爲詩，曰：惡業因緣近契丹，一年朝貢幾多般。移身忽到京華地，可惜中宵漏滴殘。』」《宋史》：熙寧中，高麗遣使，「言欲遠契丹，乞改途由明州赴闕。郡縣供頓無舊準，頗擾民，詔立式頒下，費悉官給。」本集《論高麗奉進狀》云：「伏見熙寧以來，高麗入貢，至元豐末十六七年間，兩浙、淮南、京東三路築城造船，建立亭館，所在騷然，公私告病。」

懷仁〔一〕刻本作「口」者，訛令陳德任新作占山亭〔二〕二絶

其一

尚父提封海岱間，南征惟到穆陵關〔三〕。誰知海上詩狂客，占得膠西一半山。

〔一〕懷仁：慎按，《外集》作「懷仁」。《唐書·地理志》：海州東海郡領縣四，懷仁其一也。《名勝志》：海州贛榆縣，舊名懷仁。《太平寰宇記》：「大海在城東十五里，南接朐山界，北接懷仁界。」向來刻本俱訛作「懷口」，今改正。

〔二〕占山亭：失考。

〔三〕穆陵：（齊乘）〔《元和郡縣志》卷十三〕：「穆陵山在沂水縣北。」伏琛《齊記》：「（東）〔泰〕山南，龜山北，穆陵山是也。」

其二

我是膠西舊使君〔一〕，此山仍合與君分。故應竊比山中相，時作新詩寄白雲。

〔一〕膠西：按，（漢書）（《元和郡縣志》卷十二）：「文帝十六年，分齊，立膠西國，都高密。」《輿地廣記》：「密州有膠西縣。」先生曾知密州，故曰「膠西舊使君」，非萊之膠州也。《水經注》：「膠水北逕祝兹縣故城東，漢武帝封膠東康王子延爲侯國。」後魏置膠州於此。則萊之膠州，乃膠東也。注引《一統志》，謬，今駁正。

慎按：以上二首，施氏原本不載，新刻載《續補》下卷。以《外集》考之，題中「懷口」當作「懷仁」，今據此改正，移編。

過密州次韻趙明叔喬禹功

先生依舊廣文貧，老守時遭醉尉嗔〔一〕。汝輩何曾堪一笑，吾儕相對復三人。黄雞唱曉凄涼曲，白髮驚秋見在身。一别膠西舊朋友，扁舟歸釣五湖春。

〔一〕廣文、老守：趙明叔爲膠西教授。喬禹功由太博换左藏，知欽州，後移知施州。詳見先生密州詩卷中。

再過常山和昔年留别詩

傴僂山前叟，迎我如迎新。那知夢幻軀，念念非昔人。江湖久放浪，朝市誰相親？却尋泉源去，桃花應宋刻本作「逢」避秦。

慎按：此詩即次《留别雩泉》韻。

再過超然臺贈太守霍翔〔一〕

昔飲雩泉别常山〔二〕，天寒歲在龍蛇間。山中兒童拍手笑，問我西去何當還。十年不赴竹馬約〔三〕，扁舟獨與漁蓑閒。重來父老喜我在，扶挈老幼相遮攀。當時襁褓皆七尺，而我安得留朱顔。問今太守爲誰歟？護羌充國鬢未斑。公自注：翔自言，在熙河作屯田有功。躬持牛酒勞行役，無復杞菊嘲寒慳〔四〕。超然置酒尋舊迹，尚有詩賦鑱堅頑〔五〕。孤雲落日在馬耳〔六〕，照耀金碧開烟鬟。郲淇自古北流水，跳波下瀨鳴玦環。願君談笑作石埭，坐使城郭生溪灣。

〔一〕 超然臺：注詳第十四卷。

〔二〕 雩泉：本集《雩泉記》略云：「熙寧八年旱，禱於(常)〔兹〕山，應如響，乃新其廟。廟門西南〔五〕

十〔五〕步，有泉汪洋〔折〕旋（折）如車輪，乃琢石爲井，作亭於上，名之曰雩泉。」

〔三〕十年：公自密移徐，在丙辰十二月，及乙丑赴知登州，九月過密，相距十年矣。

〔四〕杞菊：《烏臺詩案》：「《杞菊賦引》云：『及移守膠西，始至之日，齋館蕭然。』以非諷新法減削公使錢太甚，齋醞厨簿，事皆索然無備也。」

〔五〕詩賦：先生有《超然臺記》及《和潞公》詩，子由有《超然臺賦》。

〔六〕馬耳：《水經注》：「馬耳山高百（尺）〔丈〕，上有二石並舉，望齊馬耳，故世取名焉。東去常山三十里。」

常山一本作「州」贈劉鎡

劉侯年少日，駿馬拊便面。援弓雁自落，不待白羽貫。

慎按：此詩施氏原本不載，新刻在《續補》下卷，今因地附録於此。

登州海市〔一〕并引

予聞登州〔二〕海市〔三〕舊矣。父老云：嘗出石刻作「見」於春夏，今歲晚，不復見矣石刻作「出也」。予到官五日而去，以不見爲恨，禱於海神廣德王之廟。明日見焉，乃作此詩。

東方雲海空復空，群僊出没空明中。蕩摇浮世生萬象，豈有貝闕藏珠宫？心知所見皆幻影，敢以耳目煩神功石刻作「工」。歲寒水冷天地閉，爲我起蟄鞭魚龍。重樓翠阜出霜曉，異事驚倒百歲翁。人間所得《苕溪漁隱》作「見」容力取，世外無物誰爲雄？率然有請不我拒，信我《苕溪漁隱》作「哉」人厄非天窮。潮陽太守南遷歸，喜見石廩堆祝融。自言正直動山鬼，豈石刻作「不」知造物哀龍鍾。伸眉一笑豈易得，神之報汝亦已豐。斜陽萬里孤鳥一作「鳥」没〔四〕，但見碧海磨青銅〔五〕。新詩綺語亦安用，相與變滅隨東風。

〔一〕一本無「登州」二字。按，石刻，「海市」下有「詩」字。末題云「元豐八年十月晦書呈全叔承議」。

〔二〕登州：《元和郡縣志》：「古萊子國，後魏置東牟郡，尋廢。武德初，於文登縣置登州。」《太平寰宇記》：「登州南至萊州界四百里，西北至大海，當中國往新羅渤海大路。」

〔三〕海市：沈括《筆談》：「登州海（市）〔中〕時有雲氣，如宫室、（樓）〔臺〕觀、城堞、人物、車馬、冠蓋之狀，〔謂之海市，〕或云蛟蜃之氣。」《齊乘》云：登州北，海中有沙門、鼉磯、牽牛、大竹、小竹五島，「海市現滅，常在五島之上。或謂類南海蜃樓，殆不然。嘗至海上訪之，（每於）〔常以〕春夏晴和之時，杲日初昇，東風微作，雲脚齊敷於島上，海市必現。凡世間所有，象類萬殊，或小或大，或變現終日，或（遍）〔際〕海皆滿，其爲靈怪赫奕，豈蜃樓可擬哉？蓋滄溟與元氣呼吸，神龍變化不測，如佛經所（云）〔謂〕，龍王能興種種雷電雲雨，於本宫不動不摇。山海幽深，容有此理。」

〔四〕孤鳥没：杜牧詩：「長空澹澹孤鳥没，萬古消沉向此中。」

〔五〕磨青銅：本集《蓬萊閣記所見》云：「閣上望海如鏡面，與天相際。」

奉和陳賢良〔一〕

不學孫吴與《六韜》，敢將駑馬並英豪。望窮海表天還遠，傾盡葵心日愈高。身外浮名休瑣瑣，夢中歸思已滔滔。三山舊是神僊地，引手東來一釣鰲。

〔一〕賢良：《宋史·選舉志》有賢良方正科。

慎按：此詩施氏原本不載，新刻載《續補》下卷，玩本詩結句，當是登州作，故移編於此。

登州孫氏萬松堂〔一〕宋刻本無「萬」字。

萬松誰種已摐摐，半嶺蒼雲一作「髯」映此邦。露重珠瓔宋刻作「纓」蒙翠蓋，風來石齒碎寒江。浮空兩竹横南閣〔二〕，倒景扶桑射北窗。坐待夕烽傳海嶠，重城歸去踏逢逢。

〔一〕松堂：《名勝志》：「孫氏松堂在登州府城内。」

〔二〕兩竹：大竹、小竹，二島名，皆在登州北海中。見《齊乘》，詳《海市》注下。

過萊州〔一〕雪後望三山〔二〕

東海如碧環，西北卷登萊。雲光與天色，直到三山回。我行適冬仲，薄雪收浮埃。黄昏風絮定，半夜扶桑開。參差太華頂，出没雲濤堆。安期與羨門，乘龍安在哉？茂陵秋風客，勸爾麾一杯。帝鄉不可期，楚些招歸來。

〔一〕萊州：《元和郡縣志》：「（地）在齊國之東，故曰東萊。漢置郡，後魏分青州，置光州。隋開皇二年，改萊州。北至大海五十里，東北至登州（四百）〔二百四十〕里。」

〔二〕三山：《太平寰宇記》：「三山在掖縣北，海之南岸。」《齊乘》：「萊州北二（千）〔十〕里有三山。《漢志》：秦祠八神，四曰陰主，祠三山。顔監謂即三神山者，非也。三神山乃蓬萊、方丈、瀛洲之〔總〕稱，在渤海中，（非）〔豈〕海岸之三山也？」又，《名勝志》：三山島在府城北五十里。「掖縣城北又有三山亭。」

遺直坊并引

富公之客李君諱常〔一〕，登人也。故太守李公諱師中榜其閭曰「遺直」。而其子大方，求詩於軾，爲賦一首。

使君不浪出，羔雁親扣門。先生但清坐，薤水已多言。當時邦人化，市無晨飲豚。歲月曾幾何，客主皆九原。魯經有遺嘆，楚些無歸魂。我作遺直詩，過者式其藩。

〔一〕李常：慎按，同時有兩李常，一爲李公擇，建昌人。一則登州人。《歐陽公集》有《讀張李二生文贈石先生》詩，云：「先生（三）〔二〕十年居魯，能使魯人皆好學。其間張續與李常，剖琢珉石得天璞。」則李常不獨爲富公客，亦徂徠之高弟也。

鰒魚行〔一〕

漸臺人散長弓射，初啖鰒魚人未識。西陵衰老繐帳空，肯向北河親饋食。兩雄一律盜漢家，嗜好亦若肩相差。公自注：莽、操皆嗜鰒魚。食每對之先太息，不因噎嘔緣瘡痂。中間霸據關梁隔，一枚何啻千金直〔二〕。百年南北鮭菜通，往往殘餘飽臧獲。東隨海舶號倭螺，異方珍寶來更多。磨沙瀹瀋成大胾，剖蚌作脯分餘波。君不聞蓬萊閣〔三〕下駝碁島〔四〕，八月邊風備胡獠。舶船跋浪黿鼉震，長鑱鏟處崖谷倒。膳夫善治薦華堂，坐令雕俎生輝光。肉芝石耳不足數，醋芼魚皮真倚牆。中都貴人珍此味，糟浥油藏能遠致〔五〕。割肥方厭萬錢廚，決眥可醒千日醉。三韓使者金鼎來，方奩饋送煩輿臺。遼東太守遠自獻，臨淄掾吏誰爲材。吾生東歸收一斛，苞苴未肯鑽華屋。分送羹材作疑誤，當作「乍」眼明，却取細書防老讀。

〔一〕鰒魚：《説文》：「鰒，海魚名。」郭璞云：蝮狀如蛤，偏著石。《本草》：鰒魚甲，即石决明，一名千里光，主明目去障。《後山叢談》：「石决明，登人謂之鰒魚。」

〔二〕一枚千金：《南史·褚淵傳》：「時淮北屬江南，無復鰒魚，一枚直數千錢。」

〔三〕蓬萊閣：《名勝志》：「唐神龍間，析黄縣置蓬萊縣，（即）〔本貞觀之〕蓬萊鎮也。昔漢武於此望海中蓬萊山，因築城以爲名。有蓬萊閣，在城北丹崖山，東、西二面，石壁巉巖。」

〔四〕駝碁島：《歐陽公集》作「鼉磯島」，在登州海中，距蓬萊縣百餘里。《名勝志》：「沙門〔島〕在城西北海中，其相連屬者，有駝碁島，紫翠巉絶，出没於波濤之表。」

〔五〕糟浥：《本草》：「吴越人以糟决明爲美品。」

慎按：此詩施氏原本不載，今據《後山叢談》，從新刻《續補》上卷移編。

留別登州舉人

身世相忘久自知，此行閒看古黄腄〔一〕。自非北海孔文舉，誰識東萊太史慈。落筆已吞雲夢客，抱琴欲訪水僊師。莫嫌五日匆匆守，歸去先傳樂職詩。

〔一〕黄腄：《史記》：「（始皇）二十八年，〔始皇〕東行郡縣，並渤海以東，過黄腄。」注引「《括地志》云：『黄縣故城在萊州（黄縣）〔城以〕東南二十五里，古萊子國也。』《十三州志》云：『牟平縣，古腄縣也。』」

慎按：此詩施氏原本不載，新刻本載《續補遺》卷中，以題考之，乃登州作，今移編。

次韻趙令鑠〔一〕

東坡已報六年穰，惆悵紅塵白首郎。枕上谿山猶可見，門前冠蓋已相望。故人年少真瓊樹，落筆風生戰堵牆。端向甕間尋吏部，老來專一作「惟」以醉爲鄉。

〔一〕趙令鑠：王明清《跋東坡真蹟》云：「英宗潛龍日，居穆親宅，與宗屬淄恭憲王世雄厚善。慶曆八年戊子，兩家各生子，同年日月時。其後英宗入繼大統，所誕即神宗，恭憲所育乃太僕伯堅也，爲本朝宗室登進士第之冠，易文階最先。」伯堅，令鑠字也。施氏原注：「趙令鑠，字伯堅，熙寧中以諸衛將軍對策學士院，改職方員外郎，僉書南京判官。侍祠郊丘，對垂拱殿，言青苗不當立俵散賞格，恐希功生弊。神宗然之。元祐初，爲光禄少卿，將作監。終太僕卿。贈寶文閣待制。」

慎按：趙令鑠字伯堅，趙令時字景貺，東坡爲改字德麟，集中有《字説》可證，明明兩人也。吴中新刻本於注中忽增「一云字景貺」五字，乃施氏原本所無。自「僉書南京判官」以下一段，原本所有，而新刻則妄爲删削。今爲補録全文，糾摘繆訛，一覽昭然，用爲輕改古書之戒。

次韻王定國得潁倅二首

其一

僊風入骨已凌雲，秋水爲文不受塵。一噫固應號地籟，餘波猶足挂天紳。買牛但自捐三尺〔一〕，射鼠何勞挽六鈞。莫向百花潭上去〔二〕，醉翁不見與誰親？

〔一〕三尺：《石林詩話》：「唐彦謙《題漢高祖廟》詩：『耳聞明主提三尺，眼見愚民盗一抔。』語皆歇後，如三尺律，三尺喙皆可，何獨劍乎？子瞻詩：『買牛但自捐三尺，射鼠何勞挽六鈞。』亦與此同病。六鈞可去『弓』字，三尺不可去『劍』字也。」○慎按，《高祖紀》：「吾以布衣，提三尺，取天下。」又《韓安國傳》：「高帝曰：『提三尺取天下者，朕也。』」《陳書》：「高帝詔：『提彼三尺，賓於四門。』」三尺下何必更着「劍」字耶？

〔二〕百花潭：當在潁州，失考。

其二

滔滔四海我知津，每愧先生植杖耘。自少多言晚聞道，從今閉口不論文。灩翻白獸尊中酒，歸煮青泥坊底芹。要識老僧無盡處，牀頭牛蟻不曾聞。

次韻趙令鑠惠酒

神山無石髓，生世悲暫寓。坐待玉膏流〔一〕，千載真旦暮。青州老從事，鬲上非所部。惠然肯見從，知我憎一作「困」市酤。開瓶自洗盞〔二〕，肴核誰與具。門前聽剥啄，烹魚得尺素。

〔一〕玉膏：酒名，鮮于樞《游鼻亭記》載先生此詩，題云「伯堅惠玉膏兩壺且枉佳篇次韻戲答」云云。

〔二〕洗盞：杜甫詩：「洗盞開嘗對馬軍。」

附趙伯堅原唱： 此下二首，從鮮于樞《記》中采出。

古人醉以酒，蓋亦有所寓。一飲百憂忘，陶陶朝復暮。公欲醉爲鄉，甕間尋吏部。惜取青銅錢，濁醪安足酤。敢竊好事名，聊資子雲具。巧手斧鼻端，此情知有素。

附伯堅再和一首：

登州與儀曹，到官如旅寓。螭陛鳳凰池，翱翔未云暮。冰雪照人清，黄色盈中部。譬如千日釀，一宿陋清酤。載筆無多辭，公真濟時具。歎息賀德基，尤知我尸素。

慎按：元鮮于伯機《游鼻亭山記》略云：「元貞元年，送客臨平鎮，晚宿廣嚴院，僧普聞出書畫詩客，中有東坡與趙令鑠唱和真蹟一卷。令鑠有詩聲，集不行世，因録之。其序云：『子瞻和余致齋詩，有「端（合）〔向〕甕間尋吏部，老來惟以醉爲鄉」之句，因送薄酒，兼成斐章，冀發一笑也。』詩云『古人辭以酒』云云。東坡和詩『神山無石髓』云云；伯堅又（有）詩云《子瞻辭免起居之命令鑠復用前韻以勉之》『登州與儀曹』云云。」趙伯堅詩，世不多見，亟録以附先生集中，一時贈答，風流猶可想見也。

送范純粹〔一〕守慶州〔二〕

才大古難用，論高常近迂。君看趙魏老，乃爲滕大夫。浮雲無根蔕，黄潦能須臾。知經幾成敗，得見真賢愚。羽旄照城闕，談笑安邊隅。當年老使君〔三〕，赤手降於菟。諸郎更何事〔四〕，折箠鞭其雛。吾知鄧平叔，不鬬月支胡。

〔一〕范純粹：施氏原注：「范純粹，字德孺，文正公之季子。元豐初，檢正中書五房公事，與同列不合，謫知徐州滕縣。東坡時守徐，爲作《公堂記》。後轉運陝西。神宗遣高遵裕等將兵伐西夏，德孺從軍給餉。遵裕無功而還。神宗鋭意大舉再伐，中人李憲先爲帥，以失期當坐，懼罪，遂進疏以逢上意。關陝不堪科調，洶洶將亂。德孺屢疏，危言甚力。會中人李舜舉奉使歸告上，以再舉必亂，帝意悟，始知其忠。」〇以上新刻删去，今補録。「哲宗即位，以直龍圖閣京東轉運副使，代其兄忠宣公守慶。請棄所侵西夏地，曰：『争地未棄，則邊隙無時可除。』於是還四砦，而夏人服。紹聖後，以棄地故，又坐黨錮，屢起屢仆，終龍圖閣直學士。此詩著其爲國盡言之實，卒言文正公在仁宗時，元昊叛命，訖以計降之，德孺守慶州，竟如先生所期云。」

〔二〕慶州：《元和郡縣志》：「關内道慶州順化都督府，古西戎地，秦屬北地郡，隋爲合川鎮。後割寧州歸德縣，置慶州。」《九域志》：「陝西永寧軍路中府慶州安化郡，去東京一千九百里。」

〔三〕當年老使君：《東都事略·范仲淹傳》：「元昊反，仁宗知仲淹材兼文武，令知延州。時議諸路進（兵）〔討〕，〔獨〕仲淹（獨）固守鄜延不從。後徙慶州，爲環慶路經略安撫招討使，尋拜陝西四路安撫緣邊招討使。居三歲，士勇邊實，乃謀取横山，復靈武。」《宋史》：仲淹在慶州，築大順城於州西北，當後川橋口，以斷夏人侵寇之路。

〔四〕諸郎：按史，神宗朝，文正公次子純仁以直龍圖閣知慶州。哲宗朝，幼子純粹以直學士繼守是州。

慎按：任淵《山谷詩注》引《實録》：「元豐八年八月，直龍圖閣、京東轉運使范純粹知慶州。」是時先生方赴登州，其冬十二月始還朝，豈德孺至是乃西行耶？山谷亦有《送范守慶》詩，《年譜》以爲元祐元年作。

送范德孺 一本作「過范縣訪德孺」。

漸覺東風料峭寒，青蒿黄韭試春盤。遥想慶州千嶂裏，暮雲衰草雪漫漫。

慎按：此詩施氏原本不載，新刻本載《續補》下卷，今因題附録於此。

次韻王震

攜文過我治平間〔一〕，霧豹當時始一斑。聞道吹噓借餘論〔二〕，故教流落得生還。清篇帶月來霜夜，妙語先春發病顔。詩酒暮年猶足一作「得」用，竹林高會許時攀〔三〕。

〔一〕治平間：按，《年譜》英宗治平乙巳、丙午間，先生自鳳翔還朝，召試秘閣直史館。

〔二〕吹噓借餘論：王定國《聞見近録》云：「六姪震嘗謂予曰：子瞻貶黄州，神宗每憐之。一日，謂執政曰：『國史大事，欲俾蘇軾成之。』執政有難色，上曰：『非軾則用曾鞏。』其後復有旨起蘇軾，以本官知江州。中書蔡持正、張粹明受命，震當詞頭。明日改承議郎、江州太平觀提舉。又明日，命格不下，皆王禹玉之力也。」

〔三〕竹林：王震爲定國之姪，故云。

陳鵠《耆舊續聞》：「東坡謫黄，元豐末，移汝州，制詞云：『蘇軾謫居既久，念咎已深，人才實難，不忍終棄。』蓋王子發詞也。元祐初，坡入掖垣，與子發同僚。和子發詩云：『清篇帶月來霜夜，妙語先春發病顔。』蓋爲此故也。」

喜王定國北歸第五橋

白露凄風洗瘴烟，夢回相對兩凄然。雀羅廷尉非當日，鳩杖先生愈少年。世事飽諳思束手，主恩未報恥歸田。誰憐第五橋邊水，獨照台州老鄭虔。

慎按：諸刻本此詩題止「第五橋」三字，今從《外集》補録全題，改編於此。

次韻王定國謝韓子華過飲〔一〕

楚有孫叔敖，長城隱千里。哀哉練宋刻本作「綀」裙子，負薪躡破履。豈無故交親，逝去如覆水。不如老優孟，談笑宋刻本作「説」託諧美。世家不可恃，如倚折足几。祥符有賢相〔二〕，手握天下砥。懿敏亦名公〔三〕，三貴德爵齒。蓋棺今幾日，公子誰料理。誰要卿料理，欲説且止止。宅相〔四〕開府公〔五〕，久爲蒼生起。如何垂老別，冰盤餽蒼耳。親嫌妨鶚薦，相對發微泚。新詩如彈丸，脱手不移晷。我亦老賓客，苦語落紈綺。莫辭三上章，有道貧賤耻。

〔一〕韓子華：《宋史》：韓絳，字子華，忠憲公億之第三子。舉進士甲科。神宗立，以韓琦薦，拜樞密副使。熙寧三年，參知政事。尋以觀文學士知許州，七年，復代王安石爲相。再出知許州，封康國公。元祐初，以太尉致仕，謚獻肅。

〔二〕祥符賢相：《宰輔編年録》：王旦於景德三年拜相，歷祥符至天禧元年，在位凡十二年。李燾《長編》云：旦爲相，「端重堅正，明達國體，接物若甚和易，而風（儀）〔格〕峻整，當官莅事，莊厲不可犯。」

〔三〕懿敏：《宋史》：王素，文正公旦之子，事仁宗，出入垂三十年，卒謚懿敏。

〔四〕宅相：王氏舊注云：「文正公長女嫁韓憲肅公，子華乃王氏之甥。」○慎按，子華之父名億，謚忠憲，非獻肅也。獻肅乃子華謚，王注訛，今駁正。

〔五〕開府：《宋史·韓絳傳》：「熙寧中，爲陝西宣撫使，即軍中拜中書門下平章事，開幕府於延安。」

慎按：《宋史》及《東都事略》，韓子華立朝柄政，一無可稱，甚至爲言路所劾。與章惇、曾布並提而論，生平槩可知矣。定國爲名家之後，其人材門地自堪大用。初因東坡先生廢斥，先生入爲侍從，定國亦宜膺顯擢。子華乃王之所自出，又當路有汲引之力，反托親嫌，不爲表薦，遂使五年瘴癘，萬里生還，區區穎、揚二倅，轉徙靡常，與流落何異？子華不得辭其責也。公此詩，似爲定國痛惜，然所以諷刺子華者，深矣。

次韻馬元賓〔一〕

流落江湖萬里歸，相逢自慰已差池。初聞好句驚人倒，悔過東庭識面遲。握手寧知無賀監，結交誰復一作「定」許袁絲。塞鴻正欲摩天去，垂老追攀豈可一作「所」期。

〔一〕馬元賓：爵里失考。

慎按：此詩施氏原本不載，新刻載《續補》下卷，以起句觀之，當是元祐初年作，編録於此。

惠崇春江晚景二首〔一〕

其一

竹外桃花三兩枝，春江水暖鴨先知。蔞蒿滿地蘆芽短，正是河豚欲上時〔二〕。

〔一〕惠崇：《圖繪寶鑑》：「建陽僧惠崇工畫鵝雁鷺鷥，尤工小景，善爲寒汀野渚、瀟灑虚曠之象。」歐陽公以爲九僧之一也。

〔二〕河豚：程大昌《演繁露》引《博雅》云：「鯸鮐，魨也。背青鰒白，觸物即怒，其肝殺人。」《酉陽雜俎》：「魚肝與子俱毒，艾能已其毒。江淮人食河豚必和艾。」《藝苑雌黄》：「河豚，新附《本草》云：『味甘温，無毒。』《日華子》云：『有毒。』」《苕溪漁隱》云：「按，《游僊雜録》：暮春（楊）〔柳〕花飛，此魚大肥。江淮人臠其肉，雜蔞蒿、荻（牙）〔芽〕，瀹而爲羹。或不甚熟，亦能害人。」《本草》以爲無毒，訛矣。張耒《明道雜志》：「此魚有二種，色淡黑有文點，謂之斑子。」阮一閲《詩話總龜》：梅聖俞詩：『春岸飛楊花。』永叔謂河豚食楊花則肥。韓偓詩：『柳絮覆溪魚正肥。』大抵魚食楊花則肥，不必河豚。」

其二

兩兩歸鴻欲破群，依依還似北歸人。遥知朔漠多風雪，更待江南半月春。

次韻周邠〔一〕

南遷欲舉力田科，三徑初成樂事多。豈意殘年踏朝市，有如疲馬畏陵坡。羨君同甲心方壯，笑我無聊鬢已皤。何日西湖尋舊賞，淡烟疎雨暗漁蓑。

〔一〕周邠：周邠字開祖，先生倅杭時，開祖爲錢塘令。注詳見施氏原注。開祖時知管城縣。

次韻胡完夫〔一〕成都石刻題云：「次韻完夫舍人見戲一首」。

青衫别淚尚斕斑，十載江湖困抱關。老去上書還北闕，朝來拄笏看石刻作「望」西山。相從杯酒形骸外，笑説平生醉夢間。萬事會須咨伯始，白頭容我占清閒。

〔一〕胡完夫：施氏原注：「胡完夫名宗愈，晉陵人，副樞宿之姪。舉進士，神宗擢同知諫院。王安石執政，用李定爲御史，蘇、李、宋三舍人皆不草制，坐絀。完夫曰：『御史須官博士員外郎，用學士及丞雜薦。今定以幕職，不因薦得之，是一出執政意，即大臣不法，誰復言之？』安石怒，出通判真州，入爲吏部右司郎中。元祐中，擢左史、西掖夕郎、中執法。哲宗問朋黨之弊，對曰：『君子指小人爲姦，則小人指君子爲黨。陛下能擇中立之士而用之，則黨禍息矣。』明日，具《君子無黨論》以進。拜右丞，以資政殿學士知陳州，徙成都。召入爲禮部、吏部尚書，卒年六十六。此詩墨蹟刻石成都府治，題云『次韻完夫見戲一首』。『朝來拄笏看西山』，墨蹟作『望西山』。完夫詩題《宗愈聞子瞻舍人有懷居之興爲小詩以戲》云云。」

慎按：施注全文及胡完夫原作，新刻本盡删去，今補録存真。

附胡完夫原作：

蘇公五十缺一字鬌斑，雲袖青袍入漢關。賈誼謫歸猶太傅，謝安投老負東山。黄岡泉石紅塵外，陽羨牛羊返照間。知有竹林高興在，欲開誰肯放君閑。

次韻錢穆父

老入明光踏舊班，染須那復唱陽關。故人飛上金鑾殿〔一〕，遷墨蹟作「病」客來從飯顆山。大筆推君西漢手〔二〕，一言置我二墨蹟作「老」劉間〔三〕。公自注：公行軾告詞，引董仲舒、劉向事。便須置酒呼同舍，看賜飛龍出帝閑〔四〕。

〔一〕金鑾殿：《〔新〕唐書・李白傳》：「賀知章見其文，歎曰：『子謫僊人也！』言於玄宗，召見金鑾殿，詔供奉翰林。」

〔二〕大筆：《猗覺寮雜記》：「大手筆始〔晉〕王珣，夢人以大筆與之，如椽，人謂有大手筆事。已而果有策謚之草。此非美事，不可用。齊文宣有大手筆，多命徐陵草，唐燕許號大手筆，此可用也。」

〔三〕二劉：周必大《二老堂詩話》：「曾吉甫侍郎藏子瞻和錢穆父詩真本。『一言置我二劉間』其（下），自注云：『穆父嘗草某答詔，以歆、向見喻，故有此句。』而廣川董彥遠乃譏子瞻，不當用高光事，過矣。」○慎又按，施氏原注云：「宿爲餘姚，嘗刻石縣齋，墨蹟云『病客從來飯顆山』，集本作『還客』，『一言置我老劉間』，集本作『二劉』，諸家所注，皆引石勒《載記》云：『朕當在二劉之間耳。』東坡自注云：『公行軾告詞，引董仲舒、劉向事』云云。」與周益公所記互異，兩處必有一譌，並録，以備再考。

〔四〕飛龍：李肇《翰林志》：「學士初遷者，於麟德殿候對，同院賜宴，又賜衣一副，絹（二）〔三〕十疋。飛龍司借馬一匹，其所乘馬，送迎於掖仗門内擴門之西。」江少虞《事實類苑》：「舊規云：學士初入院，飛龍廄賜馬一匹，鞍轡及芻粟，謂之長借。今則賜馬并鞍轡。」程大昌《雍録》：「後苑有驥德（苑）〔院〕，禁馬所在，亦名飛龍廄。」

附錢穆父作： 施注題云「次完夫韻簡子瞻右史舍人」。

史觀婆娑馬與班，十年流落共間關。鸞凰乍喜翔西省，猿鶴何勞怨北山。不學三閭吟澤畔，仍欣二陸下雲間。非惟綸綍須椽筆，讜論尤宜賜燕閒。

慎按：胡完夫及錢穆父二詩皆載施氏原注中，新刻删去，今補録。

次韻完夫再贈之什某已卜居毘陵與完夫有廬里之約云

柳絮飛時筍籜斑，風流二老對開關。雪芽我爲求陽羨，乳水君應餉惠山。竹簟涼一作「水」風眠晝永，玉堂制草落人間〔一〕。應容緩急煩閭里，桑柘聊同十畝閒。

〔一〕玉堂制草：《宋史·職官志》：「中書舍人與學士對掌内外制」，學士内制，舍人外制，謂之兩制。内制自大誥令、外國書，許令進草。凡册拜之事，召入面諭。制分六房，掌行命令，隨房當制。既得詞頭，即於紫微閣下草制，俟宰執出堂，方得下直。宋敏求《春明退朝録》：「凡公家文書之藁，樞密謂之底，三司謂之檢，中書謂之草。」歐陽修有《學士院草録》。

慎按：此詩施氏原本不載，新刻本載《續補》下卷，觀所用韻，乃同時唱和作，今改編於此。

次韻穆父舍人再贈之什〔一〕

詔語春温昨夜班，屋頭鳴鳩便關關。游僊夢覺月臨幌，賀雨詩成雲滿山。憐我白頭來仗下，看君黄氣發眉間。鳳池故事同機務，火急開尊及尚閒。

〔一〕舍人：《宋史·職官志》：「中書省，舍人四人，掌行命令，爲制詞，分治六房，隨房當制，事有失當及除授非其人，則論奏封還詞頭。」又有起居舍人、通事舍人，皆屬中書省。時穆父爲中書舍人，詳見上注。

慎按：施氏原注：「是時東坡爲起居舍人，故用唐制所載，每仗下議政事，起居郎執筆記録事。」新刻本删去「每仗下議政事」一句，與原文不合，今補録。

次韻答李端叔〔一〕

若人如馬亦如班，笑履壺頭出玉關。已入西羌度沙磧，又從一作「來」東海看濤山。識君小異千人裏，慰我長思十載間。西省鄰居時邂逅，相逢有味是偷閒。

〔一〕李端叔：《宋史》：「李之儀，字端叔，滄州人。登第〔幾〕三十年，乃從蘇軾於定州幕府。（後）歷樞密院編修，通判原州。元符中，以其嘗從軾辟，詔勒停。之儀能爲文，尤工尺牘，軾稱其入刀筆三昧。」

慎按：李端叔《姑溪集》中失原作。先生此詩用前唱酬韻，亦必同時作。施氏原本不載，今從《續補》下卷附編於此。

再次韻答完夫穆父公自注：二公自言先世同在西掖。

掖垣老吏一作「史」識郎君〔一〕，並轡天街兩絶塵。汗血固應生有種，夜光那復困無因。豈知西省深嚴地〔二〕，也著東坡病瘦身。免使謫僊明月下，狂歌對飲只三人。

〔一〕掖垣：《漢書·吕后本紀》注：「非正門而在兩旁，若人之臂掖。」

〔二〕西省：楊奂《汴故宫記》：登聞檢院之東曰左掖門。門南曰待漏院。登聞鼓院西曰右掖門。西省即右掖也。

慎按：施氏原注：「此詩墨蹟藏吴興秦氏，首云『又次韻穆父舍人和完夫初入省且述世契』，集本云『掖垣老吏』，墨蹟乃『老史』也。」新刻本删去，今補録。

次韻答滿思復

自甘茅屋老三間，豈意彤廷綴兩班〔一〕。紙落雲烟供醉後，詩成珠玉看朝還。誰言載酒山無賀，記取啼烏巷有顔。但恐跛羊隨赤驥〔二〕，青雲飛步不容攀。

〔一〕兩班：沈括《筆談》：「唐制，兩省供奉官東西對立，謂之蛾眉班。」

〔二〕跛羊、赤驥：《史記·李斯傳》：「（太）〔泰〕山之高百仞，而跛羊牧其上。」杜甫詩：「赤驥（請）

〔頓〕長纓。」

慎按：施氏原注：「滿思復，字中行。東坡擢起居舍人，中行爲起居郎，又同省。而中行爲東陽人，故有『跛羊隨赤驥』、『啼烏巷有顔』之句。」

送戴蒙〔一〕赴成都〔二〕玉局觀〔三〕將老焉

拾遺被酒行歌處，野梅官柳西郊路。聞道華陽版籍中，至今尚有城南杜。我欲歸尋萬里橋，水花風葉暮蕭蕭。芋魁徑尺誰能盡，榿木三年已足燒。百歲風狂定何有，羡君今作峨眉叟。縱未家生執戟郎，也應世出埋輪守。莫欺老病未歸身，玉局他年第幾人。會待子猷清興發，還須雪夜去尋君。

〔一〕戴蒙：趙堯卿云：戴蒙本名莊，吴興人。慶曆六年賈闇榜登第，後改名蒙。

〔二〕成都：歐陽忞《輿地廣記》：「秦蜀郡，晉武帝改成都國。」《九域志》：宋嘉祐四年，以益州路爲成都府劍南西川節度，治成都、華陽二縣。

〔三〕玉局觀：《方輿勝覽》：「道經：二十四化，上應二十四氣，而座隱地中，因成洞穴，故以玉局名之。」《雲笈七籤》：「玉局洞與青城第五洞相連，中刻（老子）〔玄元之〕像。」按，宋時宫觀使，有勾管成都玉局觀及提舉成都玉局觀之名。

【校記】

一、《金山妙高臺》注一引《墉城集仙録》云云，實轉引自李昉《太平廣記》卷五十六《女仙一》「西王母」條，文後注出《集仙録》。另，引文又見於宋葉庭珪《海録碎事》卷十三上《鬼神道釋部·仙門》「瑶池翠水」條，亦引自《集仙録》。惟《説郛》卷一百十三上收漢桓驎《西王母傳》有載，杜光庭《墉城集仙録》殆出自桓驎之《西王母傳》乎！○同注又引《列子》「奇肱國民能造飛車」，誤。今本《列子》無此引文，實轉引自梁孝元帝《金縷子》卷五《志怪篇十二》。

二、《贈杜介》注二引《登真隱訣》云云，實轉引自樂史《太平寰宇記》卷九十八《江南東道十·台州》「天台山」條，《登真隱訣》後奪「注」字。然引文僅前二句出自《登真隱訣注》，而後文自「去天不」至「然後能過」則出自同條引《啓蒙記注》，初白不察，誤置其於《登真隱訣》之下。○注五引《述異記》云云，實轉引自《太平寰宇記》同卷「赤城山」條。○同注又引《元和郡縣志》云云，誤。此引文不見於《元和郡縣志》，亦引自《太平寰宇記》同卷「赤城山」條。

三、《次韻孫莘老斗野亭寄子由》注二引《晉書》「太康十一年，謝安鎮廣陵，於城東北二十里築壘，名曰新城」云云，誤。《晉書》無此引文，實轉引自《太平寰宇記》卷一百二十三《淮南道一·揚州廣陵縣》「邵伯埭」條，「太康」作「太元」。

四、《懷仁令陳德任新作占山亭二絶·其一》注三引《齊乘》「穆陵山在沂水縣北」云云，按，《齊乘》無此引文，實引自李吉甫《元和郡縣志》卷十三《河南道八·沂州沂水縣》「穆陵山」條。○同注又引伏琛《齊記》云云，實轉引自樂史《太平寰宇記》卷二十三《河南道二十三·沂州·沂水縣》「穆陵山」條。

五、同上《其二》注一引《漢書》「文帝十六年，分齊立膠西國，都高密」云云，誤。《漢書》無此引文，實引自唐李吉甫《元和郡縣志》卷十二《河南道七·密州》。

五、《再過超然臺贈太守霍翔》注二引本集《雩泉記》，其中「熙寧八年」，於原文在「禱於常山」一句之後，「常」作「玆」。

六、《過萊州雪後望三山》注二引《齊乘》云云，其中「在渤海中」一句，於原文乃在「三神山乃蓬萊方丈瀛洲之稱」一句之前，「稱」字前奪「總」字。

七、《次韻趙令鑠惠酒》「慎按」引元鮮于伯機《游皐亭山記》云云，實轉引自明趙琦美《鐵網珊瑚》卷五「鮮于伯機遺墨」條，「皐」作「高」。

八、《惠崇春江晚景二首·其一》注二引張耒《明道雜志》「此魚有二種，色淡黑有文點，謂之斑子」云云，實轉引自范成大《吴郡志》卷二十九「河豚魚」條。胡仔《苕溪漁隱叢話·後集》卷二十四亦轉載張耒《明道雜志》此語。

九、《次韻完夫再贈之什某已卜居毘陵與完夫有廬里之約云》之一引宋敏求《春明退朝録》云云，其中「中書謂之草」一句，於原文乃在「樞密謂之底」一句之前。

東坡先生編年詩卷二十七

古今體詩三十八首哲宗元祐元年丙寅春自右史除中書舍人，十月擢翰林學士知制誥，一年中作。

送陳睦〔一〕別本作「陳陸」者，訛知潭州〔二〕

華清縹緲浮高棟〔三〕，上有纈林藏石甕〔四〕。一杯此地初識君，千巖夜上同飛鞚。君時年少面如玉，一飲百觚嫌未痛。白鹿泉頭山月出〔五〕，寒光潑眼如流汞。朝元閣上酒醒時〔六〕，卧聽風鸞別本作「鑾」者，訛鳴鐵鳳。舊遊空在人何處，二十三年真一夢。我得生還雪髯滿，君亦老嫌金帶重〔七〕。有如社燕與秋鴻，相逢未穩還相送。洞庭青草渺無際，天柱紫蓋森欲動。湖南萬古一長嗟，付與騷人發嘲弄。

〔一〕陳睦：施氏原注：「陳睦，字和叔，嘉祐六年第二名進士。神宗擢爲御史。元豐元年，假起居舍人介安燾以聘高麗，除鴻臚少卿。會廣州缺人，以寶文閣待制使出守。給事中韓忠彦言其偶緣泛海之勞，僥倖至此，不足以玷侍從，詔從之。至是，以直龍圖閣守長沙。初，和叔爲兩浙提刑，杭州有裴氏婢夏沉香者，因與其女赴井，女既死，沉香科杖，罪已决矣。和叔舉駁，差秀州倅張若濟重勘，夏沉香遂坐死，杭州獄掾杜子方、陳珪、戚秉道亦得罪衝替。東坡時倅杭，賦詩送之云：『殺人無驗中不快，此恨終身恐難了。』蓋指和叔、若濟云爾。兹送和叔，所述者止少時登臨相從而已，並無一語以及其人，則東坡不與之意可見。蓋與《贈唐林夫垌》詩，皆一律也。」此段原文新刻本删改殆盡，今從舊本補録備考。

〔二〕潭州：歐陽忞《輿地廣記》：「荆湖南路潭州，古三苗地，秦置長沙郡，漢爲國。晉永嘉元年置湘州，隋(改)〔置〕潭州，以昭潭爲名。」

〔三〕華清：程大昌《雍録》：華清宫，開元十年建，初名温泉宫，後改名。「在驪山，最爲奢盛，百司皆有邸第。明皇常以十月往幸，歲竟乃歸。」宋敏求《長安志》：華清宫四面皆有繚牆，内有朝元閣、長生殿、羯鼓樓。

〔四〕石甕：鄭嵎《津陽門》詩注：「石魚巖下有天絲石，其形如甕，以貯飛泉。故上以石甕爲寺名。寺僧於上層飛樓中懸轆轤，斜引修笮，長(三)〔二〕百餘尺，以汲甕泉，出紅樓喬樹之杪。」

〔五〕白鹿泉：《津陽門》詩：「飲鹿泉邊春露晞。」程大昌《雍録》：「白鹿原(在)〔者〕南山之麓，自藍田東北入萬年縣。滻水源低，故行乎此原西北隅之外，灞水(源)〔所從來者〕高，故行乎原上。」《元和郡縣志》：「白鹿原，亦謂之灞上。」郭允蹈《蜀鑑》：「周平王東遷之後，有白鹿遊此，因名。在京兆府藍田縣。」

〔六〕朝元閣：《長安志》：朝元閣在華清宫東南，老君殿之北。「天寶七載，（老君）〔玄元皇帝〕降於朝元閣，改名降聖閣。」

〔七〕金帶：《歸田録》：「國朝之制，自學士以上，賜金帶，謂之重金。太宗創爲金銙（銙）〔之〕制，方團毬路以賜兩府，御仙花以賜學士以上。今俗以毬路爲笏頭，御仙花爲荔枝，皆失其本號。」岳珂《媿郯録》：「國朝服帶之制，乘輿，東宫以玉，大臣以金。金帶有六種，毬路、御仙花、荔枝、師蠻、海捷、寶藏。（此外又有）金塗帶〔有〕九種，金束帶〔有〕八種，金塗束帶〔有〕四種。」《春明退朝録》：重金謂金帶上垂金魚者。

附子由次韻：

海上石橋餘折棟，大舶記君過鐵甕。東行萬里若乘空，老蜃長鯨應入鞚。波摇風卷卧不起，免教髀肉鞍磨痛。歸來過我話艱苦，驚汗津津尚流汞。海涯風物畫成圖，錯落天吴兼紫鳳。至今想像隔人事，往往風濤吹晝夢。長沙欲往厭飛楫，幸有千兵作迎送。文章清逸世少比，科第峥嶸聲自重。遠行屢屈衆所歎，出祖誰攀車欲動。明朝鼓角背王城，莫聽單于吹曉弄。自注云：子雍奉使三韓，轍時在南都，見其往返，故此詩言之。

用前韻答西掖諸公見和〔一〕

雙猊蟠礎龍纏棟，金井轆轤鳴曉甕〔二〕。小殿垂簾白一作「碧」玉鈎〔三〕，大宛立仗朱一作「青」

絲鞚。風馭賓天雲雨隔，孤臣忍淚肝腸痛。羨君意氣風生座，落筆縱横盤走汞。上尊日日瀉黄封，賜茗時時開小鳳〔四〕。閉門憐我老太元，給札看君賦雲夢。金奏不知江海眩，木爪屢費瑶瓊一作「瓊瑶」重。豈惟蹇步困追攀，已覺侍史疲奔送。春還宫柳腰支活，水一作「雨」入御溝鱗甲動。借君妙語發春一作「春」容，顧我風琴不成弄。

〔一〕西掖：楊奂《汴故宫記》：登聞鼓院之西曰右掖門，翰林知制誥者，多居西掖。

〔二〕金井：黄庭堅詩：「睿思殿東金井欄。」任淵注云：「睿思：神宗便殿，在垂拱殿之後。」

〔三〕小殿：即睿思殿，注見上。

〔四〕小鳳：《澠水燕談録》：「蔡君謨造小團以充貢，一斤二十餅。仁宗尤所珍惜，雖宰相未嘗輒賜，惟郊禮致齋之夕，兩府各四人，共賜一餅。宫人剪龍鳳花貼其上，八人各蓄之。不敢自試，有佳客，出爲傳玩。」又，《北苑雜述》云：北苑細色第五綱，有興國巖小龍、小鳳之名。

次韻王覿〔一〕正言喜雪〔二〕

聖人與天通，有詔寬獄市。好語夜喧街，濕雲朝覆砌。紛然退朝後，色映宫槐媚。欲誇剪刻工，故上一作「入」朱藍袂〔三〕。我方執筆侍〔四〕一作「待」，未敢書上瑞。君猶伏閤争，高論亦少慰。霏霏止還作，盎盎風與氣。神龍久潛伏，一怒勢必倍。行當見三白，拜舞讙萬歲。

歸來飲君家，酣咏追既醉。

〔一〕王覿：施氏原注：「王覿，字明叟，泰州如皋人。第進士。熙寧初，爲編修三司令式删定官。不樂久居職，求潤州推官。朝廷遣使賑貸，明叟爲精言民間利病，歸薦之，除司農寺主簿，轉爲丞。司農爲時要官，多由此進。明叟拜命一日，即求外。韓子華丞相高其節，留檢詳三司會計。元祐初，吕正獻、范忠宣薦其可大用，擢右正言，進司諫。極言當位者奸邪害正，使一二元老不得行其志，章數十上，公論韙之。東坡時爲右史，故云『我方執筆侍』云云。明叟在言路，每欲深破朋黨之説。東坡居翰苑，朱公掞光庭訐其《試館職策問》。吕元鈞陶辨其不然，遂起洛、蜀二黨之目。明叟言：『軾之辭不過失輕重之體，若悉考同異，深究嫌疑，則兩岐遂分，黨論滋熾。夫學士命辭失體，其事尚小，使士大夫有朋黨之名，大患也。』帝深然之。後爲侍御史。又言：『一年之内，章疏多緣程頤、蘇軾之故。前日頤去，而言者攻軾，故乞補外，降詔不允。尋復進職經筵，適當執政有以下少四字欲以下少二字軾，則且勿遽用之，使不及于悔吝。』進諫議大夫，自是出藩入從。紹聖間一再被貶。徽宗擢御史中丞，出典二州，又安置清江。紹興初，追復龍圖閣學士。」此段大半爲新刻所删，今補録。

〔二〕正言：《宋史·職官志》：門下、中書二省，其屬各有正言一人。門下省爲左正言，中書省爲右正言，皆從七品，乃左右拾遺之任。曾子固《隆平集》以拾遺爲正言，乃太平興國六年改。

〔三〕朱藍：《〔南〕齊書·文學傳論》：「朱藍共妍，不相祖述。」

〔四〕執筆侍：王應麟《困學紀聞》：「(宋)〔我〕朝舊制，太史局隸秘書，凡天文失度，三館皆知之。有(災異)〔星變〕，館吏以片紙(探)〔録〕報，得因事獻言。」程大昌《雍録》：「今世侍從，漢之九卿也。張安世持橐簪筆事孝武〔十〕數(十)年者，即今侍從之事也。今時侍從，又名兩制，内制爲翰林學士，外制爲中書舍人。在元祐末置權侍郎，以前中書舍人以上方爲侍從，故率内外制而名其官，所以别漢之侍從而未爲九卿者也。」

和蔣發運〔一〕

夜語翻千偈，書來又一言。此身真佛祖，何處不羲軒。船穩江吹坐，樓空月入尊。遥知思我處，醉墨在頹垣。

〔一〕發運：《宋史・職官志》：「發運使掌經度山澤財貨之源，漕淮浙江湖六路儲廪，以輸中都，而兼制茶鹽泉寶之政。」《燕翼貽謀録》：「初下江南，置水陸發運二使。後以陸路不便，悉從水路。雍熙四年，詔合水陸發運爲一路。」孫彦同《職官分紀》：「淮南、江浙、荆湖有都大發運使、副使等官。」〇蔣之奇：「施氏原注：蔣之奇，字穎叔，宜興人。鎖廳擢進士第，舉賢良方正，試六論，中選。及對策，以少一字書問目報罷。英宗覽而善之，擢監察御史。神宗立，進副端，歷諸道轉運，遂爲江淮發運。祖宗舊制，歲終奏計京師，其實多至次年正月到闕，穎叔十月已詣京師奏計。進待制，守長沙，爲御史諫官，以廉白稱。由寶文閣待制河北都漕守瀛，入爲户部侍郎。以後事見《送穎叔帥熙河》詩注。」此段全文新刻本悉删去，今補録，以存其舊。

送表弟程六〔一〕知楚州〔二〕

烱烱明珠照雙璧，當年三老蘇程石。里人下道避鳩杖，刺史迎門倒凫舄。我時與子皆兒童，狂走從人覓梨栗。健如黄犢不可恃，隙過白駒那暇惜。醴泉寺古垂橘柚〔三〕，石頭山高暗松櫟〔四〕。諸孫相逢萬里外，一笑未解千憂集。子方得郡古山陽，老手生風謝刀筆。我正含毫紫微閣，病眼昏花困書檄。莫教印綬繫餘年，去掃墳墓當有日。功成頭白早歸來，共藉梨花作寒食。

〔一〕程六：施氏原注：「東坡母成國太夫人程氏，眉山著姓。其侄之才，字正輔，第二；之元字德孺，第六，即楚州；之邵字懿叔，第七。正輔，初娶東坡女兄，早亡，老蘇公以爲恨事。見後《次韻正輔江行見桃花》詩注。此詩首云『烱烱明珠照雙璧』，《次韻送德孺漕江西》又云『君家兄弟真聯璧』，獨指德孺、懿叔，不復及正輔，猶以舊怨故也。德孺以父文應陰得官。自江右移節廣南，爲郎金部。元符三年，由河中守爲兩浙轉運使。東坡歸自海外，會於金山。後爲衛尉少卿，坐曾丞相布取金山下鼻塘地，德孺嘗與調護，蔡京與布不協，德孺亦得罪，時崇寧二年秋也。德孺孫敦厚，字子山，有文名。紹興間，爲右史，掌制誥。」此段新刻删去，今補録。

〔二〕楚州：《輿地廣記》：「隋開皇初，（廢）山陽郡〔廢〕，十二年置楚州。」

〔三〕醴泉：眉州山名，注見第六卷。

〔四〕石頭山：考《志》，眉州有石佛山，無石頭山。先生《寄子由》詩云：「買田向何許，石佛山前路。」「頭」字疑當作「佛」字。

附子由作：

與君外兄弟，初如一池魚。中年雲雨散，各異澗谷居。客舍復相從，語極長欷歔。青衫奉朝謁，白髮驚晨梳。百年不堪把，一尊歡有餘。清言我未厭，昨夜聞除書。淮南旱已久，疲民食田蔬。請發上供米，仍疏古邗渠。要須賢使君，均此積歲儲。徑乘兩槳去，不待五馬車。别離難重陳，勞來不可徐。政成得召節，歲晚當歸與。

碣石菴戲贈湛菴主

公自注：相國寺〔一〕僧也。

保康橋上夜觀燈〔二〕，碣疑當作「喝」石巖前夏飲冰。莫把山林笑朝市，老夫手裏有烏藤。

〔一〕相國寺：《汴京遺跡志》：「相國寺在開封府城東，本北齊建國寺，後廢。唐爲鄭審宅。景雲初，僧惠雲覩審後園池中有梵宫影，遂募緣易宅，賜額相國寺。」《東京夢華録》：「大内前州橋之東，臨汴河大街曰相國寺。」《東軒筆録》云：「〔舊傳〕相國寺（舊傳）公子無忌之宅，今其地屬信陵坊。寺前舊有公子亭。」

〔二〕保康橋：《東京夢華録》：「汴京穿城河道有四，南曰蔡河，自西南戴樓門入城，繚繞自東南陳州門出。河上有橋十一，第六曰西保康門橋。」

慎按：此詩施氏原本不載，新刻載《續補》下卷，今改編。

元祐元年二月八日朝退獨在起居院〔一〕讀漢書儒林傳感申公故事作小詩一絶〔二〕

寂寞申公謝客時，自言已見穆生機一作「幾」。綰、臧下吏明堂廢，又作龍鍾病免歸。

〔一〕起居院：《宋史·職官志》：舊置起居院，命三館校理以上修起居注。

〔二〕申公：《漢書》：「申公，魯人。楚王令申公傅太子戊。及戊立，申公退居家，謝賓客。王臧、趙綰嘗從受《詩》。綰、臧請立明堂，武帝安車蒲輪迎申公，時已八十餘。竇太后不悦儒術，得綰、臧之過以讓上。因〔廢明堂事，〕下綰、臧吏（廢明堂事）。申公亦免病歸。」

慎按：此首施注原本不載，以題中年月考之，確是元祐初作，今編録於此。

和人假山

上黨攙天碧玉環〔一〕，絶河千里抱商顔〔二〕。試觀烟雨三峰外，都在靈仙一掌間。造化何如童子戲，寫真聊發使君閒。何當挈取西征去，畫作圍牀六曲山。

〔一〕上黨：《太平寰宇記》：五龍山，本名上黨山，其山松柏參霄。

〔三〕商顏：《水經注》：「楚水，源出上洛縣西南楚山。」皇甫謐云：商山亦稱楚山。古老云：州有商君、商國、商塞、商密、商顏，曰五商。

送王伯敭〔一〕守虢〔二〕

華山東麓秦遺民，當時依山來避秦。至今風俗含古意，柔桑綠水招行人。行人掉臂不回首，争入崤函土囊口〔三〕。惟有使君千里來，欲飲三堂無事酒〔四〕。三堂本來一事無，日長睡起聞投壺。牀頭硯石開雲月，澗底松根斸雪腴。山棚盜散人安寢，勸買耕牛發陳廩。歸來只作水衡卿，我欲攜壺就君飲。

〔一〕王伯敭：施氏原注殘脱，不可辨。○慎按，伯敭長子娶東坡女，《欒城集》有《代祭王虢州文》，云：「我遷於南，一往六年。歸來執手，白髮侵顛。遂以息女，許君長子。朋友惟舊，親戚惟始。」又云：「君以罪廢，還家宋都。」子由詩亦有「一廢十五年」之句。東坡守徐州，有和《王廷老退居見寄》詩，則廷老放廢已久，至是復起知虢州耳。

〔二〕虢州：《九域志》：「陝西永興軍路虢州，唐弘農郡，宋改虢郡，治虢略縣，東至西京一百五十里。周封虢仲之地，（漢武置）函谷關〔漢武置〕，謂道形如函，即孫卿子所（云）〔謂〕『秦有松柏之塞』（是也）。」

〔三〕崤函：《元和郡縣志》：「自東崤至西崤三十五里。」皆在秦關之東，漢關之西。程大昌《雍録》：「自華至陜凡三關，秦函谷關，在唐陜州靈寳縣南十里；漢函谷關，（楊僕所改築）在唐河南府新安縣東一里，〔楊僕移秦關而立之〕。比秦舊關，則移東三百七十八里。唐（之）潼關，在華州華陰縣東北。」

〔四〕三堂：（太平寰宇記）〔《明一統志》卷二十九〕：「三堂在虢州治内，唐岐、薛二王刺（史）〔州〕時（所）建。」

附子由作：

滿腹貯精神，觸手會衆理。一廢十五年，直坐才多耳。我昔遊宋城，憶始識君子。簿書填邱山，賓客亂蜂蟻。出尋城下宅，屢倒牀前屣。清談如鋸木，落屑紛相委。解頤自有樂，置酒姑且止。逡巡破黄封，婉娩歌皓齒。風高熊正白，霜落蟹初紫。夜闌意未厭，河斜客忘起。歸來笑童僕，熟酒未曾爾。江湖一流蕩，歡意日頽弛。西還經舊遊，相逢值新喜。詔催西州牧，門有朱轓梐。都城挽不住，山賊近方侈。提刀索崖谷，援枹動閭里。居家百無與，王事非由已。何日却休官，復飲梁王市。

道者院池上作〔一〕

下馬逢佳客，攜壺傍小池。清風亂荷葉，細雨出魚兒。井好能冰齒，茶甘不上眉。歸途更蕭瑟，真箇解催詩〔二〕。

〔一〕道者院：李濂《汴京遺跡志》：「道者院在鄭州門外五里。高文虎《蓼花洲閑録》：『五代時，有僧卓菴道邊藝蔬，一日晝寢，夢一金色龍，食所種萵苣數畦。已而，見一偉丈夫於所夢之處，取萵苣食之，遂攝衣延坐，餽食甚勤。因以夢告之，且曰：「公他日得志，願爲老僧於此建一寺。」偉丈夫即藝祖也。既即位，求僧，尚存，遂命建寺，賜名普安。都人稱爲道者院。』」周煇《清波雜志》所載亦同。

〔二〕催詩：杜甫詩：「片雲頭上黑，應是雨催詩。」

附子由次韻：

雨氣涼侵殿，河流滲入池。黄粱淪魚子，白酒瀉鵝兒。風細初生袖，塵清免污眉。郊行不得意，拂壁看題詩。

附晁无咎次韻：《雞肋集》原題云「和普安院壁上蘇公韻」。

畏暑聊尋寺，追涼故繞池。雨園鳩唤婦，風徑燕將兒。散篆縈簾額，留雲暗井眉。龍蛇動屋壁，知有長公詩。

次韻子由送千之姪〔一〕

江上松楠深復深，滿山風雨作龍吟。年來老幹都生菌，下有孫枝欲出林。白髮未成歸隱計，青衫儻有濟時心。閉門試草三千牘，側一作「仄」席求人少似今。

〔一〕千之：慎按，千之兄弟五人，東坡同祖兄不欺之子也。

附子由原作：

京洛東游歲月深，相逢初喜解微吟。夢中助我生池草，別後同誰飲竹林。文字承家憐汝在，風流似舅慰人心。便將格律傳諸弟，王謝諸人無古今。

書文與可墨竹并引

亡友文與可有四絕，詩一，楚辭二，草書三，畫四。與可嘗云：世無知我者，惟子瞻一見，識吾妙處。既没七年，覩其遺跡，而作是詩。

筆與子皆逝，詩今誰爲新？空遺運斤質，却弔斷絃人〔一〕。

〔一〕斷絃：《吕氏春秋》：「鍾子期死，伯牙破琴絶絃，終身不復鼓琴，以爲世無知音者。」《後漢書·（蔡琰）〔董祀妻〕傳》注引劉昭《幼童傳》曰：「蔡邕故斷琴一弦以問琰，琰曰第四絃。」

次韻錢舍人病起〔一〕

牀下龜寒且耐支，杯中蛇去未應衰。殿門明日逢王傅，欂具争先看不疑。坐覺香烟攜袖少，獨愁花影上廊遲。何妨一笑千疴散，絶勝倉公飲上池〔二〕。

〔一〕錢舍人：施氏原注：「錢舍人即穆父，時爲中書舍人。」新刻删去，今補録。

〔二〕倉公：按，《苕溪漁隱叢話》：「《史記》：扁鵲遇長桑君，曰：『我有禁方，年老，欲傳與公。』乃出其懷中藥與扁鵲：『飲以上池之水，三十日當知物矣。』非太倉公也。」

次韻和王鞏〔一〕

謫仙竄夜郎，子美耕東屯。造物豈不惜，要令工語言。王郎年少日，文如餅水翻。争鋒雖剽甚，聞鼓或驚奔。天欲成就之，使觸羝羊藩。孤光照微陋，耿如月在盆。歸來千首詩，傾瀉一作「寫」五石尊。却疑彭澤在，頗覺蘇州煩。君看驧忌子，廉折配春温。知音必無人，壞壁挂桐孫。

〔一〕王鞏：字定國，注詳前。

附黄魯直次韻：

遠志非小草，鼀衣生陵屯。但爲居移氣，其實何足言。名下難爲人，醜好隨手翻。百年炊未熟，一垤蟻追奔。夏日蓬山永，戎葵茂牆藩。王子吐佳句，如璽絲出盆。風姿極灑落，雲氣畫罍尊。屬有補衮章，日當寵頻煩。鄙夫無他能，上車問寒温。惟思家山去，抱犢長兒孫。

用定國韻贈二十姪震

衡門老苔蘚，行一作「竹」柏千兵屯。開尊邀落日，未對烏鳥言。清風舉吹籟，散亂書帙翻。傳呼一何急，人馬從車奔。貧居少賓客，鄰婦窺籬藩。牆頭過春酒，緑泛田家盆。比來伏青蒲，坐捉白獸尊。王猷修潤色，亦有簿領煩。朝廷貴二陸，屢聞天語温。猶能整筆陣，媿我非韓孫。

慎按：此詩施氏原本不載，新刻載《續補》上卷，所用韻與前後二首同，今類編於此。

用王鞏韻送其姪震知蔡州〔一〕

九門插天開，萬馬先朝屯。舉鞭紅塵中，相見不得言。夜走清虚宿，扣門驚鵲翻。君家汾陽家，永巷車雷奔。夕郎方不夕〔二〕，列戟以自藩。相逢開月閣，畫簷低金盆。至今夢中語，猶舉燈前尊。阿戎修玉牒〔三〕，未憚筆削煩。君歸助獻納，坐繼岑與温。我客二子間，不復尋諸孫。公自注：子美詩云：權門多噂沓，且復尋諸孫。

〔一〕王震：施氏原注：「震字子發，文正公旦曾孫。銓試履等，賜第，檢正孔目吏房。元豐官制行，從輔臣，執筆入記上語，面授右司外郎，爲右史，進西掖。元祐初，遷給事中，以龍圖閣待制守蔡。紹聖初，歸故班，權吏部尚書。以龍圖直學士知開封，爲張子厚所惡，奪職，知岳州，卒。」

此段新刻本删去，今依原本補録。

〔二〕夕郎：子發時爲給事中，故云。

〔三〕修玉牒：時王定國爲宗正丞，故云。

附子由次韻：

朝廷入忘返，冠蓋如雲屯。賢哉貴公子，獨以民社言。西臺出命書，落筆波濤翻。東臺典封駁，坐惜日月奔。試劇得上蔡，高卧强東藩。早歲獨多麥，時雨如傾盆。鈴軒省鞭扑，幕府多壺尊。逡巡文字樂，斥去簿領煩。賜環行當至，坐席恐未温。三槐日成陰，富貴屬曾孫。

虢國夫人夜游圖〔一〕

佳人自鞚玉花驄，翩如驚燕蹋飛龍。金鞭争道寶釵落，何人先入明光宫。宫中羯鼓催花柳，玉奴絃索花奴手。坐中八姨真貴人，走馬來看不動塵。明眸皓齒誰復見，只有丹青餘淚痕。人間俯仰成今古，吴公臺〔二〕下雷塘路〔三〕。當時亦笑張麗華，不知門外韓擒虎。

〔一〕虢國夜游圖：李端叔《姑溪集》云：「内侍劉有方蓄名畫，乃唐《虢國夫人夜游圖》，最爲絶筆。東坡館北客都亭驛，有方請跋其後。」

〔二〕吴公臺：《太平寰宇記》：「吴（公）〔宫〕臺在揚州城西北四里，（一名）〔沈慶之所築〕弩臺〔也〕。

陳吴明徹圍北齊東，廣州刺史敬子猷增築之，故號吴公臺。」亦名雞臺。按，唐趙嘏詩：「鬬雞臺邊花照塵。」白居易詩：「吴公臺下多悲風。」指此。

〔三〕雷塘：《漢書·江都王傳》注：雷陂，即雷塘也。《太平寰宇記》有大雷、小雷之宫。上塘長廣六里餘，下塘長廣七里。《塚記》云：雷塘，隋煬帝葬處。

慎按：《苕溪漁隱叢話》云：「東坡《虢國夫人夜游圖》結二句，全用小杜《臺城曲》：『門外韓擒虎，樓頭張麗華。』陳後主張貴妃，名麗華，尤見寵幸。隋遣韓擒虎平陳，後主與麗華俱被收。今注坡詩，皆訛作潘麗華。〔致〕《緗素雜記》（至）以東坡爲（訛）〔誤〕，蓋不記小杜詩也。」

附李端叔次韻：

天街雨過花滿驄，萬人壁立驚游龍。飄飄衣袂欲仙去，寶鞭遥指蓬萊宫。真人睡起春如柳，誰眷琵琶最先手。合歡堂裏謝使人，暗香猶帶天街塵。宛然相對若可語，筆墨頓失當時痕。開眼成今合眼古，回頭自有來時路。長風破浪真快哉，快處須防倒騎虎。

用舊韻送魯元翰知洺州〔一〕

我在東坡下，躬耕三畝園。君爲尚書郎，坐擁百吏繁。鳴蛙與鼓吹，等是俗物喧。永謝十年舊，老死三家村。惟君綈袍信，到我雀羅門。緬懷故人意，欲使薄夫敦。新年到宣室〔二〕，白首代堯言。相逢問前輩，所見多後一作「從」昆。道館雖云樂，冷卿當復温。還持刺史節，却駕朱輪軒。黄髮方用事，白須宜少存。嗣聖真生知，拯民如救燔。初因羽淵魄，盡返湘江魂。坐憂東郡决〔三〕，老守思王尊。北流桑柘没〔四〕，故道塵埃翻。知君一寸心，可敵千步垣。流亡自棲止，老幼忘崩奔。得間閉關坐，勿使道眼渾。聊乘應捨筏宋刻本作「栰」，直泝無生源。歸來成二老，夜榻當重論。

〔一〕洺州：《元和郡縣志》：「秦邯鄲郡地，漢（分）置廣平國，周武帝建德六年置洺州。以水爲名。」《太平寰宇記》：「河北道洺州廣平郡，（治）〔理〕永年縣。唐天寶元年爲廣平郡，乾元中復爲洺州。西南至東京五百五十里。」

〔二〕宣室：《長安志》未央宫有宣室殿。

〔三〕東郡决：《東都事略·魯有開傳》：「有開知冀州，河决小吴口，水不至城下數里。有開議增築護城隄，人皆謂初無水患，何勞役爲？有開卒成之。明年河决，水至，以有備無患。」〇慎按，《輿地廣記》：博、濮、大名、滑、開德，皆秦東郡之地，元翰在冀州，治河有成效，故移知洺州，借王尊事以美之。

〔四〕北流：《潁濱遺老傳》：元祐初，文潞公主回河之議。先是，神宗「因河決大吴，導之北流，已得水性。惟隄防未完，每年不免（泛）〔决〕溢耳。」自回河議起，都水監吴安持等塞北京之南三斗門貼，「築西隄，約水（使）〔向〕東，直過北京之上，故連年告急。後遣吕希純、井亮采往視，二人歸，極以北流爲便(事)。方施行而議(復)〔遂〕格,於是河流遂東,凡七年,而後北流復通。」○慎按,洛州與北京接壤,九河故道,半從此入海。時已湮塞,故云「故道塵埃翻」。

附子由次韻:

仲連雖不仕,而非綺與園。逡巡談笑間,屢解戰鬭繁。子敬識二孫,長揖鼓鼙喧。意氣感周郎,振策起江村。二賢繼英風,千載爲高門。曾孫事仁祖,風義夙所敦。臺閣餘故事,父老稱遺言。白髮識公子,十載友元昆。婆娑久不試,俯仰色逾温。五馬忽鳴嘶,朱輪夾征軒。旍旄隔河至,部曲幾人存。銅虎不可留,芻狗行當燔。秋潦決河防,遺黎化驚魂。〔憂心念千里,何暇把一樽。〕西城扣門别,南風吹帽翻。嗟我限出謁,未敢踰短垣。新晴水尚壯,想見民驚奔。安得萬丈隄,止此百里渾。姑爾救一境,誰當理其源?百聞貴一見,尺書爲我論。

次韻朱光庭初夏〔一〕

朝罷人人識鄭崇,直聲如在履聲中。卧聞疎響梧桐雨,獨咏微凉殿閣風。諫苑君方續承業〔二〕,醉鄉我欲訪無功。陶然一枕誰呼覺,牛蟻初除病後聰。

〔一〕朱光庭:《宋史》:「朱光庭,字公掞,偃師人。以父景廕入官(復登)〔擢〕第。哲宗立,司馬光薦爲左正言,首乞罷青苗等法,論蔡確、章惇、韓縝言甚切,遷左司諫。」

〔二〕諫苑續承業:慎按,王應麟《困學紀聞》云:「隋樂運,字承業,録夏、殷以來諫諍事,名《諫苑》。

（隋）文帝覽而嘉焉。」事出《北史》，非僻書也。吴中補注謂《南史》李承業集古今章疏作《諫苑》者，訛。今據《北史》駁正。

附子由次韻：《欒城集》題云「次韻光庭省中書事」。

放浪江湖久惰慵，安排誰置從官中。粗疎空與延和對，開納初還正始風。二鄙冰消真帝力，四方雨足自天功。時將一勺傾滄海，漫使人知達四聰。

次韻朱光庭喜雨

久苦趙盾日，欣逢傅説霖。坐知千里足，初覺兩河深〔一〕。破屋常持傘，無薪欲爨琴。清詩似庭燎，雖美未忘箴。

〔一〕兩河：《續述征記》：「汴、沙到浚儀而分，汴東注，沙南流。」按，《水經注》：「沙音蔡。」又按，李濂《汴京遺跡志》：「蔡河貫京城，其自尉氏北流，至戴樓門東，廣利水門入城，名西蔡河。其從陳州門西，普濟水門出城，經通許，接舊蔡河者，名東蔡河。」

附子由次韻：

焦枯連夏火，洗濯待秋霖。都邑溝渠净，郊原黍豆深。流膏侵地軸，晴意動風琴。誰似臣居易，先成喜雨箴。

奉敕祭西太一〔一〕和韓川〔二〕韻四首

其一

聖主新除秘祝，侍臣來乞豐年〔三〕。壽宮神君欲至〔四〕，夜半靈風肅然。

〔一〕西太一：《宋史·禮志》：「國初，太一（壇）〔九宮神位〕在國門之東郊。熙寧中，司天正周琮上言：『五福太一，自雍熙元年入東南巽位時，修東太一宮。天聖七年入西南坤位，修西太一宮。』」葉夢得《石林燕語》：「太平興國中，司天言太一十神，凡行五宮，自今甲寅歲入黄室巽宮，當吴分，請即蘇州建宫祠之。已而，復有言京城東南蘇村可應姑蘇之兆，乃改築於蘇村。」洪容齋《三筆》：「東太一宮在蘇村，西太一宮在八角鎮。」〇慎按，以卜諸説，確不可易。吴中新刻本，踵王注舊注，謂「太一宮舊在京城西，蘇村謂之西太一」者，訛。今爲詳考駁正。

〔二〕韓川：《宋史》：「韓川，字元伯，陝人，進士上第。元祐初，爲監察御史，極論市易之害。遷殿中侍御史，尋改太常卿。」

〔三〕乞豐年：龐元英《文昌雜録》：「祠部每歲立春祭東太一宮，立夏、立冬祭中太一宮，立秋祭西太一宮。」

〔四〕神君：曾子固《元豐類藁》：「（初作）〔興國中兆〕太一（宮）〔於城南〕，用張齊賢領祠事。齊賢以爲太一者，五帝之佐，天之貴神，宜半祠天之禮。天子使加伶官百人，自昏祠至明，如漢制。」《石林燕語》：「太一式有五福、大游、小游、四時、天一、地一、真符、君綦、民綦、臣綦，凡十神，皆天之貴神。而五福所臨，無兵疫，凡行五宫，四十五年一易。」

其二

玉璽親題御筆，金童來侍天香。禮罷祝融參乘，前驅已過衡湘。

其三

解劍獨行殘月，披衣困卧清風。夢蝶猶飛旅枕，粥魚已響枯桐。

其四

陂水初含曉渌，稻花半作秋香。皂蓋却迎朝日，紅雲正繞宫牆。

附黄魯直次韻四首：

黄靈未對甘泉，五福間祀迎年。旍旆三旍半偃，風馬雲車闐然。

白旄下金神節，青祝攜御爐香。百禮盡修毫祀，九歌不取沅湘。

紫府侍臣鳴玉，霜臺御史生風。官獨論詩未了，知秋自屬梧桐。

泰壇下瑞雲黄，雨師灑道塵香。便面猶承墜露，金鉦半吐東牆。

西太一見王荆公舊詩偶次其韻二首

其一

秋早川原净麗，雨餘風日清酣。從此歸耕劍外，何人送我池南？

其二

但有尊中若下，何須墓上征西。聞道烏衣巷口，而今烟草萋迷。

附王介甫原作：

柳葉鳴蜩緑暗，荷花落日紅酣。三十六陂春水，白頭想見江南。

二十年前此地，父兄持我東西。今日重來白首，欲尋陳迹都迷。

慎按：王半山集中所載，與注中所引不同。「柳葉」二句，集本云「草色浮雲漠漠，樹陰落日潭潭」。第三句「陂春」二字，集本作「宫烟」。今依次韻「酣」字。

附黄魯直次韻二首：《山谷集》又有《次韻懷半山老人二首》，不具録。

風急啼烏未了，雨來戰蟻方酣。真是真非安在，人間看北成南。

晚風池蓮香度，曉日宫槐影西。白下長干夢到，青門紫曲塵迷。

次韻子由送陳侗〔一〕知陜州〔二〕

誰能如鐵牛〔三〕，横身負黄河。滔天不能没，尺箠未易訶。世俗自無常，徐公故逶迤。别來不可説，事與浮雲多。當時無限人，毁譽即墨阿。虚聲了無實，夜蟲鳴機梭。相逢一笑外，奈此白髮何？天驥皆籋雲，長鳴飽芻禾。王庭旅百實，大貝隨弓戈。君獨一麾去，欲賡五袴歌。甘棠古樂國〔四〕，白酒金叵羅。知君不久留，治行中新科。過客足嗔喜，東堂記分鵝。此外但坐嘯，後生工揣摩。

〔一〕陳侗：失考。按，本集《外制·陳侗知陜州敕》云：「出入册府，垂二十年。安於義分，不妄干進。願爲一郡，以恤孤幼。」其人可知矣。

〔二〕陜州：《元和郡縣志》：「漢弘農郡之陜縣，後魏置陜州，唐爲陜州大都督府。南北隔河二百四十六里，西至潼關二百里。」

〔三〕鐵牛：《太平寰宇記》：「開元十二年，於河東縣開東、西門，各造鐵牛四。其牛並鐵柱連腹入地丈餘，負橋跨河。」

〔四〕甘棠：《名勝志》：壽安山，在宜陽縣東。《水經注》：「(以)甘水〔所〕導，〔發〕於山曲，故世〔人〕目其(地)〔所〕爲甘棠」云。召伯所嘗聽訟之地，後魏析置甘棠縣，隋改爲壽安縣。西北有勝因寺，即甘棠驛故趾。

附子由原作：《欒城集》題云「送陳侗同年知陝州」。

上書乞江淮，得請臨關河。所得非所願，親友或相訶。丈夫志四方，所遇常逶迤。況當國西屏，形勝古來多。崑渠涌北郭，華岳垂東阿。羌虜昔未平，驛馳如飛梭。間諜時出没，關梁苦誰何？爾來一清净，西望多麥禾。魏絳方和戎，先零正投戈。秦人釋重負，道路聞行歌。便當卧齋閣，次第除網羅。時時一嘯咏，未用勤催科。諸孤寄吴越，十口同雁鵝。時分橐中金，何必手自摩。

送賈訥倅眉二首〔一〕

其一

當年入蜀嘆空回，未見峨眉肯再來。童子遥知頌襦袴，使君先已洗尊罍〔二〕。公自注：李大夫，眉之賢守也。鹿頭北望應逢雁〔三〕，人日東郊尚有梅。公自注：人日出東郊，渡江游蟇頤山，眉之故事也。我老不堪歌樂職，後生試覓子淵才。

〔一〕眉州：《元和郡縣志》：「隋大業二年，併嘉州入眉州。八年，改眉山郡。唐武德二年，改嘉州之通義、洪雜等四縣，别置眉州。」《輿地廣記》：「西魏置眉州，隋置眉山郡。皆在今嘉州。」《太平寰宇記》：「眉州屬劍南西道。」

〔二〕使君：王氏原注：「元祐元年，李琪以朝散大夫知眉州。」

〔三〕鹿頭：《元和郡縣志》：鹿頭戍，在漢州德陽縣之北，南至成都一百里。《太平寰宇記》：「鹿頭山自綿州羅江縣界迤邐入德陽，昔有張鹿頭於此造（兵器）〔宅〕，因以爲名。」

其　二

老翁山下玉淵回〔一〕，手植青松三萬栽。父老得書知我在，小軒臨水爲誰開。試看一一龍蛇活，更聽蕭蕭風雨哀。便與甘棠同不翦，蒼髯白甲待歸來。公自注：先君葬於蟇頤山之東二十餘里，地名老翁泉。君許爲一往，感嘆之深，故及之。

〔一〕老翁泉：老蘇公《嘉祐集》云：「十數年前，月夜，有一老翁蒼顔白髮，偃息泉上。就之則隱而入於泉。洵甃以石建亭覆之，并爲之銘云云。」歐陽修《蘇明允墓志》云：「公墓於彭山之安鎮鄉，在蟇頤山之東，地名石龍柳家溝老翁泉之側。」

慎按：施氏原注云：「此詩刻石於成都，第四句云『蓬蒿親手爲君開』，集本作『小軒臨水』；『君』字，集本作『誰』。」又云：「『試看一一龍蛇活』，石刻作『舞』。」今補録。

附子由一首：《欒城集》題云「送賈訥朝奉通判眉州」。

歸念長依落日邊，壺漿今見送新官。聲傳已覺謳歌遍，身到方知政令寬。民病賢人來已暮，時平蜀道本無難。明年我欲修桑梓，爲賞庭前荔子丹。自注云：眉州倅廳，舊有荔支二株，甚大。

送程建用〔一〕

先生本舌耕，文字浩千頃。空倉付公子，坐待發苕穎。十年困新説，兒女争捕影。鑿垣種蒿蓬一作「蓬蒿」，嘉穀誰復省。空餘《南陔》意，太息北堂冷。織屨隨方進，採薪教韋逞。辛勤守一經，菽水賢五鼎。今年聞起廢，《魯史》復光景。公子亦改官〔二〕，三就縶馬頸。歸來一笑粲，素髮颯垂領。會看金花詔，湯沐奉朝請。天公不吾欺，壽與龜鶴永。

〔一〕程建用：施氏原注：「程建用，字彝仲，眉山人。少時奉親税居，與老蘇公東西相望。嘗與二蘇公、楊咨會草舍中，大雨聯句六言以爲戲。先生嘗追書之。建用後得官，以獄掾改宣德郎而歸。」此段新刻本删去，今補録。

〔二〕改官：按，「新説」注：彝仲《與東坡書》云：「中江於東蜀，號稱劇邑，以衰拙臨之，始至若無暇，洎半年而滯獄清，期年而庶事稍就緒。乃謀葺亭臺池館，（請）〔願〕公（爲）〔撰〕記。」云云。據此，則建用此時當以宣德郎知中江縣。中江屬潼川州，故子由謂送其西歸，而詩中有「今年復考課，得秩真代耕」之句也。

附子由作：《欒城集》題云「送程建用宣德西歸」。

昔與君同巷，參差對柴荆。艱難奉老母，絃歌教諸生。藜藿飽臧獲，布褐均弟兄。貧賤理則窮，禮義日益明。我親本知道，家有月旦評。逡巡户牖間，時聞嘆息聲。善惡不可誣，孝弟神所聽。我見此家人，處約能和平。他年彼君子，豈復地上行。爾來三十年，遺語空自驚。松阡映天末，苦淚緣冠纓。子親八十五，皤然老人星。安輿及禄養，平反慰中情。月俸雖不多，足備甘與輕。今年復考課，得秩真代耕。倚門老鶴望，策馬飛鴻征。歸來歲云暮，手奉屠蘇觥。我詩不徒作，以遺鄉黨銘。自注云：君昔嘗稅居，與敝廬東西相望。武昌君見其家事，知非貧賤人也。此語未嘗語人，俯仰三十年矣。因君西歸，作詩言之，不覺流涕。

次韻李修儒留別二首〔一〕

其一

十年流落敢言歸，魚鳥江湖只自知。豈意青天掃雲霧，盡呼黃髮寄安危。風流吾子真前輩，人物他年記一時。我欲折繻留此老，緇衣誰作好賢詩。

〔一〕李修儒：爵里事蹟無可考。觀第二首結句，當是蜀人罷歸者。

其二

此生别袖幾回麾，夢裹黄州空自疑。何處青山不堪老，當時明月巧相隨。窮通等是思家意，衰病難堪送客悲。好去江魚煮江水，劍南歸路有姜詩。

黄魯直以詩饋雙井茶次韻爲謝〔一〕

江夏無雙種奇茗，汝陰六一誇新書。磨成不敢付僮僕，自看雪湯生璣珠。列仙之儒瘠不腴，只有病渴同相如。明年我欲東南去，畫舫何妨宿太湖〔二〕。公自注：《歸田録》：草茶以雙井爲第一。畫舫宿太湖，顧渚貢茶故事。

〔一〕雙井茶：《茶事雜録》：「雙井在寧州西三十里，黄山谷所居也。其南谿心有二井，土人汲以造茶，爲草茶第一。」《清波雜志》：「雙井茶，因山谷乃重。」

〔二〕畫舫太湖：白居易詩：「十隻畫船何處（泊）〔宿〕，洞庭山脚太湖心。」

慎按：此詩施氏原本不載，今從《續補》卷中編録於此。

附魯直原作：《山谷集》題云「雙井茶送子瞻」。

人間風月不到處，天上玉堂森寶書。想見東坡舊居士，揮毫百斛寫明珠。我家江南摘雲腴，落磑霏霏雪不如。爲公喚起黄州夢，獨載扁舟向五湖。

附孔武仲次韻一首：

喜君屢致雲溪茗，值我正校琅函書。飲罷清風生肘腋，吟成碧海登明珠。誰能播間享膏腴，只憶林泉身自如。他年遠别歸賀監，乞取茶山比鏡湖。

次韻黄魯直赤目

誦詩得非子夏學，紬史正作丘明書〔一〕。天公戲人亦薄相，略遣幻翳生明珠。賴君年來屏鮮腴，百千別本作「年」者，訛燈光同一如。書成自寫蠅頭表，端就君王覓鏡湖。

〔一〕紬史：按，《山谷年譜》：元祐〔二〕〔三〕年，除著作佐郎，在史局。

附魯直次韻：題云「子瞻以子夏丘明見戲聊復戲答」。

化工見彈太早計，端爲失明能著書。邇來似天會事發，泪睫見光猶隕珠。喜公新賜紫琳腴，上清虚皇對九如。請天還我讀書眼，願載軒轅訖鼎湖。

武昌西山〔一〕并引

嘉祐中，翰林學士承旨〔二〕鄧公聖求爲武昌令〔三〕，常游寒溪西山，山中人至今能言之。軾謫居黄岡，與武昌相望，亦常往來溪山間。元祐元年十一月二十九日，考試館職，與聖求會宿玉堂，偶話舊事。聖求嘗作《元次山窪尊銘》，刻之巖石，因爲此詩，請聖求同賦。當以遺邑人，使刻之銘側。

春江渌漲蒲萄醅，武昌官柳知誰栽？憶從樊口載春酒，步上西山尋野梅。西山一上十五里，風駕兩腋飛崔嵬。同游困卧九曲嶺〔四〕，褰衣獨到吴王臺。中原北望在何許，但見落日低黄埃。歸來解劍亭前路，蒼崖半入雲濤堆。浪翁醉處今尚在，石臼杯一作「抔」飲無尊罍〔五〕。爾來古意誰復嗣，公有妙語留山隈。至今好事除草棘，常恐野火燒蒼苔。當時相望不可見，玉堂〔六〕正對金鑾開〔七〕。豈知白首同夜直，卧看椽燭高花摧。江邊曉夢忽驚斷，銅鐶玉鎖鳴春雷。山人帳空猿鶴怨，江湖水生鴻雁來。請公作詩寄父老，往和萬壑松風哀。

〔一〕武昌西山：注見黄州卷中。

〔二〕承旨：孫彦同《職官分紀》：「翰林學士承旨，正三品。」

〔三〕鄧聖求：施氏原注：「鄧潤甫，字温伯，建昌人。宣仁簾聽，以字行，改字聖求。紹聖間，始復名。初第進士，爲武昌令。熙寧中，王安石用爲中書檢正官，歷知諫院掌制誥，擢御史中丞。中人李憲措置〔熙河邊事〕，温伯率其屬周尹、蔡〔承禧、彭〕汝礪上書力諫，不〔聽。繼入〕翰林，爲學士承旨，〔吏〕部郎中，出典藩服。元祐末，以兵部尚書召。哲宗親政，温伯首陳武王能廣文王之聲，成王能嗣文武之道，以開紹述，遂基宗社之福。拜尚書左丞，纔兩月，薨，年六十八。贈開府儀同三司，謚安惠。」此段新刻本删去，今補録。

〔四〕九曲嶺：《武昌志》：樊山即西山，九曲嶺在樊山南，嶺路九折，故名。有九曲亭，子由作記。

〔五〕石臼：歐陽公《集古録》：吴王散花灘，疑當時苑囿别名。石臼、窊尊，俱在此灘上。

〔六〕玉堂：（沈括《夢溪筆談》）〔葉夢得《石林燕語》卷七〕：「學士院正廳曰玉堂，初不爲榜。太宗時，蘇易簡爲學士，上嘗語曰：『玉堂之設，但虚傳其説，未有正名。』乃以紅羅飛白書『玉堂之署』四字，賜之。」葉《石林燕語》：「學士院在樞密院之後，腹背相倚，不可南向，而後門與集賢相直，禁中宣命往來，皆行此門，取其便事。」

〔七〕金鑾：程大昌《雍録》：金鑾殿在蓬萊山正〔西微〕南，龍首山坡壟之北，其上有殿，既名之爲金鑾，故殿旁之坡，遂名金鑾坡。

慎按：此詩真蹟在江陵岑象求巖起家。岑跋云：「子瞻内翰昔竄謫黄岡，游武昌西山，觀聖求所題墨蹟。時聖求已貴，處北扉，而子瞻方忤時遠放，流落（困）窮〔困〕。不二年，遂與聖求對掌誥命，並驅朝門，優游（談）笑〔語〕於清切之禁。在常（情）〔人〕固足感歎，有文而（深）〔賦〕於情者，宜何如哉？此前詩所以作也。元祐丁卯二月，因會飲子功侍郎宅，子瞻爲予筆此，遂記而藏之。」云云。又按，《式古堂書畫考》後有四明樓鑰跋，尾明正德朝李長沙有跋。

附孔武仲次韻：

黄州水米宜新醅，東坡好花公自栽。折花倒酒送流景，不念春風飄落梅。醉投青山上九曲，吴王故宫壓崔嵬。寒潭已無昔光景，凉殿欻變今樓臺。南陽翰林當此日，力探奇險祛塵埃。西江雪浪接溪谷，巨石森起繁如堆。手披荒榛得突兀，中有窊處成尊罍。漫郎蹤跡塵土暗，從此出躍樊山隈。大賢坎坷終必用，古劍雙蟄生莓苔，忽抛光芒萬丈去，星斗辟易青天開。欃槍枉矢莫妄動，以湯滴雪誰先摧？搜奇振淹自明主，區區識寶非張雷。陽春一奏衆争和，《咸》、《韶》蕩默群傴來。雖然此亦外物耳，豈繫兩公樂與哀？

附子由次韻：

我游齊安十日回，東坡桃李初未栽。扁舟亂流入樊口，江雨未止淫黄梅。寒溪聞有古精舍，相與推挽登崔嵬。山深縣令喜客至，寺荒蔓草生經臺。黄鵝白酒得野饋，藤牀竹簟無纖埃。可憐遷客畏人見，共怪青山誰爲堆。行驚晚照催出谷，中止亂石傾餘罍。古今相望兩令尹，自注：謂元結與鄧君也。文詞灑落千山隈。野人豈復識遺趣，過客時爲剜蒼苔。五年留滯屐齒秃，一朝揮手船頭開。玉堂却憶昔游處，笑問五柳應凋摧。滿朝文字早貴達，憑陵霄漢乘風雷。入參秘殿出華省，何曾著足空山來？漂流邂逅覽遺躅，耳中尚有江聲哀。

附晁无咎次韻：

雪堂蜜酒花作醅，教蜂使釀花自栽。堂前雪落蜂正蟄，恨蜂不採西山梅。漫郎飲處書有跡，無酒可沃胸崔嵬。不知幾喚樊口渡，五見新歷頒清臺。鄧公昔嘆不可挽，素衣未化京洛埃。此下脱二句。山中相邀阻笻杖，天上對直同金罍。只今江邊春更好，漁蓑不曬懸牆隈。百年變化誰得料，劍光自出豐城苔。老儒經濟國勢定，近臣獻納天顔開。蜀公亭上别公處，花柳未逐東風摧。尚容登堂談落屑，不媿索米腸鳴雷。因知流落本天命，何必挽引須時來？九關沉沉虎豹静，無復極目江楓哀。

附張文潛次韻：

靈均不醉楚人醨，秋蘭蘼蕪堂下栽。九江僊人棄家去，吴市不知身姓梅。東坡先生笑二子，一邱便欲藏崔嵬。脱遺簪笏玩杖屨，招揖魚鳥營池臺。西山寂寥舊風月，百年石樽埋古埃。洗尊置酒招隱士，荒境空餘黄土堆。但傳言語古味在，一勺玄酒藏山罍。鄧公歎息爲摩撫，重刻文字蒼崖隈。五年見盡江上客，兩屐踏遍空山苔。謝公富貴知不免，醉眼來爲蒼生開。長虹一吐誰得揜，六翮故在何曾摧。横翔相與顧鴻雁，寶劍再合張與雷。山猿澗鳥汝勿聽，天遣兩公聊一來。豈如屈賈終不遇，詩賦長遺後人哀。

附黄魯直次韻：

漫郎江南酒隱處，古木參天應手栽。石砌爲尊酌花鳥，自許作鼎調鹽梅。平生四海蘇太史，酒澆不下胸崔嵬。黄州副使坐閒散，諫疏無路通銀臺。鸚鵡洲前弄明月，江妃起舞襪生埃。次山醉魂招髣髴，步入寒溪金碧堆。洗湔塵痕飲嘉客，笑倚武昌江作罍。誰知文章照今古，野老争席漁争限。鄧公勒銘留刻畫，刳剔銀鉤洗緑苔。琢磨十年煙雨晦，摸索一讀心眼開。謫去長沙憂鵩鳥，歸來杞國痛天摧。玉堂却對鄧公直，北門喚仗聽風雷。山川悠遠莫浪許，富貴峥嶸今鼎來。萬壑松聲如在耳，意不及此文生哀。

西山詩和者三十餘人再用前韻爲謝宋刻本題止「再用前韻」四字。

朱顔發過如春醅，胸中梨棗初未栽。丹砂未易掃白髮，赤松却欲參黄梅〔一〕。寒溪本自遠公社，白蓮翠竹依崔嵬。當時石泉照金瑞〔二〕宋刻本作「像」，神光夜發如五臺。飲泉鑒面得真意，坐視萬物皆浮埃。欲收暮景返田里，遠泝江水窮離堆。還朝豈獨羞老病，自嘆才盡傾空罍。諸公渠渠若夏屋，吞吐風月清隅隈。我如廢井久不食，古甃缺落生陰苔。數詩往復相感發，汲新除舊寒光開。遥知二月春江闊，雪浪倒卷雲峰摧。石中無聲水亦静，云何解轉空山雷。公自注：韋應物詩云：水性本云静，石中固無聲。如何兩相激，雷轉空山驚。欲就諸公評此語，要識憂喜何從來。願求南宗一勺水，往與屈、賈湔餘哀。

〔一〕黄梅：《傳法正宗記》：「五祖弘忍大師，蘄州黄梅縣人。先爲破頭山栽松道者，請於四祖，曰：『道法可得乎？』祖曰：『汝已老，倘若再來，吾尚可遲汝。』道者去，行水邊，見（周氏）〔一〕女子。（水邊）〔道者〕回策，歸山而化，其女輒孕，已而生子。後復遇四祖，得度，傳法於破頭山，付衣鉢於盧慧能，安坐而逝。建塔黄梅東山，謚曰大滿禪師。」

〔二〕金端：寒溪事，詳本集《菩薩泉記》中。

慎按：先生詩序：「以上二首，皆元祐元年作。」施氏原本訛編於下卷，今依宋刻本改正。又按，王氏本此詩改换題目，於分類中重出，今削去，附識於此。

狄詠石屏

霏霏點輕素，渺渺開重陰。風花亂紫翠，雪外有烟林。雪近勢方壯，林遠意殊深。會有無事人，支頤識此心。

慎按：狄詠，字子雅，武襄公青之次子。本集《書武襄事後》云：「元祐元年十二月五日，與詠同館北客，夜話及之。」云云。何薳《春渚紀聞》云：「元祐三年，北虜賀正使劉霄等〔入賀〕，公與狄詠館伴錫宴」者，訛也。施氏原本編排失次，今依本集所記，移編此卷之後。

雪林硯屏率魯直同賦

西山無時春，巉巖鎖頑陰。分明倚天壁，點綴無風林。物固爲人出，興誰於此深。窮奇真自蠹，詩句且娱心。

慎按：此詩施氏原本不載，今因題類編於此。

附黄魯直次韻：《山谷集》題云「次韻子瞻題狄引進雪林石屏」。

翠屏臨硯滴，明窗玩寸陰。意境可千里，摇落江上林。百醉歌舞罷，四郊風雪深。將軍貂狐暖，士卒多苦心。

【校記】

一、《用前韻答西掖諸公見和》注四引《北苑雜述》云云，疑誤。按，《北苑雜述》未見於初白《采輯書目》，亦不見於各官私書目，疑爲《北苑别録》之誤，俟再考。

二、《元祐元年二月八日朝退獨在起居院讀漢書儒林傳感申公故事作小詩一絶》注二引《漢書》云云，其中「廢明堂事」一句，於原文乃在「因下綰臧吏」之「因」字後「下」字之前。

三、《送王伯敭守虢》注三引程大昌《雍録》云云，其中「楊僕所改築」一句，於原文乃在「在唐河南府新安縣東一里」一句之後，「所改築」原文作「移秦關而立」。○注四引《太平寰宇記》云云，誤。此引文不見於《太平寰宇記》，實引自明李賢《明一統志》卷二十九《河南府·宫室》「三堂」條。

四、《送賈訥倅眉二首·其二》注一引老蘇公《嘉祐集》云云，《嘉祐集》有《老翁井銘》一文，然文字大異於引文，故疑初白乃引自他書。經查，實轉引自曹學佺《名勝志·四川名勝志》卷二十四《上川南道·眉州》「老翁泉」條。○同注又引歐陽修《蘇明允墓志》云云，按，歐陽修《文忠集》卷三十有《故霸州文安縣主簿蘇君墓志銘》，然僅「葬於彭山之安鎮鄉」一句，而無引文後二句。實轉引自《名勝志》上述同條，「公墓於」作「公葬於」。

五、《送程建用》注二引彝仲《與東坡書》云云，實轉引自曹學佺《名勝志·四川名勝志》卷之十五《川北道·潼川州二·中江縣》，「與東坡書」作「與蘇子瞻書」。

六、《黄魯直以詩饋雙井茶次韻爲謝》注一引《茶事雜録》云云，實轉引自《江西通志》卷二十七《土産·南昌府》「茶」引注。

七、《武昌西山》注六引沈括《夢溪筆談》云云，誤。此段引文不見於《夢溪筆談》，實引自葉夢得《石林燕語》卷七「學士院」條。〇「慎按」引岑象求跋云云。按，此段引文見於明郁逢慶《續書畫題跋記》卷一「坡翁武昌西山贈鄧聖求詩」條、明汪珂玉《珊瑚網》卷四「蘇子瞻書武昌西山贈鄧聖求詩蹟」條、清卞永譽《式古堂書畫彙考》卷十「蘇子瞻書武昌西山贈鄧聖求詩蹟」條。按，初白引文后云「《式古堂書畫考》後有四明樓鑰跋，尾明正德朝李長沙有跋」，而樓鑰、李長沙二跋均見於上述《式古堂書畫彙考》同條，則初白實轉引自《式古堂書畫彙考》，無疑也。

八、《西山詩和者三十餘人再用前韻爲謝》注一引《傳法正宗記》云云，實轉引自覺岸《釋氏稽古略》卷三唐高宗上元元年「五祖弘忍大師尊者」條。

東坡先生編年詩卷二十八

古今體詩四十二首元祐二年丁卯春夏，官翰林學士時作。

和周正孺墜馬傷手〔一〕

平生學道已神完，豈復兒童私自憐。醉墮何曾傷内守，色憂當爲念先傳。書空漸覺新詩健，把蟹行看樂事全。賣却老騘爲酒直，大呼鄉友作新年。

〔一〕周正孺：施氏原注：「正孺，名尹，成都人。神宗擢爲侍御史。使蜀，極論李杞、劉佐榷茶害民，事見《周朝議守漢州送正孺守東川》詩注。正孺此時爲考功郎。」此段新刻本删去，今補録。

戲周正孺二絶

其一

折臂三公未可知，會當千鎰訪權奇。勸君鬻駱猶閒事，腸斷閨中楊柳枝。

其二

天廄新頒玉鼻騂，故人共敝亦常情〔一〕。相如雖老猶能賦，换馬還應繼二生。

〔一〕故人共敝：陳奕禧曰：東坡爲翰林時，被賜馬凡二，其一以贈李方叔，恐他日欲售此馬，故作公據與之。公據真蹟石刻今在眉州。所謂「故人共敝者」，蓋指方叔也。〇慎按，石刻云：「元祐元年，予初入玉堂，蒙恩賜玉鼻騂。今年出守杭州，復沾此賜。東南例乘肩輿，得一馬足矣。而李方叔未有馬，故以贈之。又恐方叔别獲嘉馬，不免賣此，故爲出公據。四年四月十五日。」云云。與正孺唱和在元祐二年，贈方叔馬在元祐四年，自是兩事，無容牽合也。

慎按：以上三首，施氏原本編《和黄魯直赤目》詩後，據《墮馬》結句觀之，當是新年所作，故改編。

題文與可墨竹并引

故人文與可爲道師王執中作墨竹，且謂執中勿使他人書字，待蘇子瞻來，令作詩其側。與可既没八年，而軾始還朝，見之，乃賦一首。

斯人定何人，游戲得自在。詩鳴草聖餘，兼入竹三昧。時時出木石，荒怪軼象外。舉世知珍之，賞會獨予最。知音古難合，奄忽不少待。誰云生死隔，相見如龔、隗。

潘推官母李氏挽詞〔一〕

南浦凄凉老逐臣，東坡還往盡幽人。杯柈一作「盤」慣作陶家客，絃誦嘗叨孟母鄰。尚有升堂他日約，豈知負土一阡新。今年我欲江湖去，暮雨連山宰樹春。

〔一〕潘推官：名失考。

玉堂栽花一本有「同」字周正孺有詩次韻〔一〕

故山桃李半荒榛，粗報君恩便乞身。竹簟暑風招我老〔二〕，玉堂花蕊爲誰春？纖纖翠蔓詩催發，皎皎霜葩髩鬭新。只有來禽青李帖，他年留與學書人。

〔一〕玉堂栽花：周麟之《學士院記》略云：「國朝太宗皇帝，嘗以飛白書『玉堂之署』四字，賜翰林學士承旨蘇易簡。字徑二尺餘。謹按，玉堂，本漢别殿，在未央宫，與清凉、宣温、金華、白虎列峙，史不詳著，而略見於李尋《翼奉傳》。〔然則〕玉堂，蓋殿名也。待詔者有直廬在焉，故尋自謂久污玉堂之直，太宗所賜，實取諸此。」又按，施氏原注載與王晉卿一帖，云：「花栽，乞兩荼蘼、兩林擒、兩杏，仍乞令栽花人來，種之玉堂前後，亦異時一段佳事。此詩之作，正謂是也。宿刻此帖於餘姚縣齋，汪端明刻此詩成都府治。」此段新刻本删去，今爲補録。

〔三〕竹簟暑風：歐陽修《内制集自序》：「(招)〔涼〕竹簟之暑風，暴茅簷之冬日。」

杜介送魚〔一〕

新年已賜黄封酒〔二〕，舊友一本作「老」，訛仍分頳尾魚。陋巷關門負朝日，小園除雪得春蔬。病妻起斫銀絲鱠，稚子讙尋尺素書。醉眼矇矓覓歸路，松江烟雨晚疎疎。

〔一〕杜介：字幾先。注詳前。

〔二〕黄封酒：任淵注《陳後山集》云：「(黄封謂)宫酒以黄羅帕封之，〔黄封是也〕。」

附子由次韻：

天街雪霽初通馹，禁籞冰開漸躍魚。十尾煩君穿細柳，一杯勸我芼青蔬。寒尊獨酌難逢客，佳句相酬不用書。江海歸來叨禁近，空令同巷往來疎。

送杜介歸揚州

再入都門萬一作「何」，訛事空，閒看清洛漾東一作「春」風。當年帷幄幾人在，回首觚稜一夢中。采藥會須逢薊子，問禪何處識龐翁？歸來鄰里應迎笑，新長淮南舊桂叢。

附子由次韻：

揚州繁麗非前世，城郭蕭條却古風。尚有花畦春雨後，不妨水調月明中。東都甲第非嫌汝，北牖羲皇自屬翁。清洛放船經月事，急先鷃鳩繞芳叢。

和黄魯直燒香二首

其一

四句燒香偈子，隨香遍滿東南。不是聞思所及〔一〕，且令鼻觀先參。

〔一〕聞思：洪氏《香譜》有聞思香。又，佛書稱觀世音爲聞思大士。

其二

萬卷明窗小字，眼花只有斕斑。一炷烟消火冷〔一〕，半生年一作「身」老心閒。

〔一〕烟消火冷：《楞嚴經》：「香嚴童子白佛言：見諸比邱燒沉水香，香氣寂然，來入鼻中，非本非空，非烟非火，去無所著，來無所從，由是意銷，得香嚴號。」

附魯直原作：《山谷集》題云「有惠江南帳中香者戲贈二首」。

百煉香螺沉水，寶熏近出江南。一穟黄雲繞几，深禪相對同參。

螺甲割崑崙耳，香材屑鷓鴣斑。欲雨鳴鳩日永，下帷睡鴨春閒。

再和二首公自注：來詩言飲酒、畫竹石、草書。

其一

置酒未逢休沐，便同越北燕南。且復歌呼相和，隔牆知是曹參。

其二

丹青已是宋刻本作「自」前世，竹石時窺一斑。五字當還一本作「還當」靖節，數行誰似高閑。

附魯直答二首：

置酒未容虛左，論詩時要指南。迎笑天香滿袖，喜公新趁朝參。

迎燕温風旎旎，潤花小雨斑斑。一炷烟中得意，九衢塵裏偷閑。

送楊孟容

我家峨眉陰，與子同一邦。相望六十里，共飲玻璃江〔一〕。江山不違人，遍滿千家窗。但苦窗中人，寸心不自降。子歸治小國，洪鐘噎微撞。我留侍玉座，弱步欹豐扛。後生多高才，名與黄童雙。不肯入州府，故人餘老龐。殷勤與問訊，愛惜雙宋刻本作「霜」眉厖。何以待我歸，寒醅發春缸。

〔二〕玻璃江：范成大《吴船録》：「眉州城外即玻璃江也，冬時水色如此。」

慎按：施氏原注云：「墨跡刻石成都府治，題云『送楊禮先知廣平軍』。墨蹟『子歸治小國』作『君歸治小國』，『後生多高才』作『後生多才賢』，『故人餘老龐』作『至今餘老龐』，『殷勤與問訊』作『君歸與問訊』，其不同如此。然墨蹟字有重複，集本乃後來改定，故彼此不盡合云。」此段新刻删去，今補録。

附黄魯直次韻：《山谷集》題云「子瞻詩句妙一世乃收斂光芒入此窘步以見效蓋退之戲效孟郊樊宗師之比以文滑稽耳恐後生不解故追韻道之」。

我詩如曹鄶，淺陋不成邦。公如大國楚，吞五湖三江。赤壁風月笛，玉堂雲露窗。句法提一律，堅城受我降。枯松倒澗壑，波濤所舂撞。萬牛挽不前，公乃獨力扛。諸人方嗤點，渠非趙張雙。但懷相識察，牀下拜老龐。小兒未可知，客或許敦厖。誠堪壻阿巽，買紅纏酒缸。

慎按：東坡前詩自謂效魯直體，故山谷題云然。

附子由詩：《欒城集》題云「送楊孟容朝奉西歸」。

三十始去家，四十方南遷。五十復還朝，白髮正紛然。故人從西來，鞍馬何聯翩。握手得一笑，喜我猶生全。別離多憂患，夢覺非因緣。惟餘歸耕計，粗有山下田。久糜太倉粟，空愧鄉黨賢。老兄富治行，令德齊高年。幸此民事清，未厭軍壘偏。父老攜壺漿，稚子迎道邊。應有故相識，問我何當旋。君恩憫衰病，歸駕行將鞭。

見子由與孔常父〔一〕唱和詩輒次其韻余昔在館中〔二〕同舍出入輒相聚飲酒賦詩近歲不復講故終篇及之庶幾諸公稍復其舊亦太平盛事也

君先魯東家，門户照千古。文章固應爾，須鬣餘似處。雖非蒙倛狀，尚肖一作「有」歷國苦。誦書口瀾翻，布穀雜杜宇。十年困奔走，櫛沐飽風雨。吾道其非邪，野處豈兕虎。灞陵閒老將，柏直口尚乳。自君兄弟還，鼎立知有補。蓬山耆舊散，故事誰删去？來迎馮翊傳，出餞會稽組。吾猶及前輩，詩酒盛册府。願君倡此風別本作「物」，訛，揚觶斯杜舉。

〔一〕孔常父：《東都事略》：「孔文仲之弟武仲，字常父。幼力學，舉進士，爲禮部第一。元祐初，爲秘書省正字，遷著作郎。論科舉之弊，詆《三經新義》。頃之，除起居舍人，拜中書舍人，直學士院。」施氏原注：「常父元祐初入館，歷校書著作，遷司業，進左史，西掖直玉堂，擢夕扉，貳春官。以待制守洪，徙宣。坐黨籍，落職，居池。元符末，追復之。常父與兄經父、弟毅父皆以文聲起江右，鼎立元祐，時號三孔。」此段新刻本悉删去，今補録。

〔三〕在館中：《年譜》：「英宗治平乙巳，先生召試秘閣，入三等直史館。」見第五卷。

附孔常父原作二首：

西垣有古人，磔磔氣貌古。落筆成文章，無可加損處。策蹇得過門，殷勤相勞苦。湛然神觀全，秀粹充眉宇。語我春已闌，斯民望時雨。宿麥正滿野，驕陽惡如虎。雲師未灑澤，赤子將誰乳？侍臣當憂國，密計應裨補。又云著書勞，安得一州去。知公操捨異，不爲誇腰組。衣錦若還鄉，亦當從幕府。按，《清江集》此首結處少二句。

堂堂司寇公，族姓原自古。支流入漢庭，浩渺無尋處。子瞻得家法，自少不勤苦。戲劇入場屋，名聲振寰宇。凝思膚寸雲，落筆萬點雨。中間觸機穽，窘若帶箭虎。坎坷連交游，飢凍及稺乳。歸來直玉堂，得失亦相補。顧我縻一官，未即江海去。裳衣裹窮猿，繫以三丈組。知公心胸中，坦不置城府。漫剌猶可持，還當謁文舉。

附子由次韻：

羨君耽讀書，日夜論今古。雖復在家人，不見釋手處。意求五車盡，未惜雙目苦。蓬萊倚霄漢，簡策充棟宇。學成擅囷倉，筆落走風雨。破籠閉野鶴，短草藏文虎。鬢鬚忽半白，兒女無復乳。知君不能薦，愧我終何補。偶來相就談，日落久未去。歸鞍得新詩，佳句爛如組。古風棄雕琢，遺味比樂府。且復調塤篪，泠然五音舉。

慎按：《山谷集》亦有和章，以非次韻，故不採録。

趙令晏崔白大圖幅徑三丈〔一〕

扶桑大蠒如甕盎，天女織綃雲漢上。往來不遣鳳銜梭，誰能鼓臂投三丈。人間刀尺不敢裁，丹青付與濠梁崔。風蒲半折寒雁起，竹間的皪横一本作「寒」，訛江梅。畫堂粉壁翻雲幕，十里江天無處著。好卧元龍百尺樓，笑看江水拍天流。

〔一〕崔白大圖：《藝苑雌黄》：「東坡觀崔白《驟雨圖》，題詩：『扶桑大蠒』云云。」《苕溪漁隱叢話》：「畫品中止有李營邱《驟雨圖》，無崔白者，詩中云云，乃是崔白《冬景圖》。《藝苑雌黄》以爲《驟雨圖》，訛矣。」

次韻張昌言給事省宿〔一〕

馮顛久已歛殘雪，戎眼何曾眩落暉。朔野一作「塞」按行猶爵一作「雀」躍〔二〕，東臺瞑坐覺烏飛〔三〕。公自注：道家有烏飛入兔宫之説。漫誇年少容吾在，公自注：樂天詩云：猶有誇張年少處，笑呼張丈唤殷兄。若鬬尊前舉世稀。待向嵩陽求水竹〔四〕，一犂烟雨伴公歸。

〔一〕給事：《宋史·職官志》：「給事中四人，分治六房事，掌讀中外出納及後省事。孫彦同《職官分紀》：「給事中屬門下省，官正四品。」

〔二〕朔野按行：施氏原注：「元祐初，昌言使河北相度水事，過永静軍，奏乞減價糶本軍寄糴斛斗四十餘萬石，救郡民饑。朝廷從之，還爲給事中。故有『朔野按行猶雀躍』之句。」

〔三〕東臺：《〔舊〕唐書》：龍朔二年，改門下省爲東臺。改給事中爲東臺舍人。

〔四〕嵩陽求水竹：施氏原注：「昌言本襄陽人，种世衡遺以汝州田十頃，辭勿受，當是徙居於汝。先生亦常欲居汝，故云『待向嵩陽求水竹』云云。雖南遷，此志不遂，諸子以治命，卒葬汝之郟城。」以上二段，新刻本並注題下，今分録以備考。

附子由次韻：

還家未暇拂塵衣，欔被重來趁落暉。省户鳴騶久分散，宫槐棲鵲共翻飛。周廬見月風霾静，斜漢横空星斗稀。多病身心怯清禁，故山依約夢西歸。

次韻三舍人省上〔一〕公自注：三月二十九日作。明日，駕幸景靈宫。

紛紛榮瘁何能久，雲雨從來翻覆手。恍如一夢墮枕中，却見三賢起江右。公自注：曾子開〔二〕、劉貢父〔三〕、孔經父〔四〕皆江西人。嗟君妙質皆瑚璉，顧我虚名但箕斗。明朝冠蓋蔚相望，共扈翠輦朝宣光〔五〕。武皇已老白雲鄉，正與群帝驂龍翔，獨留杞梓扶明堂。

〔一〕省上：洪邁《中書省題名記》：「兩省之官十有二，唐制也。今散騎常侍缺，由諫大夫而下，别爲諫院，同門而異户，惟給事中、中書舍人、左右起居實同省，其員亦十有二。」

〔二〕曾子開：施氏原注：「曾子開，名肇，子固幼弟。舉進士，入館閣，編修國史。哲宗立，由吏部郎中爲左司，擢右史。未幾，入西掖。論事鯁切，不爲勢力回奪。宣仁簾聽，凡議禮，必據正以言，皆從之。蔡確坐詩遠竄，子開與彭器資約極論，會除夕扉，不果。上言者謂器資爲子開所使，遂以待制出守五州，入貳儀曹，又歷二郡。哲宗親政，數稱其有守，趣入對，又坐神宗史事，降知滁州。徽宗召歸掖垣，遷翰苑。崇寧初，奪職，卒年六十一。自熙寧以來四十年，大臣更用事，邪正相軋，黨要屢起，子開身更其間，數不合。兄布與韓儀公忠彦並相祐陵，初政日謀所以傾危之。子開貽書，警戒甚切，曰：『比者主意日移，小人道長，進則必論元祐人於帝前，退則盡引排元祐者於要路，異時必爲京、卞死黨。左少一字持心向正，古、覿、稷、易皆可與謀，但使正人聚於本朝，自然小人道消矣。一京足以兼二人，可不深慮？』其兄不能用。蔡京得政，兄弟俱不免。古、覿、稷、易，謂二王、豐、賈也。紹興初，謚文昭。子統，事高宗，爲諫大夫。曾孫炎，字南仲，暖，字茂昭，皆登法從。」此段全文，新刻本删去，今補存舊注。

〔三〕劉貢父：《宋史》：「劉攽，字貢父，與兄敞原父同登科，仕州縣者二十年，始爲國子直講。熙寧中，初罷太常禮院，徙知兖、亳二州。哲宗初，入爲秘書少監，出知蔡州，數月召拜中書舍人。」

〔四〕孔經父：《宋史》：「孔文仲，字經父，新喻人。哲宗朝擢諫議大夫，改中書舍人。」

〔五〕朝宣光：《宋史・禮志》：「景靈宫創於祥符五年，聖祖臨降，爲宫奉之。」自此至仁宗，凡七十年間，太祖以下「神御在宫者四，寓寺觀者十有一。元豐五年，就宫作十一殿，悉遷在京寺觀神御奉安。紹聖二年，又奉安神宗焉。」歲四孟，皇帝親享。遇郊祀明堂，先二日，詣宫行禮，謂之朝獻。次太廟，謂之朝饗。○按，王明清《揮麈録》云：英宗御容殿舊名英德，「元豐中改曰治隆，元祐初即治隆之後建宣光殿，以奉神宗。」云云。先生本集有《景靈宫宣光殿奉安神宗御容青詞》，元祐二年三月所作。《宋史》以爲紹聖二年者，訛也。王氏注引《長安志》，謂唐之宫室名有宣光殿，亦訛。

附孔武仲原作： 原題云「三舍人題名於後省皆賦詩因寄呈劉貢父丈」。

西垣寂寞今已久，三賢文章鳳池手。朋來不復山中戀，後至倘誰居客右。華堂刻石映今古，秀句連章動星斗。鶺原棣蕚俱相望，龍吟虎嘯生輝光。就中貢父歸故鄉，况有小阮争翺翔。翩翩亦試中書堂。

附子由次韻： 《欒城集》題「次韻孔武仲三舍人省上」。

君不見西都校書宗室叟，東魯高談鼓瑟手。偶然同我西掖垣，並立曉班分左右。龍文百斛世無價，瓦釜枵然但升斗。諸兄落落不可望，兩季幸肯分餘光。大孔奮飛自南鄉，聯翩群雁相追翔，渠家冠蓋尤堂堂。

慎按：孔武仲又有《曾子開示詩再用前韻》一首，今《文昭公集》失去原作，《清江三孔集》中，經父原詩亦不可得，所載武仲次韻，凡三首，今録其一。

送錢承制〔一〕赴廣西〔二〕路分都監〔三〕

當年我作《表忠碑》〔四〕，坐覺江山氣未衰。舞鳳尚從天目下，收一作「牧」駒時有渥洼姿〔五〕。踞牀到處堪吹笛，橫槊何人解賦詩。知是丹霞燒宋刻本作「破」佛手，先聲應已懾群夷。公自注：廣西僧寺，頃有佛動之異，錢君碎而投之江中。

〔一〕錢承制：孫彦同《職官分紀》：「横行東西班内有内殿承制官，秩正八品」，乃武職也。錢承制必吴越之裔，名失考。

〔二〕廣西：《九域志》：「廣南西路，轄州二十三，轄軍〔一〕〔二〕。」

〔三〕路分都監：《燕翼貽謀録》：「自江南既平，諸州直隸京師，無復藩府，諸路責任監司，按察而已。嘉祐〔五〕〔四〕年，各路復置兵馬都監。」《淮海集》云：「鮮于侁爲利州路轉運判官。初，利州以兼益〔州〕〔利路〕兵馬都監，故事，武臣爲守。至是，侁上言，乞堂選文官知州事，别置路分都監，遂爲定〔例〕〔制〕。」

〔四〕表忠碑：施氏原注：「東坡作《表忠觀碑》，有持以示荆公。讀之，沉吟曰：『此何語耶？』客有在旁者，遽指摘而訿訾之。荆公不答，讀之再三，又攜之而起，行且讀，忽歎曰：『此《三王世家》也，可謂奇文矣！』客大慚。或曰：客乃其壻蔡卞也。」此段新刻本删去，今補録。

〔五〕收駒：《周禮》：「教駣，攻駒。」注作「收駒」。

附子由作：《欒城集》題「廣西」作「廣東」，訛。

家聲遠繼河西守，游宦多便嶺外官。南海無波閒鬬舸，北堂多暇得羞蘭。忽聞棠棣歌離索，應寄寒梅報好安。他日扁舟定歸計，仍將犀玉付江湍。

次韻曾子開從駕二首〔一〕

其一

槐街緑暗雨初匀，瑞霧香風滿後塵。清廟幸同觀濟濟，豐年喜復接陳陳。雍容已饜天庖賜，俯伏初嘗貢茗新。輦路歸來聞好語，共驚堯顙類高辛。

〔一〕曾子開：注詳本卷「三舍人」條下。

其二

入仗魂驚媿草萊，一聲清蹕九門開。暉暉日傍金輿轉，習習風從玉宇來。流落生還真一芥，周章危立近三槐〔一〕。公自注：學士班近執政。道旁倘有山中舊，問我收身早晚回。

〔一〕周章：《九歌》：「聊翱翔兮周章。」注云：「周章，往來迅疾也。」王觀國《學林》云：「《文選》注非也，周章者，周旋緩舒之意。」

慎按：曾子開《曲阜集》世已不傳。嘉興曹倦圃家有《文昭公集抄》，亦缺略不全。此詩原作二首，鈔本失載，但有《元祐六年駕自景靈宫移謁孔子廟》七律一首，用七陽韻，非此時所作，故不録。○按，《長公外紀》云：元祐間，東坡與曾子開肇同居兩省，扈從車駕赴宣光殿。子開有詩，云：「鼎湖弓劍仙游遠，渭水衣冠輦路新。」又云：「堦除翠色迷宫草，殿閣清陰老禁槐。」詩語亦佳。即此二首韻也。《庚溪詩話》所載亦同，惜其全首不傳，附録於此。

附子由次韻二首：《欒城集》題云「次韻曾子開舍人四月三日扈從」。

萬人齊仗足聲匀，翠輦徐行不動塵。夾道讙呼通老穉，從官雜遝數徐陳。旌旗稍放龍蛇卷，旒冕初看日月新。天遣雨師先灑道，農夫不復誤占辛。自注云：農家常以上辛占麥，辛深則麥熟。今年正月八日得辛，而雨不時應，駕未出，一日初得雷雨，麥始有望。

衣冠雙日款蓬萊，簾脱重鉤扇不開。清曉連驚三殿啓，翠華遥自九天來。晨光稍稍侵黄蓋，瑞霧霏霏着禁槐。千兩翟車觀禮罷，歸時滿載德風回。自注：是日，内外命婦俱會景靈，仰瞻三宫，肅然雍穆，不言而化，諸公之家，有能言之者。

附李端叔次韻二首：從《姑溪集》采出，題云「次韻子瞻諸公從駕景靈宫二首」。

青鴉如跂萬椽匀，地接璇流隔世塵。三后在天歌下武，一人膺福見君陳。珠旒滚滚懷濡露，玉案年年侍薦新。廡下丹青從臣列，左趨蕭丙右甘辛。

太清宫廟近蓬萊，唐正内號蓬萊宫，而太清宫有列聖真像，每歲朝享。連日天門六扇開。萬乘旌旗衝曉過，兩宮輿輦詰朝來。城中三水河通漢，庭下千官棘映槐。老稚扶攜同祝聖，年年常此望昭回。

附范純父次韻一首：《太史集》題云「和曾子開從駕朝謁景靈宮」。

雨師汛灑霽光勻，華蓋香風不起塵。億兆歡呼真帝啓，謀猷左右盡君陳。雲隨僊仗三山遠，日出咸池六合新。一別都門變桑海，來瞻原廟秖悲辛。

慎按：《范太史集》中所載止第一首，古人文集殘缺不少，附録之餘，不禁慨然。

再和二首

其一

眼花錯莫鬢霜勻，病馬羸驂宋刻本作「騶」只自塵。奉引拾遺叨侍從〔一〕，思歸少傅羨朱陳。衰年壯觀空驚目，險韻清詩苦鬭新。最後數篇君莫厭，擣殘椒一作「薑」桂〔二〕有餘辛。

〔一〕奉引拾遺：蔡邕《獨斷》：「天子出，車駕次第，謂之鹵簿。大駕，則公卿奉引，大將軍參乘，太僕御法駕。公卿不在鹵簿中。惟河南尹、執金吾、洛陽令奉引，侍中參乘，奉車郎御。」《苕溪叢話》：「子美以至德二載拜左拾遺，故《寄賈司馬》詩云：『此時霑奉引，佳氣拂周旋。』」

〔二〕椒桂：《庚溪詩話》：「東坡兩和『辛』字，皆工，其云：『最後數篇君莫厭，擣殘椒桂有餘辛。』」按，《楚辭》『昔三后之純粹兮，固衆芳之所在』，『雜申椒與菌桂兮，豈惟紉夫蕙茝』。蓋以椒、桂、蕙、茝，皆草木之香者喻賢人也。而《西清詩話》改其句云『讀罷君詩何所似，擣殘薑桂有餘辛』，以爲坡譏首唱多辣氣，此何理也？ 坡爲人慷慨疾惡，亦時見於詩，有古人規諷體，然亦詎肯效閭閻以鄙語相詈哉？ 恐誤後人心術，不得不辨。」

其二

憶觀滄別本作「蒼」，訛海過東萊，日照三山迤邐開。桂觀飛樓凌霧起，僊幢寶蓋拂天來。不聞宮漏催晨箭，但覺簷陰轉古槐。供奉清班非老處，會稽何日乞方回〔一〕。公自注：時方闕會稽守。

〔一〕方回：《晉書·郄愔傳》：「愔字方回，除（太常，固讓）〔散騎侍郎〕，不拜。樂補遠郡，從之。出爲會稽内史，久之，乞骸骨，因居會稽。」

附子由再次韻二首：

病起江南力未匀，强將冠劍拂埃塵。木雞自笑真無用，芻狗何勞收已陳。行從鑾輿風日細，側聽廟樂管絃新。誰知四載勤勞後，併舉成功祚泣辛。

宸心惻惻念污萊，南籞西池閉不開。長樂鳴鞘千乘出，顧成薦鬯萬方來。從臣暗泣新宮柳，父老行依輦路槐。雙闕影斜朱户啓，都人留看屬車回。

次韻劉貢父省上

密雲今日破郊西，疎雨翛翛未作泥。要及清閒同笑語，行看衰病費扶攜。花前白酒傾雲液，户外青驄響月題。不用臨風苦揮泪，君家自與竹林齊。公自注：貢父詩中有不及與其兄原父〔一〕同時之歎，然其兄子仲馮〔二〕，今爲起居舍人。

〔一〕貢父兄原父：《容齋隨筆》：「少游《與鮮于子駿書》：『今中書舍人皆伯仲繼直西垣，前世以來（無此）〔未有其〕事，誠國家之美，非特衣冠之盛也。』以其時考之，蓋元祐二年，謂蘇子由、曾子開、劉貢父也。子由之兄子瞻，子開之兄子固、子宣，貢父之兄原父，皆經是職，故少游有此語云。」歐陽公《劉原父墓誌》：「原父以熙寧元年卒，年五十。」

〔二〕劉仲馮：《宋史》：劉奉世，字仲馮。原父之子，貢父之姪，第進士，累官直史館，國史編修。以忤蔡確，謫，後歷簽書樞密院事。章惇當國，奉世乞去。《清江三孔集》：「常父云：吾鄉劉原父，雄文博學，爲天下師表，而余不及識。今識其子仲馮，居省中，治事精密，吏不能欺，天下稱爲賢吏部，其文學議論，能世其家。」

再和

當年曹守我膠西〔一〕，共厭餔糟與汩泥。自古赤丸成習俗，因公黄犢免提攜。生還各有青山興，病起猶能小字題。莫怪歌呼數相和，曾將獄市寄全齊。公自注：貢父爲曹州，盜賊皆奔鄰境，嘗有詩云：從教晉盜稍奔秦。

〔一〕曹守：《宋史·劉攽傳》：熙寧中，罷太常禮院，「通判泰州，又知曹州。曹爲盜區，重法不能(禁)〔止〕，攽治尚寬平，盜亦衰息。」

附子由次韻二首：

流落江湖東復西，歸來未洗足間泥。偶隨鵬翼培風上，時得衙香滿袖攜。落筆逡巡看僂直，醉吟清絶許分題。相望魯衛雖兄弟，終畏鄰封大國齊。

掖垣不復限東西，賓客來衝霧雨泥。白酒黃封開瀲灩，朱櫻青籠落提攜。五花愧我連書判，三道高君免試題。誰遣松蒿同一谷，凌雲他日恐難齊。

送顧子敦奉使河朔〔一〕

我友顧子敦，軀膽兩俊偉。便便十圍腹，不但貯書史。容君數百人，一笑萬事已。十年卧江海，了不見慍喜。磨刀向豬羊，釃酒會鄰里。歸來如一夢，豐頰愈茂美。平生批敕手，濃墨寫黃紙。會當勒燕然，廊廟登劍履。翻然向河朔〔二〕，坐念東郡水。河來訖一作「屹」不去，如尊乃勇耳。

〔一〕顧子敦：施氏原注：「子敦名臨，會稽人。舉説書科，入館閣，喜論兵。熙寧初，神宗命編修

《經武要略》，且召問兵，對曰：『兵以仁義爲本，動静之機，安危所係，不可忽也。』推轉運河南提舉常平倉事，忤執政意，罷歸，更歷中外。元祐二年，擢給事中。朝廷議回河，拜待制，爲河北都漕。東坡與李常、孫覺、胡宗愈、梁燾等言，臨資性方正，學有根本，慷慨中立，凛然有古人之風，宜留置左右，別選深知河事者使往。不報。後諸公餞子敦，復次前韻詩，有云：『上書苦留君，言拙輒報已。』指此事也。子敦至部，請因河勢，回使東流。復召歸班，爲翰林學士。紹聖初，以龍圖閣學士守定，徙應天河南。時論既變，奪職守新安，斥居番陽。年七十二，卒。徽宗立，追復之。子敦體肥偉，諸公多以屠戲之，故詩云『磨刀向猪羊』，『平生批敕手』。子敦頗愠見。故後詩又云『善保千金軀，前言戲之耳』。」新刻删改過半，今補録。

〔三〕向河朔：孔武仲《送顧子敦赴河北序》云：「上之二年，子敦自河東轉運使召給事中，在門下，事有不便，輒争還之，議論不少迎合。時河北數有水災，澶魏故道，久湮未復。子敦拜天章待制，使河北。士大夫以爲河爲數州患，雖急，一方事也。子敦以侍從之(臣)〔官〕，撤而使一方，忽所大，而治所小，非計也。舉朝之人，睥睨前却，不敢徑往，以蹈後悔。子敦獨日夜計畫，以爲己任。非確然不易，其肯爲之乎？」

附黄魯直次韻：

儒者給事中，顧公甚魁偉。經明往行河，商略頗應史。勞人又乏費，國計安能已。功成渠有命，得人斯可喜。似聞阻饑餘，惡少驚邑里。啓鑰探金珠，奪懷取姝美。部中十盗發，一一書奏紙。西連魏三河，東盡齊四履。此豈小事哉？何但行治水。使民皆農桑，乃見真佳耳。

附子由詩：

去年送君使河東，今年送君使河北。連年東北少安居，慷慨憐君色自得。河流西决不入土，千里汗漫被原隰。壯夫奔走老穉死，粟麥無苗安取食。君憂臣辱自古然，自詭過門三不入。忠誠一發鬼神輔，心念既通謀計集。隄防旋立村落定，波浪欲收蛟蜃泣。二年歸國未爲久，故舊相看髪猶黑。功成豈在延世下，好勇直令腐儒服。此時爲國頌河平，當使君名長不没。

慎按：子敦使河北，乃元祐二年事。任淵《山谷詩注》引《實録》云：「元祐元年，秘書少監顧臨爲河東轉運使。」蓋子敦於元年使河東，二年召還，復使河北。任淵誤以元年事入次年注脚也。

次韻子由送家退翁〔一〕知懷安軍〔二〕

吾州同年友，粲若琴上星。當時功名意，豈止拾紫青〔三〕。事既喜疑誤，當作「與」願違宋刻本作「違願」，天或不假齡。今如圖中鶴〔四〕，俛仰在一庭。公自注：吾州同年友十三人，今存者六人而已。故有「琴上星」、「圖中鶴」之語。退翁守清約，霜菊有餘馨。鼓笛方入破〔五〕，朱絃微莫聽。宋刻本無「退翁」以下四句。西南正春旱，廢沼黏枯萍。翩然一麾去，想見靈雨零。我無謫僊句，待詔沉香亭。空騎内廄馬，天仗隨雲軿。竟無絲毫補，眷焉誰汝令。永懷宋刻本作「愧」舊山叟，憑君寄丁寧。

〔一〕家退翁：名定國，見《欒城集》。

〔二〕懷安軍：歐陽忞《輿地廣記》：「梓州路懷安軍，〔漢〕屬廣漢郡，西魏立金淵郡，唐屬簡州。宋乾德五年，立懷安軍。」《太平寰宇記》：「劍南東道懷安軍，領金水、金堂二縣，東至梓〔州〕一百七十里。」

〔三〕紫青：《石林避暑録》：「唐以金紫銀青光禄大夫皆爲階官，此沿漢制金印紫綬、銀印青綬之稱也。丞相太尉金紫，御史大夫銀青，皆以印綬言。《夏侯勝傳》『取青紫如拾芥』，蓋謂此也。顔師古誤以青紫爲卿大夫服，（不知漢時）蓋未服青紫也。」

〔四〕圖中鶴：按，先生自注中「琴上星」以比十三人，則「圖中鶴」當是六數。《醉鄉日月》云：「古者交歡多爲博，以牙飾箭，長五寸，其數六，刻一頭作鶴形，《僊經》所云『六鶴齊飛』是也。」先生所用，即此事。

〔五〕入破：《〔新〕唐書·五行志》：「天寶後，詩人多爲流寓之思，樂曲亦多以邊地爲名，至其曲遍繁聲，謂之『入破』，蓋破碎云。」

附子由原作：《欒城集》題云「送家定國朝奉西歸」。

我懷同門友，勢如曉天星。老去髪垂素，隱居山更青。退翁聯科第，俯仰三十齡。仕宦守鄉國，出入奉家庭。鵠鷺性本静，芷蘭深自馨。新詩得高趣，衆耳昏未聽。笑我老憂患，奔走如流萍。冠裳强包裹，齒髮坐凋零。晚春首歸路，朱轓照長亭。縣令迎使君，綵服導輜軿。長嘆或垂涕，平反知有令。此樂我已亡，雖達終不寧。

諸公餞子敦軾以病不往復次前韻

君爲江南英，面作河朔偉。人間一好漢，誰似張長史。上書苦留君〔一〕，言拙輒報已。置之勿復道，出處俱可喜。攀輿共六尺，食肉飛萬里。誰言遠近殊，等是朝廷美。遥知送别處，醉墨争淋紙。我以病杜門，商頌空振履。後會知何日，一歡如覆水。善保千金軀，前言戲之耳。

〔一〕上書：先生《乞留顧臨狀》：「給事中顧臨自供職以來，僥倖之流，側目畏憚。近聞充河北都運使，遠去朝廷，衆所（嘆）〔嗟〕息。或者謂緣黄河輟臨幹治，臨之所學，實有大於治河。治河之才，固有出臨之上者。」

黄魯直再次韻：

今代顧虎頭，骨相自雄偉。不令長天官，亦合丞御史。能貧安四壁，無愠可三已。昨來立清班，國士相顧喜。何因將使節，風日按千里。汲黯不居中，似非朝廷美。大任録萬事，御座留諫紙。發政恐傷民，天步薄冰履。蒼生憂其魚，南畝多被水。公行圖安集，信目勿信耳。

走筆謝呂行甫惠子魚

卧沙細肋吾方厭，通印長魚誰肯分？好事東平貴公子，貴人不與與蘇君。

送呂行甫〔一〕司門〔二〕倅河陽〔三〕

結交不在久，傾蓋如平生。識子今幾日，送别亦有情。子生公相家，高義久峥嶸。天才既超詣，世故亦屢更。譬如追風驥，豈免羈與纓。念我山中人，久與麋鹿并。誤出挂世網，舉動俗所驚。歸田雖未果，已覺去就輕。河陽豈云遠，出處恐異程。便當從此别，有酒無徒傾。

〔一〕呂行甫：呂希彦，字行甫。本集《（雜記）〔題跋·書呂行甫墨顛〕》云：「呂希彦行甫，相門子，行義有過人者，不幸短命。生平（好）藏墨，士大夫戲之爲『墨顛』。」按，呂申公公著二子，希哲，希純，行甫當是夷簡諸孫，公著之姪。

〔二〕司門：《職官分紀》：「刑部所屬有司門郎中，從六品，員外郎，正七品。」

〔三〕河陽：《輿地廣記》：「京西北路孟州，自漢至隋，皆屬河内郡。唐割屬河南。建中二年，以河陽、河清、濟源、温四縣入河陽三城節度使，會昌三年，以爲孟州。」

慎按：以上二首，施氏原本不載，新刻載《續補》卷中，據《外集》，元祐初年作也，今移編。

和張昌言喜雨〔一〕

二聖憂勤忘寢食，百神奔走會風雲。禁林夜直鳴江瀨，清洛朝一作「潮」回起縠紋。夢覺酒醒聞好句一作「語」，帳空簟冷發餘薰。秋來定有豐年喜，剩作新詩準備君。

〔一〕張昌言：名問，時爲給事中，見《欒城集》。

附子由次韻：

已收蠶麥無多日，旋喜山川同一雲。禾黍趁時青覆隴，池塘流潤緑生紋。兩宫尚廢清晨樂，中禁初消永夜薰。倉粟半空民望足，深耕疾耨肯忘君。

附黄魯直次韻：

三雨全清六合塵，詩翁喜雨句凌雲。垤漂戰蟻餘追北，柱擊乖龍有裂紋。減去鮮肥憂玉食，偏宗河嶽起爐薰。聖功惠我豐年食，未有涓埃可報君。

次韻劉貢父西省種竹

要知西掖承平事〔一〕，記取劉郎種竹初。舊德終呼名字外，後生誰續笑談餘。公自注：昔李公擇種竹館中，戲語同舍，後人指此竹，必云李文正手植。貢父笑曰：「文正不獨繫筆，亦知種竹耶？」時有筆工李文正。

成陰障日行當見，取筍供庖計已疎。白首林間望天上，平安時一作「待」報故人書。公自注：李衛公北都童子寺竹，寺僧日報平安。

〔一〕西掖：劉禎詩：「誰謂相去遠？隔此西掖垣。」程大昌《雍録》：「唐門下北省在日華門，名左掖，亦名東省。中書北省在月華門，名右掖，亦名西(省)〔掖〕。」

附孔常父次韻：

此君安可一朝無？請看西園種竹初。嶰谷正當吹鳳後，葛陂猶是化龍餘。風搖夢枕秋聲碎，月漏吟窗夜影疎。他日如封管城子，莫緣老禿不中書。

附孔經父次韻：

西垣種竹滿庭隅，正值天街小雨初。漸引凉風侵夢覺，已留清露滴吟餘。卜鄰近喜蒼苔滿，托跡方驚上苑疎。昨夜青藜光照席，緑陰相對草除書。

慎按：《清江三孔集》獨缺毅父作。

附子由次韻：

竹迷誰定知迷否？趁取滂沱好雨初。栽向鳳池吹律處，斸從芸閣殺青餘。迎風一嘯朝回早，弄月相差直宿疎。應怪籍咸林下客，相看不飲作除書。自注：仲馮方作左史，必與貢父並直於此。

偶與客飲孔常父見訪方設席延請忽上馬馳去已而有詩戲用其韻答之

揚雄他文皆不奇，獨稱觀缾居井眉一作「湄」。酒客法士兩小兒，陳遵張竦何曾宋刻本作「曾何」知。主人有酒君獨辭，蟹螯何不左手持。豈復見吾衡氣機，遣人追君君絶馳。盡力去花君自癡，醍醐與酒同一巵〔一〕，請君更問文殊師。

〔一〕醍醐與酒：白居易詩：「佛法贊醍醐，僊方傳沆瀣。(不)〔未〕如卯時酒，神速功力倍。」

附孔武仲原作：《清江集》題云「謁子瞻因寄」。

華嚴長者貌古奇，紫瞳奕奕垂雙眉。顏如桃花兩侍兒，問其姓名不自知。囁嚅欲吐新奇辭，豈亦有虎來護持。維摩高卧盡脱一字機，蓬山藏史策馬馳。二豪兀坐渾如癡，錯認醍醐是酒巵，誰將此景付畫師。

次韻子由書李伯時〔一〕所藏韓幹馬〔二〕

潭潭古屋雲幕垂，省中文書如亂絲。忽見伯時畫天馬，朔風胡沙生落錐。天馬西來從西極，勢與落日爭分馳。龍膺豹股頭八尺，奮迅不受人間羈。元狩虎脊聊可友，開元玉花何足奇。伯時有道真吏隱，飲啄不羨山梁雌。丹青弄筆聊爾耳，意在萬里誰知之。幹惟畫肉不畫骨，而况失實空留一作「餘」皮。煩君巧説腹中事，妙語欲遣黄泉知。君不見韓生自言無所學，廄馬萬匹皆吾師。

〔一〕李伯時：《宋史》：「李公麟第進士，歷御史檢法官。好古博學，長於詩。致仕歸，肆意於龍眠山巖壑間。雅善畫，黄庭堅謂其風流不減古人。然因畫爲累，故世但以藝傳。」

〔二〕韓幹馬：董廣川《爲龍眠居士跋韓幹畫馬後》云：「世傳韓幹凡畫馬，必考時日，面方位，然後定形骨毛色。大抵以馬爲火畜，而南爲離方，其色青，驪驒駱皆以干支相加，故得入妙。又，以爲畫得馬之神駿，故能如是云。」

附子由原作：《欒城集》題云「韓幹三馬」。

老馬側立鬉尾垂，御者高拱持青絲。心知後馬有争意，兩耳微起如立錐。中馬直視翹右足，眼光不動心先馳。僕夫旋作奔軼想，右手正控黄金羈。雄姿駿發最後馬，回首奮鬣真權奇。圉人頓轡屹山立，未聽决驟争雄雌。物生先後亦偶爾，有心何者能忘之。畫師韓幹豈知道，畫馬不獨畫馬皮。畫出三馬腹中事，似欲譏世人莫知。伯時一見笑不語，告我韓幹非畫師。

附子容次韻：

霜紈横卷書綃垂，軸以瑇瑁囊青絲。披圖二妙駭入目，筆畫勁利如刀錐。龍媒迥出丹青手，勢若飛動將奔馳。鞲銜如在赤墀立，僕御猶縱紅纓羈。子虔六轡銜沃若，長康駿骨稱天奇。雖傳畫譜入神品，未有墨客評黄騅。六詩形似到作者，三馬意象能言之。奇蹤莫辨霸或幹，高韻壓倒陸與皮。從來神物不常有，未遇真賞何人知。君不見開元廏馬四十萬，作頌要須張帝師。

慎按：《蘇魏公集》有《次韻劉貢父舍人》詩，自注云：頌早蒙子瞻兄弟叙宗契。今考集中，與兩蘇公唱和者止此一首，他不多見也。

附黄魯直次韻二首：

太史瑣窗雲雨垂，試開三馬拂蛛絲。李侯寫影韓幹墨，自有筆如沙畫錐。絶塵超日精爽緊，若失其一望路馳。馬官不語臂指揮，乃知仗下非新羈。吾嘗覽觀在坰馬，駑駘成列無權奇。緬懷胡沙英妙質，一雄可將十萬雌。决非斷養所成就，天驥生駒人得之。千金市骨今何有，士或不價五羖皮。李侯畫隱百僚底，初不自期人誤知。戲弄丹青聊卒歲，身如閲世老禪師。

于闐花驄龍八尺，看雲不受絡頭絲。西河驄作蒲萄錦，雙瞳夾鏡耳卓錐。長楸落日試天步，知有四極無由馳。電行山立氣深穩，可耐珠韉白玉羈。李侯一顧歎絶足，領略古法生新奇。一日真龍入圖畫，在坰群雄望風雌。曹霸弟子沙苑丞，喜作肥馬人笑之。李侯論幹獨不爾，妙盡骨肉遺毛皮。翰林評書乃如此，賤肥貴瘦渠未知。况我平生賞神駿，僧中云是道林師。

慎按：張耒《宛邱集》中亦有《讀子瞻韓幹馬圖》七古一首，以非次韻之作，故不附録。

次韻劉貢父獨直省中

明窗畏日曉先暾，高柳鳴蜩午更喧。筆老新詩一本作「詩新」疑有物，心空客疾本無根。隔牆我亦眠風榻，上馬君先鎖月軒。共喜早歸三伏近〔一〕，解衣盤礴亦君恩。

〔一〕早歸：施氏原注：「《東方朔傳》：『伏日當早歸。』」○慎按，先生本集《謝三伏早出院表》云：「伏當早歸，下遂疎愚之性。」

附子由次韻：

簾深巧爲隔朝暾，竹密時能引雀喧。朝罷宿酲還續夢，靜中諸妄稍歸根。坐曹聞道仍分省，出沐誰當與並軒。竹簟茅簷他日事，重因遺詠記君恩。

軾以去歲春夏侍立邇英而秋冬之交子由相繼入侍次韻絕句四首各述所懷〔一〕

其一

曈曈日脚曉猶清，細細槐花暖欲一作「自」零。坐閱諸公半廊廟，公自注：僕射呂公、門下韓公、右丞劉公皆自講席大用。時看黄色〔二〕起天庭〔三〕。

〔一〕邇英：《宋史》：仁宗景祐二年，置邇英閣。江少虞《事實類苑》云：「迎陽門之北有邇英閣，東向。」《汴京宫室考》：邇英閣在崇政殿西南，蓋侍臣讀講之所也。

〔二〕黄色：施氏原注引《玉管照神書》：「黄色，喜徵也。」新刻删去，今存録。

〔三〕天庭：《黄庭經》：「天庭地關列斧斤。」注云：「兩眉間爲天庭也。」

其二

上尊初破早朝寒〔一〕，茗盌仍霑講舌乾〔二〕。陛楯諸郎空雨立，故應慙悔不儒冠。

〔一〕上尊：《漢書》：賜丞相牛酒，上尊酒。注云：「（糯）〔稻〕米一斗，〔得〕酒一斗，爲上尊。」

〔二〕講舌乾：（傳燈録）〔《林間録》卷一〕：「（真浄文禪師）〔雲庵和尚〕問講師曰：『火災起時，山河大地（俱）〔皆〕被焚盡，許多灰燼，將置何處？』講師舌大而乾，笑曰：『不知。』師笑曰：『汝所講者，紙上語耳。』」公詩蓋借用此事。

其三

兩鶴摧頹病不言〔一〕，年來相繼亦乘軒。誤聞九奏聊飛舞，可得徘徊爲啄吞。

〔一〕摧頹：《文選》應瑒詩：「毛羽日摧頹。」

其四

微生偶脱風波地，晚歲猶存鐵石心。定似香山老居士，世緣終淺道根深〔一〕。公自注：樂天自江州司馬除忠州刺史，旋以主客郎中知制誥，遂拜中書舍人。軾雖不敢自比，然謫居黄州，起知文登，召爲儀曹，遂忝侍從。出處老少，大略相似。庶幾復享此翁晚節閒適之樂焉。

〔一〕道根：白居易詩：「始知不才者，可以探道根。」

附子由原作：原題云「去歲冬轍以起居郎入侍邇英講不逾時遷中書舍人雖忝冒愈深而瞻望清光與日俱遠追記當時所見作四絶句贈同省諸公」。

邇英肅肅曉霜清，玉宇時聞槁葉零。風過都城吹廣内，萬人笑語落中庭。

銅鉼灑遍不勝寒，雨點勻圓露未乾。回首曈曨朝日上，槐龍對舞覆衣冠。自注：邇英前有雙槐，甚高，而柯葉拂地，狀若龍蛇，講官進對其下。

早歲西廂跪直言，起迎天步晚臨軒。何知老侍曾孫聖，欲泣龍髯吐復吞。自注：轍昔舉制策，坐於崇政西廊，蓋邇英之北也。是日晚，仁宗自延和步入崇政，過所試幄前，瞻望天表，最爲親近。

講罷淵然似不勝，詩書默已契天心。高宗問答終垂世，未信諸儒測淺深。

附黄魯直次韻四首：

赤壁歸來入紫清，堂堂心在鬢凋零。江沙踏破青鞵底，却結絲絇侍禁庭。

胸蟠萬卷夜光寒，筆倒三江硯滴乾。大似不蒙稽古力，只今猶著侍臣冠。
對掌絲綸罷記言，職親黄屋傍堯軒。雁行飛上猶回首，不受青雲富貴吞。
樂天名位聊相似，却是初無富貴心。只欠小蠻樊素在，我知造物愛公深。

慎按：《山谷集》尚有再次韻四首，今不具録。

附晁補之次韻：《雞肋集》題云「次韻兩蘇公講筵唱和四首」。

白髮歸聯侍從榮，未應江海嘆飄零。禽魚不與鈞天樂，想見群龍舞洞庭。
李公素譽壓朝端，曾泝龍門鬣未乾。雖愧彭宣惟賜食，未慚貢禹亦彈冠。
纘服憂勤未有言，諸儒經術侍彤軒。九疇咸叙今天錫，三畫何人昔夢吞。
金玉誰家咏德音，太平無象屬人心。日高初散露門講，天上五雲宫殿深。

附張文潛次韻四首：

天寒書殿曉班清，氣爽仙盤瑞露零。講罷群公珮聲散，一竿宫日轉槐庭。
聯翩右史直西垣，舊墨螭頭點未乾。自是退之平昔事，何須暫著進賢冠。
冠珮煌煌拱北辰「辰」字疑訛，道人風骨自軒軒。茯苓松下龜黿老，須乞靈丹一粒吞。
恭默誰聆金玉音，陶甄萬物付無心。君王好學真天意，憂國論思不厭深。

送宋構〔一〕宋刻本無「構」字朝散〔二〕《欒城集》題作「朝請」知彭州迎侍二親〔三〕

東來誰迎使君車，知是丈人屋上烏。丈人今年二毛初，登樓上馬不用扶。使君負弩爲前驅，蜀人不復談相如。老幼化服一事無，有鞭不施安用蒲。春波如天漲平湖，鞓紅照坐香生膚〔四〕。麪餅上壽白玉壺，公堂登歌鳳將雛。諸孫歡笑争挽鬚，蜀人畫作西湖圖〔五〕。

〔一〕宋構：施氏原注：「宋彭州，名構，字成之，成都人。紹聖間，爲金部郎。是時，都大提舉川茶事。陸師閔移漕陝西，謀代之者，曾子宣、李邦直僉曰：『宋某可。』遂使權都大管勾。」此段新刻本删去，今補録。

〔二〕朝散：《梁溪漫志》：「六曹郎中中行爲朝散大夫，員外郎中行及起居舍人爲朝散郎。」

〔三〕彭州：《華陽國志》：「兩山對（峙）〔如闕〕，（有）〔因號〕天彭（之稱）。」今成都府彭縣也。《太平寰宇記》：「劍南西道彭州濛陽郡，秦蜀郡地。唐垂拱二年，置彭州，領縣三。」《九域志》：「彭州，成都路西川節度所轄，去東京三千五百八十七里。」

〔四〕鞓紅：〔《名勝志》〕：「陸（游入蜀記）〔放翁云〕：『天彭號小西京，其俗好植牡丹，有京洛之遺風。』《古今雜記》：『孟氏以牡丹名苑。於時，彭門爲輔郡，典州者多戚里，得之上苑，此彭門花之始也。天彭，亦謂之花州，而牛心山下，謂之花村云。』」

〔五〕西湖：《名勝志》：「彭（州）〔縣〕治内有東湖。宋元符中，袁鷟有《記》。又有西湖，唐元和（中太)守王瀞、蕭祐創。進士鄧衮《記》(略)云：『二公陶奇撰幽，不乏心匠，於西湖臺島花竹布置，罔不宛妙。』」

附子由作：

得郡迎親願不違，書來無復寄當歸。馬馳未覺西南遠，烏哺何辭日夜飛。湖水欲平官舍好，茶征初緩訟氓稀。平反聞道加餐飯，五袴應須換破衣。

郭熙畫秋山平遠〔一〕公自注：文潞公爲跋尾。

玉堂晝掩春日閒，中有郭熙畫春山。鳴鳩乳燕初睡起，白波青嶂非人間。離離短幅開平遠，漠漠疎林寄秋晚。恰似江南送客時，中流回頭望雲巘。伊川佚老鬢如霜〔二〕，卧看秋山思洛陽。爲君紙尾作行草，炯如嵩洛浮秋光。我從公遊如一日，不覺青山暎黃髮。爲畫龍門八節灘〔三〕，待向伊川買泉石。

〔一〕郭熙畫：《蔡寬夫詩話》：「學士院舊與宣徽院相鄰，今門下後省，乃其故地。玉堂兩壁，有巨然畫山，董羽畫水，燕穆之復寫六幅山水，置於中間。宋宣徽有詩。元豐末，既修兩省，後遂移院於樞密院之後，兩壁既毁，屏亦莫知所在。今玉堂中屏，乃待詔郭熙所作《春江曉景》。禁中官局，多熙筆迹，而此屏獨深妙，意若欲追配前人者。蘇(子瞻)〔儋州〕嘗賦詩云：『玉堂晝掩春日閒，中有郭熙畫春山。』而今遂以爲玉堂一佳物也。」按，郭若虛《紀藝》：宋朝專工山水者二十四人，郭熙之名在第十八。

〔二〕伊川：《（太平寰宇記）〔通鑑地理通釋〕》：「河南府秦三川郡，謂河、洛、伊也。」〔《水經》〕：「伊水出南陽縣西蔓渠山，東北過伊闕，入洛。」

〔三〕龍門八節灘：《太平寰宇記》：「闕塞山，《左傳注》謂南山伊闕是也。杜預云：洛陽西南伊闕口，俗名龍門。」《名勝志》：「龍門山即伊闕也，下有八節灘，今屬洛陽縣。」按，《元和郡縣志》唐時有伊闕縣，無伊川縣。王氏注訛。

附黄魯直次韻：

黄州逐客未賜環，江南江北飽看山。玉堂卧對郭熙畫，發興已在青林間。郭熙官畫但荒遠，短紙曲折開秋晚。江村烟外雨脚明，歸雁行邊餘疊巘。坐思黄甘洞庭霜，恨身不如雁隨陽。熙今頭白有眼力，尚能弄筆暎窗光。畫取江南好風日，慰此將衰鏡中髮。但熙肯畫寬作程，五日十日一水石。

次韻張昌言喜雨

千里黄流失故居〔一〕，年來赤地到青徐。遥聞争誦十行詔〔二〕，無異親巡六尺輿。精貫天人一言足，雲興嶽瀆萬靈趨。愛君誰似元和老，賀雨詩成即諫書。

〔一〕黄流失故居：《潁濱遺老傳》：元祐初，文潞公入朝，主回河之議。先是，「神宗因河决大吴，導之北流，已得水性，惟隄防未完，每年不免泛溢耳。」自回河議起，都水監吴安持等塞北京之南三斗門，「貼築西隄，約水使東，直過北京之上，故連年告急。」

〔三〕十行詔：《宋史·哲宗本紀》：元祐元年四月辛卯，詔河北諸路旱灾蠲其租。

章質夫寄惠崔徽真

玉釵半脱雲垂耳，亭亭芙蓉在秋水。當時薄命一酸辛，千古華堂奉君子。水邊何處無麗人，近前試看丞相嗔。不如丹青不解語，世間言語原非真。知君被惱更愁絶，卷贈老夫驚老拙。爲君援筆賦梅花，未害廣平心似鐵。

慎按：《宋景濂集》跋東坡此詩後，云：蘇文忠公爲翰林學士日，章莊簡公質夫以直龍圖閣出知慶州，二公素友善，質夫以崔徽真爲寄者，頗寓相謔之意。故子瞻賦詩有「知君被惱欲愁絶」及「不害廣平心似鐵」之句，實解嘲云。子瞻書此詩時年已五十二，實元祐二年丁卯，故其老氣尤森然。方外老友全室翁出示徽題，因走筆識之。云云。據此，先生真蹟必自署年月，故宋跋云爾。施氏原本訛入徐州卷中，今改編於此。

【校記】

一、《玉堂栽花周正孺有詩次韻》注一引周麟之《學士院記》云云，按，此段引文見周麟之《海陵集》卷十二《雜文》，而篇名曰「御書玉堂跋」，而非「學士院記」也。

二、《次韻三舍人省上》注一引洪邁《中書省題名記》云云，實轉引自元富大用《古今事文類聚·遺集》卷七《古今文集·雜著》，題曰「中書門下省官壁記」。

三、《次韻子由送家退翁知懷安軍》注四引《醉鄉日月》云云，實轉引自佚名《錦繡萬花谷·後集》卷三十五「六鶴齊飛」條。

四、《送吕行甫司門倅河陽》注一引本集《雜記》云云，按，篇名誤，此引文出自蘇軾《題跋》，非《雜記》也。見《蘇軾文集》卷七十，題曰「書吕行甫墨顛」。

五、《軾以去歲春夏侍立邇英而秋冬之交子由相繼入侍次韻絶句四首各述所懷·其二》注二引《傳燈録》云云，《傳燈録》無此引文。按，此段引文見於宋慧洪《林間録》卷 ，又見於明瞿汝稷《指月録》卷二十六，然二書均不見於初白《采輯書目》，究不能遽斷初白引自何書，姑繫之於《林間録》。

六、《送宋構朝散知彭州迎侍二親》注四引陸游《入蜀記》云云。今本《入蜀記》不見此引文，而見於陸游《渭南文集》卷四十二《風俗記》第三，「其俗好牡丹」作「其俗好花」。按，此段引文及下引《古今雜記》均轉引自《名勝志·四川名勝志》卷之五《川西道·成都府五·彭縣》「陸放翁云」條，無「入蜀記」三字，兩段引文在《名勝志》中實爲一段連貫之文。

七、《郭熙畫秋山平遠》注一引郭若虚《紀藝》云云，按，《紀藝》乃郭若虚《圖畫見聞誌》之篇名也。○

注二引《太平寰宇記》云云，誤。引文前一句「河南府秦三川郡謂河、洛、伊也」，實出自宋王應麟《通鑑地理通釋》卷五《十道山川考·大川》「伊」條。後二句「伊水出南陽縣西蔓渠山，東北過伊闕入洛」，實出自《水經注》卷十五「伊水」條。未知初白何以合兩段不相屬之文且錯植於《太平寰宇記》之下也。

東坡先生編年詩卷二十九

古今體詩四十七首丁卯秋冬官翰林學士時作。

和穆父新涼

家居妻兒號，出仕猿鶴怨。未能逐什一，安敢別本作「能」，訛摶九萬。常恐樗櫟身，坐纏冠蓋蔓。受知一作「恩」如負債，粗報乃焚券。但知眠牛衣，寧免刺虎圈。清風來既雨，新稻香可飯。紫螯一作「蟹」應已肥，白酒誰能勸。君今崔蔡手，政比張、趙一作「趙張」健〔一〕。三公行可致，一語先自獻。幸推江湖心，適我魚鳥願。

〔一〕趙張：《漢書》：「前有趙、張，後有三王。」謂趙廣漢、張敞也。穆父時權開封尹，故以相況。

慎按：此詩施注原本不載，新刻載《續補》上卷，考先生與穆父同朝在元祐元、二兩年，明年穆父從開封尹出知越州矣，故移編於此。

附孔經父次韻：《清江集》題云「次錢穆父新涼可喜韻」。

商飈結新涼，草木起餘怨。翩翩前庭葉，追逐已千萬。斜陽背西壁，迤邐落藤蔓。安得金滿堂，聊換酒家券。追隨雙鴻鵠，擺脱舊籠圈。胡爲汗流赭，日與蠅争飯。常恐計不就，更以詩屢勸。江湖秋水高，百尺風帆健。何當閉竹溪，玉腕互酬獻。左手持蟹螯，平生固有願。

書晁補之所藏與可畫竹三首

其　一

與可畫竹時，見竹不見人。豈獨不見人，嗒然遺其身。其身與竹化，無窮出清新。莊周世無有，誰知此凝宋刻本作「疑」神。

附黄魯直次韻：《山谷集》題云「次韻咏墨竹」。

地下文夫子，風流絶此人。能和晚煙色，幻出歲寒身。馬鬣松成拱，鵝溪墨尚新。應懷斲泥手，去作主林神。

其　二

若人今已無，此竹寧復有。那將春蚓筆，畫作風中柳。君看斷崖上，瘦節蛟蛇走。何時此霜竿，復入江湖手。

慎按：《山谷集》此首缺和詩。

其　三

晁子拙生事，舉家聞食粥。朝來又絶倒，諛墓得霜竹。可憐先生槃，朝日照苜蓿。吾詩固云爾，可使食無肉。公自注：吾舊詩云：可使食無肉，不可使居無竹。

附魯直次韻：《山谷集》題云「次韻戲嘲无咎」。

十年供籠餅，一水試茗粥。忽憶故人來，壁間風動竹。舍前爍戎葵，舍後荒苜蓿。此郎如竹瘦，十飯九不肉。

戲用晁補之韻

昔我嘗陪醉翁醉，今君但吟詩老詩。清詩咀嚼那得飽，瘦竹瀟灑令人飢。試問鳳凰飢食竹，何如駑馬肥苜蓿。知君忍飢空誦詩，口頰瀾翻如布穀。

慎按：《雞肋集》失載原作。

書皇親畫一本少「畫」字扇

十年江海寄浮沉，夢繞江南黄葦林。誰謂風流貴公子，筆端還有五湖心。

書李世南所畫秋景二首〔一〕

其一

野水參差落漲痕，疎林欹倒一作「側」出霜根。扁舟《畫繼》作「浩歌」一櫂一作「笑」歸何處？家在江南黄葉村。

〔一〕李世南：《畫繼》：「李世南，字唐臣，安肅人。明經及第，終大理寺丞。長於山水。東坡題其《秋景平遠》云云。余嘗見其孫皓，云：『此圖本寒林障，分作兩軸，前三幅（畫）〔盡〕寒林，東坡所以有「龍蛇姿」之句；後三幅（畫）〔盡〕平遠，所以有「家在江南黄葉村」之句。』其實一景而坡作兩意。」

慎按：鄧公壽《畫繼》云：「『浩歌』二字，雕本皆以爲『扁舟』，其實畫一舟子，張頤鼓枻，作浩歌之態。今作『扁舟』，甚無謂也。」

其二

人間斤斧日創夷，誰見龍蛇百尺姿。不是溪山成宋刻本作「曾」獨往，何人解作挂猿枝。

愼按：李之儀《姑溪集·次韻李世南畫秋山林木平遠》，前後兩和，共六首，「痕」「夷」二韻外，有「洲」字韻一首。先生原作當是三首，今缺其一矣。

附李端叔三首：《姑溪集》題云「故人李世南畫秋山林木平遠三首和韻」。

晚烟拂拂聚無痕，瘦骨稜稜已徹根。細路縈紆飢馬疾，舉頭新月是前村。

曾經歲月幾華夷，雨貌風顏茂晚姿。自是雪霜心共老，筆頭聊復戲孫枝。

霜清木落見沙洲，洲上人家半在舟。射雁歸來魚滿笥，甕中先與問扶頭。

再附端叔作：《姑溪集》題云「再觀畫次韻三首」。

掃除不盡自無痕，底事狂緣尚有根。幾日低回圖畫裏，祇因歸思在江村。

何時船上載鴟夷，海道聊尋一問姿。不爲丹青生著相，從來卷曲是吾枝。

欲問船師覓寶洲，須將大瓠作腰舟。掀天白浪蛟龍吼，纔得隨流一點頭。

書鄢陵王主簿所畫折枝二首〔一〕

其一

論畫以形似，見與兒童鄰。賦詩必此詩，定非知詩人。詩畫本一律，天工與清新。邊鸞雀寫生〔二〕，趙昌花傳神〔三〕。如何宋刻本作「何如」此兩幅，疎淡含精匀。誰言一點紅，解寄無邊春。

〔一〕王主簿：名失考。

〔二〕邊鸞：《唐朝名畫録》：「邊鸞，京兆人，長於花鳥折枝。」《（廣川畫跋）〔歷代名畫記〕》：「邊鸞善花鳥，精妙之極。（官）〔爲〕右衛長史。」

〔三〕趙昌：李廌《畫品》：「趙昌善畫花，設色明潤，筆迹柔美。士大夫舊云：徐熙畫花傳花神，趙昌畫花寫花形，然比之徐熙，則差劣。其後譚宏、王友之輩，皆（不及）〔弗逮〕也。」江少虞《事實類苑》：「趙昌，漢州人。善畫花，每晨朝露下，繞欄檻諦玩，手中調采色寫之，自號寫生趙昌。人謂昌畫染成，不布采色，驗之者以手捫摸，不爲采色所隱，乃真昌畫也。」

其二

瘦竹如幽人，幽花如處女。低昂枝上雀，摇蕩花間雨。雙翎決將起，衆葉紛自舉。可憐采花蜂，清蜜寄兩股。若人富天巧，春色入毫楮。懸知君能詩，寄聲求妙語。

昨見韓丞相言王定國今日玉堂獨坐有懷其人

晝卧玉堂上，微風舉輕紈。銅缾下碧井，百尺鳴飛瀾。俛仰清夢餘，受此一掬寒。似予平生友，苦語涼肺肝。秀眉玉兩頰，矯矯如翔鸞。置之江淮交，清詩洗江湍。紅鱗對白酒，信美非所安。丞相功業成〔一〕，還家酒杯寬。人間有此客，折簡呼不難。相將扣東閤，起舞盡餘歡。

〔一〕丞相功業成：按《宰輔編年録》，韓維於元祐元年拜門下侍郎，二年七月罷，故云「功業成」。

慎按：定國出判潁州，先生有詩送之，載二十六卷。已而倅揚，先生又有次韻詩，載本卷中。今觀此詩云「置之江淮交」，山谷詩亦云「后土花藥麗，海門天水寬」，先生此詩當是定國倅揚州後所作，姑依施氏原注目録編此。

附黄魯直次韻：

風雲開古鏡，淮海熨冰紈。王孫醉短舞，羅襪步微瀾。老驥心雖在，白鷗盟已寒。斯人氣金玉，視世一鼠肝。南歸脱蟲蠱，入對隨孔鸞。忍以口語去，鼓船下驚湍。收身薄冰釋，置枕泰山安。后土花藥麗，海門天水寬。伐木思我友，知人良獨難。遥憐鬒鬢緑，猶復耐悲歡。

和張耒〔一〕高麗松扇〔二〕

可憐堂上宋刻本作「堂」十八公，老死不入明光一作「光明」宮〔三〕。萬牛不來難自獻，裁作團團手中扇。屈身蒙垢君一洗，挂名君家詩集裏。猶勝漢宫悲婕妤，網蟲不見乘鸞子。

〔一〕張耒：《東都事略》：「張耒，楚州淮陰人。從蘇轍學，軾亦深知之。（弱冠，第進士。）元祐初，爲正字，改著作郎，兼史院檢討，擢起居舍人。後坐黨籍，落職。（崇寧中）得自便，居陳州。」《宋史》稱其筆力絶健，於騷詞尤長。作詩晚務平淡效白居易，樂府效張文昌。所著名《宛邱集》。

〔二〕高麗松扇：徐兢《高麗圖經》云：「松扇，取松之柔條，細削成縷，搥壓成綫，而後織成。上有花紋，不減穿藤之巧。惟王府所（貽）〔遺〕使者最工。」王雲《雞林志》云：「高麗松扇，揭松膚柔軟者緝成，文如椶，心亦染紅間之，或言水柳皮也。」鄧公壽《畫繼》云：「高麗松扇如節板，非松也。柔膩可愛，其紋酷似松柏。又有用紙，以琴光竹爲扇柄，如市井所製摺疊扇者。」與前二説小異，備録以俟考。

〔三〕明光宫：王楙《野客叢書》云：「東坡詩『老死不入明光宫』，趙注曰：『武帝太初四年所起，乃成都侯商所借以避暑者也。』嘗考漢有兩明光宫，按《三輔黄圖》，一屬北宫，一屬甘泉。屬北宫者，正成都侯商避暑之（處）〔所〕；屬甘泉者，乃武帝所造以求仙者。又，考《漢紀》，大初四年，蓋先起明光宫。師古注曰：『成都侯避暑，借明光宫，蓋謂此。』師古之注，已有此謬。」云云。蓋先生因題中松扇，借用避暑意，故引明光事。若作光明宫，惟李肇《翰林志》則云：「漢制，建禮門内爲神僊門，内有光明殿。」與此似無涉，當作明光爲是。

附張文潛原作：

三韓使者文章公，東夷守臣親掃宫。清廉不受槖中獻，萬里歸來兩松扇。六月長安汗如洗，豈意落我懷袖裏。中州翦盡霜雪紈，千年淳風古箕子。

慎按：《山谷集》有《戲和文潛謝穆父松扇》七古一首，以非次韻之作，故不録。

故李誠之〔一〕待制〔二〕六丈輓詞

青青一寸松，中有梁棟姿。天驥墮地走，萬里端可期。世無阿房宫，下宋刻本作「可」建五丈旗。又無穆天子，西征燕瑶池。才大古難用，老死亦其宜。丈夫恐不免，豈患莫己知。公如松與驥，少小稱偉奇。俯仰自廊廟，笑談無羌夷。清朝竟不用，白首仍憂時。願斬横行將，請烹乾没兒。言雖不見省，坐折姦雄窺。嗟我去公久，江湖生白髭。歸來耆舊盡，零落存者誰。比公嵇中散，龍性不可羈。疑公李北海，慷慨多雄詞。凄凉《五君咏》，沉痛《八哀詩》，邪正久乃明，人今屬公思。九原不可作，千古有餘悲。

〔一〕李誠之：《東都事略》：「李師中，字誠之，應天府楚丘人。舉進士，龐籍薦其才，累遷直史館。

知鳳翔府。种諤取綏州，師中上言：『西夏方入貢，叛狀未明，恐彼藉口，徒啓釁端。』拜天章閣待制、河東轉運使。西人入寇，以師中知秦州，時王韶乞築渭源上下二城，撫納洮河諸部。師中言：『唐於西域，每得地則建爲州，後皆陷失。大抵根本之計未實，而勤遠略貪土地，未有不如此者。』詔師中罷帥事。韶又請置市易，募人耕緣邊曠土。師中奏：『韶指占極邊見招弓箭手地，置市易於古渭砦，恐(秦州)自此〔秦州〕多事，所得不補所失。』又言：『韶所奏田頃不實。』詔遣使按視，謂師中稽留朝旨，落天章閣待制，徙知瀛州。尋貶和州團練副使安置，(後)〔復〕分司南京。卒年六十六。爲人落落有氣節，然好爲大言，故不容於時。」

〔二〕待制：《容齋三筆》：「國朝官稱，(自)〔謂〕大學士至待制爲侍從。」程大昌《雍録》：「閣本圖(有)待制院，倣漢世待詔，立此官也。(唐)武后(時)凡詔皆改爲制，而待詔亦爲待制。」孫彦同《職官分紀》：龍圖、天章、寶文三閣，皆有待制，位次直學士下。

附子由輓詞二首：

脱遺章句事經綸，滿腹龍蛇自屈伸。南駕威聲馳絶域，西征舊恨失奸臣。空留諫疏驚頽靡，終托詩詞話苦辛。直氣如雲未應盡，一雙嗣子亦麒麟。

濟南風物在西湖，湖上逢公初下車。談笑尊前服齊虜，旌旗門外聽除書。一封未奏先焚草，三黜歸來便種蔬。淚落西堂歌酒地，杉松空見歲寒餘。

次韻孔常父送張天覺〔一〕河東〔二〕提刑〔三〕

送君應典鷫鸘裘，憑仗千鍾洗别愁。脱帽風流餘長史，公自注：君喜草書而不工，故以此爲戲。埋輪家世本留侯，公自注：張綱，子房七世孫也，犍爲武陽人，墓在今彭山，君豈其後耶？子河駿馬方争出〔四〕，公自注：麟府馬，出子河汾。昭義疲兵得少休〔五〕。公自注：唐福昭義步兵，蓋潞澤弓箭手。定向秋山得佳一作「嘉」句，故關黄葉滿行輈〔六〕諸本作「舟」者，訛。

〔一〕張天覺：《東都事略》：「張商英，字天覺，蜀州新津人。中進士第，章惇薦其才，召對，除御史裏行。元豐中，〔除〕館閣校勘。哲宗即位，除開封推官。時朝廷稍更新法之不便者，商英上言：『先帝陵土未乾，即議更變，（可謂）〔得爲〕孝乎？』除河東路提點刑獄。其進本熙、豐，蔡京强置黨籍中，天下既共惡京，而商英與之異論，以故翕然推重云。」《宋史·張商英傳》：「商英爲開封推官，屢詣執政求進。吕公著不悦，出爲河東提刑。」○慎按，《黄山谷年譜》引據《實録》，商英由開封出爲河東提刑，在元祐二年七月。

〔二〕河東：《九域志》：「河東路，府（二）〔一〕，州十五，軍六，縣七十五。」

〔三〕提刑：《職官分紀》：諸路提點刑獄公事，以朝臣及閤門祇候以上充。

〔四〕子河汾：《太平寰宇記》：「麟州榆林縣有紫河。」又，《武經總要（序）》：「（《西蕃地里》云）隋築長城，起於此河，今謂之紫河。地産良馬。」云云。「子河」當是「紫河」之訛。「汾」，宋刻本作

「汊」。又按，《宋史·折御卿傳》：「淳化五年，敗契丹於子河汊。」注中「汊」字亦訛。

〔五〕昭義：《九域志》：「河東龍德府潞州上黨郡，唐昭義軍節度。太平興國元年，改昭德軍。」

〔六〕故關：《河東記》：雁門有東陘、西陘二關。

附孔常父原作：

張郎肥馬衣輕裘，俊氣軒軒不解愁。曾立玉墀聯近侍，新持金節領諸侯。屠龍伎倆終須用，探虎功名未肯休。去矣范滂聊緩轡，太行雲路戒摧輈。

慎按：張天覺姓名在元祐黨籍中。《東都事略》亦不著天覺與蔡京齟齬之故。觀孔常父此詩，天覺少年躁進之狀，隱然言外。後閱王明清《揮麈録》、費補之《梁溪志》，載天覺平生爲詳，特補録於左。《揮麈録》云：「紹聖初，章子厚秉鈞，天覺再登言路，攻擊元祐諸賢，不遺餘力，致欲發温公、吕正獻之墓，賴曾文肅力啓於泰陵始免。晚既免（官）〔相〕，以校讐《道藏》復職。又有『二蘇狂率、三孔闊疎』之表。靖康間，追復司馬温公、范文正公爲太師，適何文縝在中書，以鄉曲之故，乃以天覺厠名其間，亦贈太保。後來關中書坊開《骨鯁集》，輒刊靖康詔書於首，由此翕然推尊之，事有僥倖如此者，可發一歎！」《梁溪（漫）志》云：「蒼梧先生胡德輝珵常對劉元城歎息天覺之亡，元城無語，蒼梧疑而問之，元城曰：元祐黨人只見七十八人，後來附益者不是。蓋紹聖初，章、蔡得志，凡元祐人，皆籍爲黨。一時忠賢七十八人者，可指數也。崇寧間，京悉舉不附己者，皆爲姦黨，至三百九十人之多。於是邪正混淆，其非正人而入元祐黨者，蓋十六七也。」云云。同時，又有林子中希者，與東坡往來唱和，情好甚密。及東坡謫惠州，制詞出希之手，極恣詆毁，其名亦在黨籍中。今元祐黨籍碑刻世，頗有傳之者，恐覽者不察，故爲連類及之。

送張天覺得山字

西登太行嶺，北望清凉山〔一〕。晴空浮五髻〔二〕，晻靄卿雲間。餘光入巖石〔三〕，神草出茅菅〔四〕。何人相指似，稍稍落人寰。能令墮指兒，虬髯茁冰顔。祝君如此草，爲民已痌瘝。我亦老且病，眼花腰脚頑。念當勤致此，莫作河東慳。

〔一〕清凉山：《華嚴疏》：「清凉山，即代州雁門郡之五臺山也。歲久冰堅，夏仍飛雪，曾無炎暑，故曰清凉。」《元和郡縣志》：「五臺山在代州五臺縣東北百四十里。」

〔二〕五髻：《華嚴疏》：「五（臺）〔峰〕聳出，頂無林木。」《水經注》：「此山五巒巍然，故名。」《清凉山志》：「觀國師云：五臺者，『表我大聖五智已圓，五眼已净，總五部之真秘，洞五陰之性源，故首戴五佛之冠，頂分五方之髻，運五乘之要，清五濁之災。』」

〔三〕餘光：《水經注》：五臺山，《僊經》以爲紫府，僊人居之。《内經》以爲文殊師利所居，五色光采常從内出。《清凉山志》引《文殊般涅槃經》，經云：「身諸毛孔出金色光，（通）〔徧〕照十方，諸有緣者，悉令得度。」

〔四〕神草：《張天覺文集》云：「僧普明居五臺，患大風，眉髮俱墮。忽遇異人，教服長松，示其形狀。明采服之，旬餘毛髮俱生。今并、代間多以長松雜甘草、山藥爲湯煎，甚佳。然方書不載，獨釋惠祥《清凉傳》始序其詳。」○慎按，《本草》：「長松，一名僊茅，生關内山谷中。(葉)〔草〕似松(根)〔葉〕，色如薺苨，味甘微苦，類人參。」

附黄魯直詩：《山谷集》題《送天覺得登字》。

張侯起巴渝，翼若垂天鵬。歷詆漢諸公，霜風拂觚稜。去國行萬里，淡如雲水僧。歸來頭益白，小試不盡能。湖海尚豪氣，有人議陳登。持節上三晉，典刑寄哀矜。公家有閒日，禪窟問香燈，因來叙行李，斬寄老崖藤。

次韻王定國倅揚州〔一〕

此身江海寄天游，一落紅塵不易收。未許相如還蜀道，空教何遜在揚州。又驚白酒催黄菊，尚喜朱顔映黑頭。火急著書千古事，虞卿應未厭窮愁。

〔一〕定國倅揚州：蘇子由《欒城集》中有《王鞏通判揚州告詞》。任淵《黄山谷集注》云：東坡以十科薦定國，其後，言者謂定國諂事東坡，遂自宗正丞出倅揚州。

慎按：葛常之《韻語陽秋》云：「杜詩：『東閣官梅動詩興，還如何遜在揚州。』按，《遜傳》無揚州事，亦無《揚州梅花》詩，但有《早梅》五言古詩一首。杜公前詩乃逢早梅而作，故用何遜事。近時有妄人，(托)〔假〕東坡名作《老杜事實》一編，至謂遜作揚州法曹，廨舍有梅花(盛開)〔一株〕，遜吟咏其下，豈不誤學者？」云云。考《何遜傳》，天監中，起家奉朝請，遷建安王水曹行參軍兼記室。所云建安王者，南平元襄王偉初封也。偉於天監六年，使持節、都督右軍將軍、揚州刺史，遜爲建安王記室，正在揚州。葛常之似未深考，至王氏、施氏補注，引杜注，以水曹爲法曹，又杜撰廨舍梅花事，則固不可不削去也。今爲辨正。

贈李道士并引

駕部員外郎李宗君固，景祐中良吏也。守漢州，有道士尹可元，精練善畫，以遺火得罪，當死，君緩其獄。會赦，獲免。時可元八十一，自誓且死必爲李氏子以報。可元既死二十餘年，而君子世昌之婦夢可元入其室，生子曰得柔，小名蜀孫。幼而善畫，既長，讀莊、老，喜之，遂爲道士，賜號妙應。事母以孝謹聞，其寫真蓋妙絶一時云。

世人只數曹將軍，誰知虎頭非癡人。腰間大羽何足道，頰上三毛自有神。平生狎侮諸公子，戲著幼輿巖石裏。故教世世作黄冠，布韈青鞵弄雲水。千年鼻祖守關門，一念還爲李耳孫。香火舊緣何日盡，丹青餘習至今存。五十之年初過二，衰顔記我今如此。他時要指集賢人，知是香山老居士。公自注：樂天爲翰林學士，奉詔寫真集賢院。

附子由作：

君不見景靈六殿圖功臣，集賢大羽東西陳。能令將相長在世，自古獨有曹將軍。嵩高李師掉頭笑，自言弄筆通前身。百年遺像誰復識，滿朝冠劍多偉人。據鞍一見心有得，臨窗相對疑通神。十年江海鬚半脱，歸來俯仰慚簪紳。一揮七尺倚牆立，客來顧我誠似君，金章紫綬本非有，緑蓑青篛甘長貧。何如畫作白衣老，置之茅屋全吾真。

次韻張舜民〔一〕自御史出倅虢州留别〔二〕

玉堂給札氣如雲，初起湘纍復佩銀。樊口凄凉已陳迹，公自注：昔與張同遊武昌樊口，來詩中及之。班心突兀見長身。公自注：臺吏謂御史立處爲班心。江湖前日真成夢，鄠、杜他年恐卜鄰〔三〕。此去若容陪坐嘯〔四〕，故應主客盡詩人。

〔一〕張舜民：《東都事略》：「張舜民，字芸叟，邠州人。舉進士。王安石行新法，舜民上書，謂不當與民争利。元豐中，高遵裕辟掌機宜文字。遵裕敗，謫監郴州酒税。元祐初，司馬光舉舜民才氣秀異，剛直敢言，召試秘閣校理，除監察御史。上疏論西夏强臣争權，戎心桀驁，豈宜加以爵命，因及太師文彦博，遂左遷判登聞鼓院。臺諫交章，乞還舜民職任，不報。逾年，通判虢州。」後入黨籍。《志林》云：「張芸叟通練西事，稍能詩。從高遵裕西征，中途作二絶句：『靈州城下千株柳，總被官軍斫作薪。他日玉關歸去路，將何攀折贈行人。』『青銅峽裏韋州路，十去從軍九不回。白骨似沙沙似雪，將軍莫上望鄉臺。』爲轉運判官李密所奏，得罪，貶官。」按，芸叟

《畫墁集》今不傳，《留別》原作不可得，特附録二絶句於此。

〔二〕虢州：《元和郡縣志》：「虢有三，東虢，今滎陽縣；西虢，今鳳翔府扶風縣；北虢，今陝州平陸縣。漢置弘農郡，隋廢郡。唐武德元年，改爲虢州。」《太平寰宇記》：「鴻臚川，即今虢州（治）〔理〕也。」

〔三〕鄠杜：《太平寰宇記》：「雍州京兆郡鄠縣，在府西南，本有扈國，秦改爲鄠。杜陵，漢縣也，今在萬年縣東十五里，古杜伯國。漢宣以杜（陳）〔東〕原上爲初陵，更名杜縣爲杜陵。」

〔四〕陪坐嘯：時王伯敭守虢，故云。

次韻米黻〔一〕二王書跋尾二首〔二〕

其一

三館曝書防蠹毁〔三〕，得見《來禽》與《青李》。秋蛇春蚓久相雜，野鶩家雞定誰美。玉函金籥上天來，紫衣敕使親臨啓。紛綸過眼未易識，磊落挂壁空雲委。歸來妙意獨追求，坐想蓬山二十秋。怪君何處得此本，上有桓玄寒具油。巧偷豪奪古來有，一笑誰似癡虎頭。君不見長安永寧里，王家破垣誰復修。

〔一〕米黻：鄧椿《畫繼》：「襄陽漫士米黻，字元章。嘗自述云：『黻即芾也。』世居太（康）〔原〕，後徙於吴。」《東都事略》：「米芾善書畫，好古鐘鼎、器皿、法書。初補校書郎，出知無爲軍。踰年，召爲書畫博士，擢禮部員外郎。」

〔二〕二王書：《春明退朝録》：「秘府書畫，二王真跡内，三兩卷有陶穀尚書跋尾者尤佳。」○按，聖俞《觀三館書畫》詩云：「羲、獻墨跡十一卷，水玉作軸光疏疏。最奇小楷樂毅論，永和題尾付官奴。」

〔三〕三館曝書：《春明退朝録》：「唐兩京，皆有三館，而各爲之所，逐館命修撰文字。本朝三館合爲一，並在崇文院中。」李燾《長編》：「梁都汴，貞（元）〔明〕中，始（於）〔以〕今右長慶門東北（設）〔小〕屋數十間，（謂之）〔爲〕三館，（初極）湫隘〔纔蔽風雨〕。宋太宗即位，詔有司（於）〔度〕左升龍門（内）〔東北〕舊車輅院（地），别建三館。壯麗甲於内廷，賜名崇文院，盡遷舊館之書以實之。東廊爲昭文書，南廊爲集賢書，西廊有四庫，分經、史、子、集四部，爲史館書。六庫正副書籍凡八萬卷。」又按，《文獻通考》：「元豐三年，廢館職，以崇文院爲秘書省。歲於仲夏曝書，諫官御史及待制以上，畢赴。」梅堯臣有《二十四日觀三館書畫》詩，起句云：「五月秘府始曝書。」其時日可考而知也。

其二

元章作書日千紙，平生自苦誰與美。畫地爲餅未必似，要令癡兒出饞水。錦囊玉軸來無趾，粲然奪真疑聖智〔一〕。忍飢看書淚如洗，至今魯公餘《乞米》。

〔一〕奪真：《韻語陽秋》：「米元章書畫奇絶，從人借古本，自臨搨。臨竟，并臨本、真本還其家，令自擇其一，其家不能辨也。以此得古人書畫甚多。東坡屢有詩譏之：『錦囊玉軸來無趾，粲然奪真疑聖智。』又云：『巧偷豪奪古來有，一笑誰似癡虎頭。』人之嗜好耽著乃至於此。元章嘗欲以九物换劉季孫子敬帖，不獲，其意歉然。張芸叟作詩云：『請君出奇帖，與此九物併。今日投汴水，明日到滄溟。』可以警膏肓於書畫者。」

附米元章原作三首：

貞觀草書丈二紙，不許兒奇專父美。何爲寥寥寶是似，遭亂歸真火兼水。千年誰人能繼趾，不能名家殊未智。嗟爾方來眼須洗，玉躞金題半歸米。

雲物龍蛇森動紙，父子王家真濟美。張翼小兒寧近似，滄溟浩對涔蹄水。騰蛇無足鼯多趾，以假易真洵用智。龜澼雖多手屢洗，卷不生毛誰似米。

真裂紋匀真古紙，跋印多時俗眼美。誠懸尚復誤疑似，有渭方能辨涇水。真僞頭面拳趺趾，久假中分辨愚智。寶軸時開心一洗，百氏何人傳至米。

附黄魯直次韻一首：

王令遺墨方尺紙，尾題倩仲實子美。百家藏本略相似，如日行天見諸水。拙者竊鈎輒斬趾，田恒取齊并聖智。錦囊昏花百過洗，湖海濯纓人姓米。

慎按：米元章《書史》云：「余收子敬《范新婦唐摹帖》，獲於蘇澂家，後有倩仲跋，余題詩云云，黄庭堅和詩云云。」此外，又有蔣之奇、吕升卿、劉涇、林希、余章、余俟六人姓名，自蔣以下，詩多不載，蓋皆題子敬帖也。右「紙」字韻詩三首，載《書史》中，其第一首原作無可考，當是跋右軍帖者，俟再考。

次韻宋肇〔一〕惠澄心紙二首〔二〕

其一

詩老囊空一不留，百番曾作百金收。公自注：永叔以澄心百幅遺聖俞，聖俞有詩。知君也要雕肝腎，分我江南數斛愁。

〔一〕宋肇：字懋宗，見《黄山谷集》注中，爵里未詳。

〔二〕澄心紙：《類説》：「澄心堂，南唐後主讀書撰述之所。後主有巧思，製澄心堂紙，時甚珍之，踰於蜀箋。」《王直方詩話》：「澄心堂紙，初不甚貴，自劉貢父始爲詩，云『當時百金售一番』，然後世以爲〔貴〕重。」

慎按：梅聖俞《宛陵集》有《永叔寄澄心堂紙二幅》詩，云：「江南李氏有國日，百金不許收一枚。」又有《答宋次道寄澄心堂紙百幅》詩，云：「五六年前吾永叔，贈余兩軸曾寶之。我不善書心每愧，君又何此百幅遺。」據二詩所云，歐陽贈聖俞紙不過二幅，寄百幅者，宋次道也。先生自注偶合兩事爲一耳。

其二

君家家學陋相如，宜與諸儒論石渠。古紙無多且分我，自應給札奏新書。

郭熙秋山平遠二首

其一

目盡孤鴻落照邊，遥知風雨不同川。此間有句無人識，送與襄陽孟浩然。

其二

木落騷人已怨秋，不堪平遠發詩愁。要看萬壑争流處，他日終煩顧虎頭。

附子由次韻二首：

亂山無盡水無邊，田舍漁家共一川。行遍江南識天巧，臨窗開卷兩茫然。

斷雲斜日不勝秋，付與騷人滿目愁。父老如今亦才思，一蓑風雨釣槎頭。

獲鬼章二十韻〔一〕

青唐別本作「雲」，訛有逋寇〔二〕，白首已窮妖。竊據臨洮郡，潛通講渚橋〔三〕。廟謀周召虎，邊帥漢班超〔四〕。堅壘千兵破，連航一炬燒。擒姦從窟穴，奏捷上烟霄。詭異人圖像，歡娛路載謡。干誅非一事，伐叛自先朝。取道經陵寢，前期告廟祧〔五〕。西來聞幾日，面縛見今朝。二聖臨雲陛，千官溢海潮。載囚車轣轆，失主馬蕭條。横拜如蹲犬，胡裝尚衣貂。理卿辭具服，譯長舌初調。緩死恩殊厚，求生尾屢摇。慈仁逢太母，寛厚戴唐堯。赤手真擒虎，和羹未賜梟。藁街虚授首，東市偶全腰。困獸何須殺，遺雛或可招〔六〕。威聲西振夏，武節北通遼。帝道有强弱，天時或長消。羌情防報復，軍勝忌矜驕。慎重關西將，奇功勿再要。

〔一〕獲鬼章：《宋史·哲宗本紀》：「元祐二年四月，鬼章子結呧齪寇洮東，八月，岷州將种誼復洮州，執鬼章青宜結，百官稱賀。」又，《西蕃傳》：邈川首領阿里骨迫鬼章竊據洮州，鬼章者，大酋也。桀黠有智謀，數爲邊患，神宗屢詔王韶，欲生致之。至是與夏人解仇爲援，築洮州居之。劉舜卿遣种誼破其城，生擒之，以爲陪戎校尉。

〔二〕青唐：《東都事略》：真宗朝，「以西蕃唃厮囉爲邈川首領，以温逋奇爲歸化將軍。後温逋奇謀亂，唃厮囉殺之，而改涖青唐城。」故當時又呼青唐羌。
〔三〕講諸橋：按，《种誼墓志》：姚兕統熙河軍出講朱城，其地在洮州。「朱」與「渚」，音相近，當即講渚也。
〔四〕邊帥：張芸叟《畫墁集·种誼墓志》云：初，王師拓土，至枹罕，始建州縣。唃氏餘種，獨董氈尚存，首領鬼章誘殺知河州景思玄，董氈遂復其國。元祐初，鬼章與夏國相結，知岷州种誼刺得其情，聞於朝，遣游師雄就商利害。師雄議與誼合，帥臣劉舜卿從之，遣總管姚兕統熙河軍趨講朱城，誼出哥龍峗，敗賊於邦令谷，追奔至洮州，鬼章拱手就執。
〔五〕告廟：《种誼墓志》：鬼章就執，捷報至，奏告裕陵，以鬼章檻送京師。
〔六〕困獸遺雛：先生《論鬼章事宜劄子》云：「竊聞朝議，謂鬼章犯順，罪當誅死，然譬之鳥獸，不足深責。其子孫部（落）〔族〕，猶足以陸梁於邊，全其首領，以累其心，以爲重質，庶獲其用。」

慎按：熙河之役，搆禍始於王韶。厥後邊釁大開，終釀靖康之亂。後世以爲罪魁者，當時且以爲功之首。通章用意在結處六句，慮患防微，隱然言外，深識遠見，與《代張方平諫用兵書》同，而風刺微矣。此詩施氏原本失載，新刻本載在《續補》下卷，今據歲月，編録於此。

送歐陽辯〔一〕監澶州酒〔二〕

汗血駕鼓車，何從致千里。紛紛糟麴間，欲試賢公子。君家江南英，濯足滄浪水。却渡舊黄河〔三〕，漲沙埋馬耳。由來付造物，倚伏何窮已。當念楚子文，三仕無愠喜。

〔一〕歐陽辯：字季默，文忠公少子。

〔二〕澶州：《元和郡縣志》：《春秋·襄公十二年》，會諸侯於澶淵。唐改澶州。《九域志》：「澶州鎮寧軍屬河北東路，去東京二百五十里。」

〔三〕舊黄河：《元和郡縣志》：瓠子河在澶州界内。

附子由一首：

我年十九識君翁，鬚髮白盡顴頰紅。奇姿雲卷出翠阜，高論河決生清風。我時少年豈知道，因緣父兄願承教。文章疎略未足云，舉止猖狂空自笑。公家多士如牛毛，揚眉抵掌氣相高。下客逡巡愧知已，流枿低昂隨所遭。却來京洛三十載，重到公家二君在。伯亡仲逝無由追，淚落數行心破碎。京城東西正十里，雨落泥深旱塵起。衣冠纏繞類春蠶，一歲相從知有幾。去年叔爲尚書郎，傳家舊業行相望。今年季作澶淵吏，米鹽騷屑何當起。前輩今無一二存，後來幸有風流似。黄河西行淤没屋，桑柘如雲麥禾熟，年豐事少似宜君，飽讀遺書心亦足。

九月十五日邇英講論語終篇〔一〕賜執政講讀史官燕於東宫〔二〕又遣中使就賜御書詩各一首臣軾得紫薇花絶句〔三〕其詞云絲綸閣下文章静鐘鼓樓中刻漏長獨坐黄昏誰是伴紫薇花〔四〕對紫薇郎〔五〕翼日各以表謝又進詩一篇臣軾詩云

繡裳畫衮雲垂地，不作成王翦桐戲。日高黄繖下西清，風動槐龍舞交翠。公自注：邇英閣前有雙槐，樛然屬地如龍形。壁中蠹簡今千年，漆書科斗光射天。諸儒不復憂吻燥，東宫賜酒如流泉。酒酣復拜千金賜，一紙驚鸞回鳳字。蒼顔白髮便生光，袖有驪珠二十四。公自注：臣所賜書并題目及臣姓名凡三十四字。歸來車馬已喧闐，争看銀鉤墨色鮮。人間一日傳萬口，喜見雲章第一篇。公自注：上前此未嘗以御書賜群臣。玉堂晝掩文書静，鈴索不摇鐘漏永。莫言弄筆數行書，須信時平由主聖。犬羊散盡沙漠空，捷烽夜到甘泉宫。似聞指揮築上郡，已覺談笑無西戎。公自注：時熙河新獲鬼章，是日，涇原復奏夏賊數十萬人遁去。文思天子師文母，終閉玉關辭馬武〔六〕。小臣願對紫薇花，試草尺書招贊普〔七〕。公自注：按唐制，翰林學士帶知制誥，許綴中書舍人班。今臣以知制誥待罪禁林，故得以紫薇爲故事。

〔一〕邇英：《皇朝事實類苑》：仁宗景祐二年，置邇英、延義二閣，初時「多御延義，每講讀終篇，則宣二府大臣賜書賜宴，其後專御邇英，春以二月中至端午罷，秋以八月中至冬至罷。」《春明退朝録》：「邇英閣，講諷之所也。閣後有隆儒殿。」任淵《山谷集注》云：「(每)遇隻日，(則)邇英閣輪官(必以)講讀。」

〔二〕講讀史官：《宋史・職官志》：翰林侍讀、侍講，擇侍從有學術者爲之，掌經筵講讀，備顧問。舊制，經筵賜坐，而就案立講則自仁宗始。熙寧初，王安石欲復坐講，劉攽等不可，且疏：朝廷班制以侍講居侍讀下。元祐間，程頤爲説書，請復坐講，亦不報。○愼按，程大昌《演繁露》云：「(自)天聖以前，講讀官皆坐侍，自皇祐以(後)〔前〕，皆立侍。自乾興(以)後，講者立而侍者皆坐聽。熙寧元年，吕公著、王安石言侍者可使立而講者當賜坐。詔付禮官。韓維等以爲宜如舊制，判太常寺龔鼎臣等以立講爲宜。」

〔三〕御書絶句：劉克莊《後村詩話》：「故事，經筵徹章，宸翰賜講讀官詩，率取前人絶句。其賜御製詩，則自淳祐丙午始。」

〔四〕紫薇花：《韻語陽秋》：「白(居易)〔樂天〕作中書舍人，入直西省，對紫薇花而有咏。云云。此花之珍艷可知矣。爪其本，則枝葉俱動，俗謂之不耐癢花。自五月開，至九月尚爛漫，又謂之百日紅。省吏相傳，咸平中，李(宗諤)〔昌武〕(初知制誥，至西掖追尋故事)自別墅移植於此。晏元獻嘗作賦，所云『得自羊野，來從召國，有昔日之絳老，無當時之文仲』是也。」

〔五〕紫薇郎：《唐會要》：「中書舍人，開元十二年改爲紫薇舍人。」新刻補注本以爲天寶元年改，蓋踵王氏之譌也。

〔六〕玉關：《元和郡縣志》：「隴右道瓜州晉昌縣有玉門關，在縣東二十里。」按，瓜州，漢酒泉郡；沙州，漢燉煌郡地，相距三百餘里。新刻補注引《一統志》云：「玉門關在沙州」者，訛。今爲駁正。

〔七〕尺書招贊普：李肇《翰林志》：「凡吐蕃贊普書及别録，用金花五色紙。」王溥《五代會要》：「吐蕃在長安西八千里，南凉秃髮之後，國人號其王爲贊普。」《文苑英華》：「張〔説〕〔九齡〕有《敕吐蕃贊普書》。」

慎按：詩中「似聞指揮築上郡，已覺談笑無西戎」二句，本集凡再見。又按，《〔續前定録〕〔道山清話〕》云：「子瞻詩有『似聞指揮』云云，嘗問之，當是用少陵『談笑無西河』之語，子瞻笑曰：『固是，但少陵亦自用左太冲「長嘯激清風，志若無東吴」也。』」

和王晉卿并引

元豐二年，予得罪貶黄州，而駙馬都尉王詵〔一〕亦坐累遠謫〔二〕，不相聞者七年。予既召用，而詵亦還朝，相見殿門外。感嘆之餘，作詩相屬。詞雖不甚工，然托物悲慨，阨窮而不怨，泰而不驕。憐其貴公子有志如此，故和其韻，欲使詵姓名附見予詩集中，然亦不以示詵也。詵字晉卿，功臣全斌之後云。

先生飲東坡，獨舞無所屬。當時挹明月，對影三人足。醉眠草棘間，蟲虺莫予毒。醒來送歸雁，一寄千里目。悵然懷公子，旅食久不玉。欲書加餐字，遠託西飛鵠。謂言相濡沫，未足救溝瀆。吾生如寄耳，何者爲禍福。不如兩相忘，昨夢那可逐。上書得自便，歸老湖山曲。躬耕二頃田，自種十年木。豈知垂老眼，對此金蓮燭。公子亦生還，仍分刺史竹。賢愚有定分，尊俎守尸祝。文章何足云，執技等醫卜。朝廷方西顧，羌虜驕未伏。遥知重陽酒，白羽落黄菊。羡君真將家，浮面氣可掬。公自注：袁天綱謂竇軌：君語則赤氣浮面，爲將勿多殺人。何當請長纓，一戰河湟復〔三〕。

〔一〕王駙馬：鄧椿《畫繼》：「王晉卿尚英宗女蜀國長公主，雖在戚里，（斥）〔黜〕遠聲色，而從事於詩畫。作寶繪堂於私第之東，以蓄其所有，東坡爲作記。」《晉書》：杜預尚文帝妹，武帝踐祚，「給追鋒車第二駙馬。」後世稱尚公主者爲駙馬，實始於此。

〔二〕坐累：《烏臺詩案》：「御史臺檢會送到册子，根勘蘇軾爲作詩賦謗訕朝廷，絳州團練使駙馬都尉王詵爲留軾譏諷文字及上書奏事不實。根勘（所）結案狀云：蘇軾、王詵情罪，於十一月三十日具狀申奏，差權發運度支副使陳睦録問，别無翻異。内一條作詩賦及諸般文字寄送王詵等，致有鏤刻印行，各係譏諷朝廷，謗訕中外臣僚，准敕徒二年，情重者奏裁。」又，本集《題王晉卿詩後》云：「晉卿爲僕所累，僕既謫齊安，晉卿亦貶武當。」

〔三〕河湟復：《元和郡縣志》：「隴右道鄯州有湟水，名湟河，亦謂之樂都水。東南流至蘭州，入黄河。」《太平寰宇記》：「霍去病取西河地，開湟中，屬金城郡。南凉秃髮烏孤自稱武威王，徙居於此。後魏改爲鄯州。」○慎按，唐上元中，鄯州陷於吐蕃，所管州縣入河州。至宋時，西邊郡縣俱廢，故結句云爾。杜詩：「每惜河湟棄。」先生蓋暗用此語也。

謝王澤州〔一〕寄長松兼簡張天覺二首〔二〕

其一

莫道長松浪得名，能教覆額兩眉青。便將徑寸同千尺，知有奇功似茯苓〔三〕。

〔一〕王澤州：名未詳。《九域志》：「河東路澤州高平郡，軍事，治晉城縣。」

〔二〕長松：注詳本卷《送張天覺河東提刑》「神草」下。

〔三〕似茯苓：《本草》：「長松，產古松下，服之長年，功同松脂及仙茅。」

其二

憑君説與埋輪使，速寄長松作《解嘲》。公自注：送張天覺詩有「埋輪」及「河東慳」之語。無復青黏和漆葉〔一〕，枉將鍾乳〔二〕敵僊茅〔三〕。

〔一〕青黏漆葉：《三國志·華陀傳》：「樊阿從陀求可服食益於人者，陀授以漆葉青黏散。」按，《本草》：青黏，一名女萎，即萎蕤也。

〔二〕鍾乳：《桂海虞衡志》：「桂林接宜、融，山〔中〕洞穴（中鍾乳甚多）石脈涌處，即有乳牀，（白）如玉雪，石液融結（成者）〔所爲也〕。乳牀下垂，如倒數峰。峰端漸鋭，如冰柱。柱端輕薄，中空如鵝（翎）〔管〕。乳水且滴且凝，此最精者。」

〔三〕僊茅：《桂海虞衡志》：廣西「英州多僊茅。」《許真君書》：「僊茅，久服長生。」《本草》：「僊茅，其根獨生。一名婆羅門參，言其功補如人參也。」《能改齋漫録》云：「明皇服鍾乳不效，開元婆羅門僧進僊茅，服之有效。故東坡《謝寄長松》詩云云。」

次韻劉貢父所和韓康公〔一〕憶持國二首〔二〕

其一

夢覺真同鹿覆蕉，相君脱屣自參寥。顔紅底事髮先白，室邇何妨人自遥。狂似次公應未怪，醉推東閣不須招。援毫欲作衣冠表，盛事終當繼八蕭〔三〕。公自注：唐蕭氏自瑀及遘，八宰相。

〔一〕韓康公：名絳，字子華。注別見。

〔二〕持國：《宋史》：「韓維，字持國，以進士奏名禮部。熙寧中，爲御史中丞，以兄絳在樞府爲辭，出知許州。未幾，兼侍讀，拜門下侍郎。後以太子少傅致仕。」子華之弟也。

〔三〕八蕭：《〔新〕唐書·蕭瑀傳贊》：「蕭氏興江左，有功在民，餘祉及其後裔，自瑀逮遘，凡八葉宰相。」錢希白《南部新書》：「蕭氏登三事者，多於他族。首於瑀，嵩、華、俛、倣、寘、遘、頎次之。」

慎按：蕭遘《與其子三兒生日》詩云：「吾家九葉相，盡繼明時出。」《宰相世系表》：梁貞陽侯之後有名鄴者，相宣宗，與遘詩「九葉」正合，先生用唐史，故但稱「八蕭」。

其二

閉户端居念獨深，小軒朱檻憶同臨。燎鬚誰識英公意，公自注：英公爲其姊作粥，燎鬚。曰：「吾與姊皆老矣，能幾進之？」黄髮聊知子建心。公自注：子建與《楚王彪別》詩云：王其愛玉體，共享黄髮期。已托西風傳絶唱，且邀明月伴孤斟。他時内集應呼我，下客先擠醉墮簪。

附子由次韻二首：

霜風瑟瑟卷梧蕉，燕處超然夜寂寥。羽客信來丹鼎具，石淙夢斷水聲遥。赤松作伴誰當見，黄鵠高飛未易招。劍履終身定何益，勤勞付與沛中蕭。

愛君憂世老彌深，特操要須得失臨。晚歲飛騰推有德，故鄉安穩信無心。小邦近似西山隱，元氣終當北斗斟。聖主方求三世舊，老臣何止一遺簪。

上韓持國

韓氏三虎秉樞極〔一〕，中有一虎似偉節。端居隱几學無心，夙駕入朝常正色。犯時獨行太嵔㠢，回天不忌真藥石。輦致歸來荷二聖，推排使至有衆力。吾儕小人但飽飯一作「食」，不有君子何能國。西湖醉卧春水船，如何爲人作豐年。

〔一〕三虎秉樞極：蘇子美《滄浪集·韓少保行狀》：男八人，綱、綜、絳、繹、維、縝、緯、縍，絳、維、縝俱入相。《宋史·韓億傳》：子絳，字子華，熙寧中，仕中書門下侍郎，封康國公。維，字持國，元祐中，官門下侍郎。縝，字玉汝，元豐中，知樞密院，元祐中，拜尚書左僕射。《東都事略》：「（王）偁曰：『韓億不（喜）〔悦〕摺人小過，君子知其後必大。三子位公府，而行各有適。絳適於同，維適於正，縝適於嚴。』」孫宗鑑《東皋雜録》：「韓子華、玉汝兄弟，相繼命相，持國又（歷）〔拜〕門下侍郎，其家（將作）〔搆堂欲榜曰〕『三相』（堂），（未幾）〔俄〕持國（去位，乃止）〔罷政，遂請老〕。」

慎按：此詩施氏原本不載，新刻本載《續補》上卷，今移編於此。

次韻劉貢父叔侄扈駕

玉堂孤坐不勝清，長羨鄰枚接長卿。只許隔牆聞置酒〔一〕，時因議事得聯名。機雲似我多遺俗，廣受如君不治生。共託屬車塵土後，鈞天一餉夢中榮。

〔一〕隔牆：本集《記樂天詩後》云：「元祐元年，余爲中書舍人，執政患本省事多漏泄，欲於舍人廳後作露籬，禁同省往來。予白（執政）〔諸公〕：『應須簡要清通，何必樹籬插棘。』諸公笑而止。明年，竟作之。（偶）〔暇日〕讀《樂天集》，有云：『西省北院新構小亭，種竹開窗，東通騎省，與李常侍（隔）窗〔下〕小飲，作詩云云。』乃知唐時（作）〔得〕西掖（小）〔作〕窗，以通東省，而今日本省不得往來，可嘆也。」此段正可移作注脚。

附子由次韻：

一經空記弟傳兄，舊德終慚長比卿。扈駕連翩來接武，登科先後憶題名。竹林共集連諸子，華萼相輝賴友生。他日都門俱引去，不應廣受獨華榮。

次韻韓康公置酒見留

庭下黄花一醉同，重來雪巘已穹窿。不應屢被譏安石，但使無多酌次公。鍾乳金釵人似玉，鵾絃鐵撥坐生風。少卿尚有車茵在，頗覺寬容勝弱翁。

慎按：《晉（史）〔書〕》：「謝安石於土山營墅，每攜中外子姪往來游集，肴饌亦屢費百金。」詩中「不應屢被譏安石」，「被」字似當作「費」字，新、舊刻本皆訛。

韓康公坐上侍兒求書扇

一一窗扉面水開，更於何處覓蓬萊。天香滿袖人知否？曾到旃檀小殿來。

慎按：此詩施氏原本不載，新刻本載《續補》下卷，今因題附編於此。

雜詩二首 一本題與上首同。

其一

窗摇細浪魚吹日一作「沫」，手弄黄花蝶遶一作「透」衣〔一〕。不覺春風吹酒醒，空教明月照人歸。

〔一〕按，《侯鯖録》：「韓子華謝事後，自潁入京。看上元，至十六日，私第會從官九人，皆門生故吏。方坐，出家妓十餘人。中宴後，子華專寵者（曰魯生）當舞，爲游蜂所螫。子華意甚不懌，久之，呼出，持白團扇，從東坡乞詩。坡書首二句云云，上句記姓，下句書蜂事。子華大喜，坡云：『惟恐他姬厮賴，故云耳。』」

慎按：此詩與前一首當是同時作，故從《續補》卷中移編。

其二

昔日雙鴉照淺眉，如今婀娜緑雲垂。蓬萊老守明朝去，腸斷簾間蟋蟀悲。

慎按：詩中有「蓬萊老守」之句，疑是先生自常州赴文登時所作，施氏原本不載，今從《續補》下卷因題附録。

次韻王都尉偶得耳疾

君知六鑿皆爲贅，我有一言能決疣。病客巧聞牀下蟻，癡人强覷棘端猴。聰明不在根塵裏〔一〕，藥餌空爲婢僕憂。但試周郎看聾否？曲音小誤已回頭。

〔一〕根塵：《楞嚴經》：「我今觀此，浮根四塵，秖在我面。」又云：「佛（在）〔言〕汝心若在根塵之中。」又云：「吸此塵象，名聽聞性。當知是聞，非動静來，非於根出。」

送喬仝寄賀君六首并引

舊聞靖長官、賀水部〔一〕，皆唐末五代人，得道不死。章聖皇帝東封〔二〕，有謁於道左者，其謁云：晉水部員外郎賀亢。再拜而去，上不知也。已而閲謁，見之，大驚，物色求之不可得。天聖初，又使其弟子喻澄者詣闕進佛道像，直數千萬。張公安道與澄游，具得其事。又有喬仝者，少得大風疾，幾死。賀使學道，今年八十，益壯盛。人無復見賀者，而仝數見之。元祐二年十二月，仝來京師十許日。余留之，不可，曰：「賀以上元期我於蒙山。」又曰：「吾師嘗游密州，識君於常山道上，意若喜君者。」作是詩以送之，且作五絶句以寄賀。

其一

君年二十美且都，初得惡疾墮眉鬚。紅顔白髮驚妻孥，覽鏡自嫌欲棄軀。結茅窮山啖松腴，路逢逃秦博士盧。方瞳照野清而癯，再拜未起煩一呼。覺知此身了非吾，炯然蓮花出泥塗。隨師東游渡濰邾〔三〕，山頭見我兩輪朱。豈知僊人混屠沽，爾來八十胸垂胡。上山如飛嗔人扶，東歸有約不敢渝。新年當參老僊儒，秋風西來下雙鳧，得棗如瓜分我無。

〔二〕賀水部：《陳後山集》有《賀水部傳》，云：「賀充，世莫〔詳〕〔知〕其年，仕石晉爲郎。」與公詩引大略相同。但陳作「賀充」，詩作「賀亢」，兩處必有一訛，録存備考。

〔三〕東封：《宋史》：真宗大中祥符元年，王欽若言：得天書於泰山，遂東封泰山，禪社首。

〔三〕濰郑：二水名。注詳《再過常山詩》下。

其二

生長兵間早脱身，晚爲元祐太平人。不驚渤海桑田變，來看龜蒙〔一〕漏澤春〔二〕。

〔一〕龜蒙：于欽《齊乘》：「龜山在費縣西北七十里，蒙山在龜山（之）東，二山連屬，長八十里。後人疑於東蒙之説，遂以龜山當蒙山，以蒙山（當）〔爲〕東蒙，而隱没龜山之本名，今定蒙山爲龜山，東蒙爲蒙山，以復古焉。」

〔二〕漏澤：《齊乘》：「龜山西南十餘里，有漏澤，澤有五穴，春夏積水，秋冬漏竭。將漏之時，先有聲，居人扈穴取魚，隨種麥。比水至，麥已收矣。」《元和郡縣志》：「漏澤在泗水縣東〔十〕七里。」唐校書郎李潛《漏澤賦》碑，今在費縣廨内。

其三

曾謁東封玉輅塵，幅巾短褐亦逡巡。行宫夜奏空名姓，悵望雲霞縹緲人。

其四

垂老區區豈爲身，微言一發重千鈞。始知不見高皇帝，正似商山四老人。

慎按：真宗東封時，尚未有嗣，劉修儀寵擅六宮。踰年，李氏生子，修儀攘爲己出，後立爲太子。賀之伏謁道左，疑有先幾之兆，故仁宗即位，復使弟子詣闕。公詩「微言一發重千鈞」，又用「商山四老」事，必有所爲，非泛引也。

其　五

舊聞父老晉郎官，已作飛騰變化看。聞道東蒙有居處，願供薪水看一作「事」燒丹。

其　六

千古風流賀季真，最憐嗜酒謫僊人。狂吟醉舞知無益，粟飯藜羹問養神。

附子由作：《欒城集》題「聞京東有道人賀郎中者唐人也其徒有識之者作詩寄之」。

賀老稽山去不還，鏡湖獨棹釣魚船。南來太白尋無處，却作郎官又幾年。岱下迎鑾驚典謁，蒙山施藥愍耕田。試窮脚力追行跡，亦使今生識地僊。

送家安國〔一〕教授歸成都〔二〕

別君二十載，坐失兩鬢青。吾道雖艱難，斯文終典刑。屢作退飛鷁，羞看乾死螢〔三〕。一落戎馬間，五見霜葉零。夜談空説劍，春夢猶横經。新科復舊貫〔四〕，童子方乞靈。須煩凌雲手，去作入蜀星。蒼苔高朕室，古柏文翁庭。初聞編簡香，稍覺鋒鏑腥。岷峨有雛鳳，梧竹養修翎。嗚呼應嶰律，飛舞集虞廷。吾儕便歸老，亦足慰餘齡。

〔一〕家安國：《黄山谷詩注》：「安國字復禮，初以武進，後入左選，故其《謝改官啓》云：『三陪籌幄，笑談當十萬戎行；兩席師筵，排闥應三千門弟。』」

〔二〕成都：《太平寰宇記》：劍南西道益州蜀郡，唐明皇幸蜀，改爲成都府。《江源記》：「梁山首跨劍閣，尾入江。秦置縣，曰成都。」後爲郡。

〔三〕乾死螢：杜詩：「案頭乾死讀書螢。」

〔四〕新科舊貫：《宋史·選舉志》：熙寧中改法，進士科罷詩賦、帖經、墨義。元祐初，立經義、詩賦兩科。自復詩賦，士多鄉習，而專經者十無一二。

慎按：此詩墨跡小行書，白粉宋紙本，後有元至正辛巳石澗陳有宗跋尾。

附子由絶句三首：

城西社下老劉君，春服舞雩今幾人？白髮弟兄驚我在，喜君游宦亦天倫。

垂白相逢四十年，猖狂情味老俱闌。論兵頓似前賢語，莫作當年故目看。

石室多年款識平，新書久溷里中生。遺師今見朝廷意，文律還應似兩京。

和吴安持使者迎駕〔一〕

小雪疎煙雜瑞光，清波寒引御溝長。瞳曨日色籠丹禁，杳杳鞭聲出建章。鵷鷺偶叨陪下列，天閶一作「閭」聊啓望中央。歸來喜氣傾新句，滿座疑聞錦繡香。

〔一〕吴安持：名在元祐黨籍，時爲司農少卿。按，《苕溪漁隱叢話》：安持，王荆公婿也。

慎按：此詩施氏原本不載，新刻本載《續補》下卷中，今編録於此。

【校記】

一、《書鄢陵王主簿所畫折枝二首·其一》注二引《廣川畫跋》云云，誤。《廣川畫跋》無此引文，實引自唐張彦遠《歷代名畫記》卷十《唐朝下》「邊鸞」條。

二、《和張耒高麗松扇》注而引王雲《雞林志》云云，實轉引自宋任淵注《山谷内集詩》卷七《次韻錢穆父贈松扇》題下注。

三、《次韻孔常父送張天覺河東提刑》「慎按」引《揮麈録》，其中「靖康間追復司馬温公、范文正公爲太師，適何文縝在中書，以鄉曲之故乃以天覺厠名其間，亦贈太保」數語，於原文乃在首句「紹聖初章子厚秉鈞」一句之前。

四、《送張天覺得山字》注四引《張天覺文集》，然《張天覺文集》不見於初白《采輯書目》，此引文當爲轉引。經查，此段引文實轉引自明李時珍《本草綱目》卷十二上《草之一》「長松」條「集解」引《張天覺文集》。另，引文又見於宋王闢之《澠水燕談録》卷八《事志》「釋普明」條，然未言出自《張天覺文集》，且文字頗有異同。

五、《次韻張舜民自御史出倅虢州留别》注二引《元和郡縣志》云云，其中「北虢今陝州平陸縣」一句，於原文乃在「東虢今滎陽縣」一句之前。

六、《次韻宋肇惠澄心紙二首·其一》注二引《類説》云云，今本《類説》無此引文，亦未見於他書，惟《江南通志》卷三十《輿地志·古蹟·江寧府》「澄心堂」條有載。然《江南通志》雖創修於康熙二十二年，雍正七年重修已是初白身後事，初白所引殆出自初創本乎？所未知也。俟再考。

七、《九月十五日邇英講論語終篇賜執政講讀史官燕於東宫又遣中使就賜御書詩各一首臣軾得紫薇花絶句其詞云絲綸閣下文章静鐘鼓樓中刻漏長獨坐黄昏誰是伴紫薇花對紫薇郎翼日各以表謝又進詩一篇臣軾詩云》注二引程大昌《演繁露》云云，其中「自乾興後講者立而侍者皆坐聽」一句，於原文乃吕公著、王安石上言之語，位於「吕公著、王安石言」之後、「侍者可使立而講者當賜坐」之前。○「慎按」引《續前定語》云云，誤。《續前定語》無此引文，實引自宋王暐《道山清話》第二十三條。

八、《謝王澤州寄長松兼簡張天覺二首·其二》注三引《許真君書》云云，此引文見於《佩文齋廣群芳譜》卷二十九《藥譜·仙竽》。二書君不見於初白《采輯書目》，故難遽斷初白引文所自。

九、《上韓持國》注一引孫宗鑑《東皐雜録》云云，實轉引自陶宗儀《説郛》卷四十下《東皐雜録》篇。

十、《送家安國教授歸成都》注二引《江源記》云云，實轉引自曹學佺《名勝志·四川名勝志》卷之一《川西道》「成都府」。

東坡先生編年詩卷三十

古今體詩五十七首 元祐三年戊辰官翰林學士時作。

慎按：是年春省試，先生知貢舉。自《元日》詩以下至《游西池八首》應編戊辰卷首，施氏原本訛編上卷，今據年月改正。

和子由除夜元日省宿致齋三首〔一〕外集題云「戊辰元日」。

其一

江湖流落豈關天，禁省相望亦偶然。等是新年未相見，此身應坐不歸田。

〔一〕致齋：《〔新〕唐書·禮樂志》：「齋戒，其別有三，曰散齋，曰致齋，曰清齋。大祀，散齋四日，致齋三日。中祀，散齋三日，致齋二日。小祀，散齊二日，致齋一日。」

其二

白髮蒼顏五十三，家人遥遣試春衫。朝回兩袖天香滿，頭上銀幡笑阿咸〔二〕。

〔一〕阿咸：錢牧齋云：王思遠，小字阿戎，王晏之從弟也。子美《杜位宅守歲》詩用「阿戎」，蓋出於此。東坡《與子由》偶誤用爲「阿咸」耳。○慎按，東坡用「阿咸」，當指子由諸郎，觀末章結處有「却將新句調兒童」之語，未必專指子由也。

慎按：《外集》「蒼顏」作「龍鍾」，「遥遣」作「强遣」，「頭上」作「剩插」，「笑阿咸」作「愧阿咸」，與諸刻本不同。

其　三

當年踏月走東風，坐看春闈鎖醉翁〔一〕。白髮門生幾人在，却將新句調兒童。

〔一〕春闈鎖醉翁：歐陽修《歸田録》：「嘉祐二年，余與韓子華、王禹玉、范景仁、梅公儀同知禮部貢舉，辟梅聖俞爲小試官，凡鎖院五十日。」《蔡寛夫詩話》：「故事，春試進士皆在南省中東廂，刑部有樓甚弘壯，旁視宣德，直抵州橋。鎖院每以正月五日至（上）元〔夕〕例未引見，考試官往往竊登樓，以望御路燈火之盛。宋宣獻詩，有『還勝南宮假宗伯，重扉深鎖暗登樓』之句，蓋謂此。嘉祐中，歐陽知貢舉，梅聖俞作《莫登樓》詩，相與唱和，爲禮闈盛事。」○慎按，嘉祐二年春，先生兄弟赴禮部試，時歐陽公知貢舉，元祐三年正月，先生亦領貢舉，故末章及之。

附子由原作三首：《欒城集》題云「三日上辛祈穀除日宿齋戸部右曹元日賦三絶句寄呈子瞻兄」。

七度江南自作年，去年初喜奉椒盤。冬來誤入文昌省，連日齋居未許還。

今歲初辛日正三，明朝風氣漸東南。還家强作銀幡會，雪底蒿芹欲滿籃。
北客南來歲欲除，燈山火急萬人扶。欲觀翠輦巡游盛，深怯南宫鎖鑰拘。

次韻答張天覺二首

其一

車輕馬穩轡銜堅，但有蚊虻喜撲緣。截斷口前君莫問，人間差樂勝巢僊。

其二

馭風騎氣我何勞，且要長松作土毛。亦如訶佛丹霞老〔一〕，却向清凉禮白毫〔二〕。

〔一〕丹霞：《高僧傳》：「釋天然，不知何許人。謁見石頭禪師，爲立名天然。元和中，入南陽丹霞山結菴。劉軻爲撰碑，敕謚知通禪師。」「訶佛」事，詳施氏補注中。

〔二〕禮白毫：《清凉志》：「無盡居士張商英除河東提點刑獄，至清凉山，止清輝閣，文殊所化宅也。良久，北山雲起，於白雲中現大寶燈，白雲既收，復現大白圓相，如明月輪。明日至東臺，五色祥雲見，白圓光從地涌起，如車輪百旋。商英以偈讚之云云。」

次韻黃魯直畫馬〔一〕試院中作〔二〕

少年鞍馬勤遠行，卧聞齕草風雨聲，見此忽思短策橫。十年髀肉磨欲透，那更陪君作詩瘦，不如芋魁歸飯豆。門前欲嘶御史驄〔三〕，詔恩〔四〕三日休老翁〔五〕，羨君懷中雙橘紅〔六〕。

公自注：黃有老母。

〔一〕畫馬：本集《書試院〔中〕詩（後）》云：「元祐三年（正）〔二〕月二十一日領貢舉事，辟李伯時爲考校官。三月初，考校既畢，侍諸廳參會。伯時苦水悸，〔作〕欲（作）驪馬以排悶，魯直詩先成，余次韻，蔡天啓、晁无咎、舒堯文、廖明略皆繼，此不能盡録。」云。

〔二〕試院：黃庭堅《〔題〕太學試院（題名記）》：「元祐三年正月，（東坡與莘老、經父同知貢舉所）〔鎖〕太學，試禮部進士四千七百三十二人，三月戊申，奏號進士五百人，宗室二人。（魯直）〔子瞻、莘老、經父知舉，〕熙叔、元輿、彥衡、〔魯直、〕子明（爲）參詳（官），君貺、希古、履中、器之、成季、明略、無咎、堯文、元忠、遐叔、子發、君時、天啓、志完點檢試卷。」

〔三〕御史驄：歐陽永叔《出省》詩自注云：「國朝之制，禮部考定卷子，奏上字號，差臺官一人，拆封出榜。」黃山谷《〔題太學〕試院（題名記）》云：「是日，侍御史日晏不來。」蓋奏號之後，必待御史至，然後拆卷。故云。

〔四〕詔恩：《漢書·馮野王傳》：「三最予告，令也。病滿三月賜告，詔恩也。」

〔五〕三日休：《咸淳臨安志》：本朝考試官出院，「給歇泊假三日。」故周必大有詩云：「會待詔恩三日沐，湖山尋勝任舟輿。」

〔六〕懷中橘：按，《山谷集·考試局戲作竹枝詞》云：「我家白髮問烏鵲。」又云：「屋（上）〔山〕啼烏兒當歸。」任淵注云：「山谷太夫人於時尚無恙，東坡和詩亦云：『羡君懷中雙橘紅。』」

慎按：《苕溪漁隱叢話》：「此格謂之促句換韻，其法，三句一轉韻，三疊而止。」

附黄魯直原作：

儀鸞供張饕蝨行，翰林濕薪爆竹聲，風簾官燭泪縱横。木穿石槃未渠透，坐窗不遨令人瘦，貧馬不饜逢一豆。眼明見此五花驄，徑思着鞭隨詩翁，城西野桃尋小紅。

余與李薦方叔相知久矣領貢舉事而李不得第愧甚作詩送之〔一〕

與君相從非一日，筆勢翩翩疑可識。平生謾説（一作「詡」）古戰場，過眼終迷日五色。我慚不出君大笑，行止皆天子何責。青袍白紵五千人〔二〕，知子無怨亦無德。買羊酤酒謝玉川，爲我醉倒春風前。歸家但草凌雲賦，我相夫子非癯僊。

〔一〕李廌：《宋史》：「李廌，字方叔，謁蘇軾於黄，贄文求知。軾謂其筆墨瀾翻，有飛沙走石之勢。

鄉舉試禮部，軾典貢舉，遺之，賦詩以自責。與范祖禹將同薦諸朝。未幾去國，不果。絶進取意，居潁之長社，卒，年五十一。元祐中，上《忠諫書》、《忠厚論》，並《兵鑒》二萬言。」周紫芝《太倉稊米集》云：「《月巖集》，太華逸民所作，李薦方叔之自號也，李端叔之儀序其文。」云云。惜其集今不傳。

〔二〕五千人：按黄山谷《〔題太學〕試院（題名記）》：「元祐三年正月試禮部進士四千七百三十二人。」今先生云五千人，蓋舉成數而言。

慎按：李方叔之父名惇，字憲仲，東坡同年友也。故平生與方叔極相周恤。集中有《答方叔書》，云：「累書見責以不相薦引，讀之甚愧。（然所諄諄期望者，實欲方叔守道，自信）〔君子之知人〕，相勉於道，（而）不務相引於利〔也〕。（則先生之自待與所以待方叔者，直以古處爲期。）」偶閲宋人趙溍《養痾漫筆》，云：「東坡知貢舉，將鎖院，緘封一簡，令叔黨持與方叔。值方叔出，其僕受簡，置几上。有頃，章子厚二子曰持、曰援者來，取簡竊觀，乃《揚雄優於劉向論》一篇，二章携之以去。已而，果出此題，二章皆模倣坡作，及折號，意魁必方叔也，乃章援，第十名文意與魁相似，乃章持。方叔竟下第，坡拳拳於方叔如此，卒不能增益，其命之所無，反使子厚小人以坡爲有私有黨，而無以大服其心。」云云。果若所言，乃末俗潛通關節、冒犯科條者所爲，先生豈肯出此？此必章惇父子造爲此語，以誣先生。趙氏不察其誣，傳諸紀載，於先生品望所損不細，特爲辨正附録。

附黃魯直次韻：

驥子墮地追風日，未試千里誰能識？ 習之實録葬皇祖，斯文如女有正色。 今日持橐佐春官，遂失此人難塞責。 雖然一閧有奇偶，博懸于投不在德。 君看巨浸朝百川，此豈有意潢潦前。 願爲霧豹懷文隱，莫愛風蟬蜕骨僊。

和宋肇遊西池次韻〔一〕

漢皇慈儉不開邊，尚教千艘下瀨船。 貪看艨艟飛鬬艦〔二〕，不知鼂贔舞鈞天。 故山西望三千里，往事回思二十年。 自笑區區足官府，不如公子散神僊。

〔一〕西池：《春明退朝録》：「太宗於西郊鑿金明池，中有臺榭，以閲水戲。」《東京夢華録》：「三月一日，州西順天門外，開金明池，士庶許縱（觀）〔賞〕。 池周九里三十步。」《汴京遺蹟志》：「金明池在城西鄭門外。」《石林燕語》：「金明池在瓊林苑北，（引）〔導〕金水河注（其中）〔之〕。 歲以（三）〔二〕月，命士庶縱觀，謂之開池。 至上巳，車駕臨幸〔畢〕，即閉。 歲賜二府從官宴及進士聞喜宴，皆在其間。」〇按，西池即金明池，以在城西，故名。

〔二〕鬬艦：《石林燕語》：「太平興國中，鑿金明池，以教神衛虎翼水軍習舟楫，因爲水嬉。」

附黃魯直次韻：《山谷集》題云「次韻宋楙宗三月二十日到西池都人盛觀翰林公出遨」。 自注：翰林公，謂東坡。

金狨繫馬曉鶯邊，不比春江上水船。 人語車聲喧法曲，花光樓影倒晴天。 人間化鶴三千歲，海上看羊十九年。還作遨頭驚俗眼，風流文物屬蘇僊。

僕領貢舉〔一〕未出錢穆父雪中作詩見及三月二十日同游金明池始見其詩次韻爲答〔二〕

雪知我出已全消，花待君來未敢飄。行避門生時小飲〔三〕，忽逢騎吏有嘉招。魚龍絶技來千里〔四〕，斑白遺民數四朝。知有黄公酒壚在，蒼顔華髮自相遥。

〔一〕領貢舉：《雍録》：「今世淡墨書進士榜，首曰禮部貢院者，唐世遺則也。尚書省六部皆在北省之南，故禮部爲南宫。唐初試進士，皆屬考功，後以考功權輕，改用禮部侍郎，其結銜曰知貢舉，或委他官爲之，則曰權知貢舉。」

〔二〕金明池：注詳前「西池」下。

〔三〕避門生：梅聖俞《出省書事和永叔》詩：「已是瓊林芳卉晚，不須遊處避門生。」○慎按，時永叔領貢舉，梅詩故云。宋時金明池宴會，乃出鎖院後故事也。

〔四〕魚龍絶技：《石林燕語》：「金明池水戰，（後）不復習，而諸軍猶爲鬼神戲，謂之旱教。」

書艾宣畫四首〔一〕

竹鶴

此君何處不相宜，況有能言老令威。誰識長身古君子，猶將緇布緣深衣〔二〕。

〔一〕艾宣：郭若虚《紀藝》：宋建隆至熙寧，善畫花木者，艾宣與崔白、崔慤齊名。本集《跋艾宣畫》云：「金陵艾宣畫翎毛花竹，爲近歲之冠。既老，筆跡尤奇，雖不〔復〕精匀，而氣格不凡。」據此，則宣，金陵人，注家以爲鍾陵者，訛。

〔二〕緣深衣：《禮記》：「具父母，衣純以青。如孤子，衣純以素。純袂緣純邊廣各寸半。」

附李端叔次韻：

瘦玉蕭疎觸處宜，僊風一霎散霜威。未應舞罷排雲去，更看丹砂理雪衣。

黄精鹿〔一〕

太華西南第幾峰？落花流水自重重。幽人只采黄精去，不見春一作「青」山養鹿茸一本作「鹿養茸」。

〔一〕黄精鹿：雷斆《炮炙論》：「凡取鹿茸，以黄精自然汁浸兩晝夜，免渴人也。」

附李端叔次韻：

緑遍前峰到後峰，靈苗壓地幾千重。匀斑養就無人見，多少狂心欲采茸。

杏花白鷳〔一〕

天公剪刻爲誰妍，抱蕊游蜂自作團。把酒惜春都是夢，不如閒客此閒看。

〔一〕白鷳：《爾雅》：白雉爲鶾。「鷳」字即「鶾」音之轉。張華《博物志》：「行止閒暇，故曰鷳。」舊注：李昉名「白鷳」，曰「閑客」。

附李端叔次韻：

朝來雨過發妖妍，向日枝頭雪作團。縞練長拖輕灑墨，不須將作兩般看。

蓮　龜〔一〕

半脱蓮房露壓欹，緑荷深處有游龜。只應翡翠蘭苕上，獨見玄夫曝日時。

〔一〕蓮龜：張世南《炙龜論》：龜老則神，年至八百，反大如錢。夏則游於香荷，冬則藏於藕節。

附李端叔次韻：

翠蓋相扶兩不欹，多情獨許見陽龜。千年自有逃形處，聊與清香約暫時。

次韻子由五月一日同轉對〔一〕

跪奉新書笏在腰，談王正欲伴漁一作「耕」樵。晉陽豈爲一門事，宣政聊同五月別本作「日」朝〔二〕。公自注：貞元中，詔曰：自今後五月一日御宣政殿，與文武百僚相見。憂患半生聯出處，歸休上策早招要。後生可畏吾衰矣，刀筆從來錯料堯〔三〕。

〔一〕轉對：《宋史》：「百官轉對，限以二人。其封章於閤門通進。蓋襲唐制，故祖宗以來，每遇轉對，侍從之臣皆與焉。」岳珂《媿郯録》：「建隆三年，御札曰：『在朝文班朝臣及翰林學士等，每遇內殿起居，依舊例，次第差官轉對，並須指陳時政闕失，凡關利病，得以極言。』」按，元祐三年五月一日，文德殿視朝，東坡爲侍讀，次當轉對，條上三事，以歲月考之，正合。

〔二〕宣政五日朝：《長安志》：「唐龍朔（三）〔二〕年，造宣政、紫宸、蓬萊三殿。（宣政殿在）宣政門內〔有宣政殿〕，東（曰）〔有〕東上閤門，西（曰）〔有〕西上閤門。」《（六）〔新〕五代史》：「唐故事，天子〔日〕御（前）殿見（朝）〔群〕臣，曰常參。宣政，前殿也。謂之衙，衙有仗。」《宋史·禮志》：「常朝之儀，以宣政爲前殿，謂之正衙，即古之內朝也。以紫宸爲便殿，謂之入閤，即古之燕朝也。正衙則日見群臣，百官皆在，謂之常參（官）。後此禮漸廢。唐明皇始詔群臣五日一隨宰相入見，謂之起居。宋因其制，皇帝日御垂拱殿，文武官赴文德殿正衙，曰常參，宰相一人押班。五日起居，則於崇德殿，或長春殿，中書門下爲班首。（崇德即紫宸）長春即垂拱也。元豐官制行，始詔侍從而上，日朝垂拱，謂之常參官。百官朝官以上，每五日一朝紫宸，爲六參官。京朝官以上，朔望一朝紫宸，爲朔參官、望參官。」

〔三〕錯料堯：《砦溪詩話》：「周昌謂趙堯爲刀筆吏，後果無能，爲所料，信不錯，而云『錯料堯』，亦以涉譏諷，倒用耳。」

附子由原作：

羸馬何堪金束腰，永懷江海舊漁樵。對牀貪聽連宵雨，奏事驚同朔旦朝。大耿功名原自異，中茅服食舊相要。一封同上憐狂直，詔許昌言賴有堯。

韓康公挽詞三首〔一〕

其一

故國非喬木，興王有世臣〔二〕。嗟余後死者，猶及老成人。德業經文武，風流表搢紳。空餘行樂地，處處泣遺民。

〔一〕韓康公：注詳上卷。

〔二〕世臣：施氏原注：「韓子華，其先真定人，後徙開封。父億字宗魏，事仁宗，爲參知政事，謚忠憲。居京師，號桐樹韓家。子華於熙寧中拜門下侍郎，封康國公，後以太尉致仕，居穎昌。」

其二

再世忠清德，三朝翊贊勳。功成不歸國〔一〕，就訪敢忘君。舊學嚴詩律，餘威靖塞氛〔二〕。何當繼韓奕，故吏總能文〔三〕。

〔一〕不歸國：子華罷相後，卜居潁昌，故云。

〔二〕靖塞氛：施氏原注：「知慶州，熟羌據堡爲亂，即日討平之。韓忠獻薦其才有公輔之器。」此段新刻删去，今補録。

〔三〕故吏：施氏原注：「正月十六日，會從官九人，皆門生故吏，多一時名德，如傅欽之堯俞、胡完夫宗愈、錢穆父勰、劉貢父攽、顧子敦臨。」新刻删去，今補注。

其三

西第開東閣〔一〕，初筵點後塵。笙歌邀白髮〔二〕，燈火樂青春。扶路三更罷，回頭一夢新。賦詩猶墨濕，把卷獨沾巾。

〔一〕開東閣：《漢書・公孫弘傳》：「弘爲相，開東閣以延賢人。」按，施氏原注：「子華於元祐二年冬，自潁昌入京觀燈，東坡乃省闈門生，謁公，置酒見留，賦『降』字韻詩。」此段新刻删去，今補録。

〔二〕笙歌邀白髮：施氏原注：「時出家伎佐酒，故詩云：『笙歌邀白髮，燈火樂青春。』欲還潁昌，未行而薨，年七十七。謚獻肅。」新刻删去，今補録。

慎按：《范忠宣集·韓康公墓志》：公薨於元祐二年三月二日。《苕溪漁隱叢話》：「子華以辰年辰月辰日辰時薨，故陸農師挽詩云：『非關庚子曾占鵩，自是辰年並值龍。』」考史，元祐三年爲戊辰，年月正合。《墓志》以爲二年，是傳刻之訛。又按，施氏原注：「三詩墨跡精絶，宿嘗刻石餘姚縣齋。」新刻删去，今補録。

附子由三首：

閥閲原高世，功名自發身。堂堂揖真相，矯矯出稠人。許國心先定，輕財物自親。傳經比韋氏，世世得賢臣。

耆年時一二，新第闕西南。好客心終在，忘懷日縱談。規模人共記，風味我猶諳。誰是羊曇首，回車意不堪。

師曠聞絃日，相如作賦年。雖慙衆人後，貪值主文賢。北道初聞召，南江正遠遷。平生缺親近，遺恨屬新阡。

憩寂圖〔一〕

〔一〕《外集》題云「次韻子由題憩寂圖後」。

東坡雖是湖州派，竹石風流各一時。前世畫師今姓李，不妨還作輞川詩。

〔一〕憩寂圖：子由詩序云：「元祐三年，子瞻、伯時爲柳仲遠作松石圖，取杜子美『松根胡僧憩寂莫』四句之意，復求伯時畫此，目爲憩寂圖。」

慎按：此詩施氏原本不載，新刻載《續補》下卷，今據子由詩序，移編於此。

附子由原作：

東坡自作蒼蒼石，留取長松待伯時。只有兩人嫌未足，兼收前世杜陵詩。

附黃魯直次韻：

松含風雨石骨瘦，法窟寂修僧定時。李侯有句不肯吐，淡墨寫出無聲詩。

慶源〔一〕宣義〔二〕王丈一本「丈」字下有「人」字以累舉得官爲洪雅〔三〕主簿雅州〔四〕户掾遇吏民如家人人安樂之既謝事居眉之青神瑞草橋〔五〕放懷自得有書來求紅帶既以遺之且作詩爲戲請黃魯直秦少游各爲賦一首爲老人光華〔六〕一本「魯直」下有「學士」二字，「少游」下有「賢良」二字。

青衫半作霜葉枯，遇民如兒吏如奴。吏民莫作官長看，我是識字耕田夫。妻啼兒號刺史怒，時有野人來挽鬚。拂衣自注下下考，芋魁飯豆吾豈無。歸來瑞草橋邊路，獨遊還佩平生壺。慈姥巖前自喚渡〔七〕，青衣江畔人争扶〔八〕。今年蠶市數州集，中有遺民懷袴襦。邑中之黔相指似，白髯紅頰老不癯。我欲西歸卜鄰舍，隔牆拊掌容歌呼。不學山王乘駟馬，回頭空指黄公壚。

〔一〕王慶源：黄山谷《題子瞻與王宣義書後》云：「慶源初名群，字子衆，後改名（雅）〔淮〕奇，又易今字。其馭吏威愛如家人法。」任淵《山谷詩注》：「慶源，東坡之叔丈人也。晚以恩舉得官。」本集先生《與慶源尺牘》云：「叔丈脱屣搢紳，放懷田里，絶人遠矣。」蘇叔黨作《王元直墓志》云：「元直之季父慶源，官於雅州，以論事不合，欲罷去，謀於公。公笑曰：『古人不肯束帶見督郵，彼何哉？』慶源服其語，即謝病去。」

〔二〕宣義：《宋史·職官志》：文散官有通直郎，舊名宣義郎。元豐官制，著作佐郎、大理寺丞皆宣義郎。

〔三〕洪雅：《元和郡縣志》：「眉州，管縣五，其一洪雅。自晉迄宋，（皆）夷獠（之）〔有其〕地。周武帝（於此）立洪雅鎮，隋改丹稜縣，更（立）〔置〕洪雅縣。西有洪雅川，故名。」《九域志》以爲屬嘉州，非也。

〔四〕雅州：《元和郡縣志》：「秦嚴道縣，後魏置蒙山郡於此。隋仁壽四年，改置雅州，因州境雅安山爲名。」《太平寰宇記》：漢源縣有離堆，李冰所鑿。「離」即古「雅」字也，雅州以此名。二説不同，並載以備考。《九域志》：雅州，成都府路，屬西川。

〔五〕青神瑞草橋：歐陽忞《輿地廣記》：「漢南安縣地，後周置青神縣。昔蠶叢民衣青衣，以勸農桑，縣取此名。」《益州記》：「青衣，神名雷塠廟，班固以爲離（堆）〔塠〕也。蜀江至此始有峽之稱。」瑞草橋在青神縣西。

〔六〕魯直、少游：時魯直在秘書省爲實録院檢討官，少游爲秘書省正事。

〔七〕慈姥巖：范成大《吴船録》：「發眉山六十里至中巖，西川林泉最佳處，相傳第五羅漢道場，又爲老慈姥龍所居。凡五里，至慈姥巖，巖前即寺。自眉至嘉州百二十里，中巖其半途也。」《名勝志》：「青神縣之勝在三巖，今惟稱中巖。由芙蓉溪經五渡，過慈姥磯，有石刻。沿溪數折，有唤魚潭，潭上即慈姥巖，篆刻『中巖』二大字，徑可四尺。」

〔八〕青衣江：《水經》：「青衣水出青衣縣西蒙山，東與沫水合。」《注》云：「縣故青衣羌國。」《元和郡縣志》：「青衣水，一名平羌水。」《輿地廣記》：「青衣水出盧山徼外，東南流，逕嚴道、洪雅，至龍游與岷江合。」

附黄魯直次韻：

參軍但有四立壁，初無臨江千木奴。白頭不是折腰物一作「具」，桐帽棕鞵稱老夫。滄江鷗鷺野心性，深壑虎豹雄牙須。鸕鶿作裘初服在，猩血染帶鄰翁無。昨來杜鵑勸歸去，更得把酒聽提壺。當今人才不乏使，天上二老須人扶。兒無飽飯尚勤書，婦無複袴且着襦。社甕可漉溪可漁，更問黄鷄肥與臞。林間醉着人伐木，猶夢官下聞追呼。萬釘圍腰莫愛渠，富貴安能潤黄壚。

附秦少游次韻：

君不見相如容貌窮不枯，卓氏恥之分百奴。一朝奉旨使笻筰，駟馬赤車從萬夫。仲元君平更高妙，寄食耕卜霜眉須。兩川人物古不乏，數子風流今可無。參軍少年飽經術，期作侍中司御壺。老披春衫更矍鑠，上馬不用兒孫扶。一朝忽解印綬去，恥將詩禮攘裙襦。懸知百年事已定，却笑列仙形甚臞。東阡北陌西風入，瑞草橋邊人叫呼，想見紅圍照白髮，頹然醉卧文君壚。

次韻許沖元送成都高士敦〔一〕鈐轄〔二〕一本無「次韻許沖元」五字，今依施氏原本。

栘中老監本虚名，懶作燕山萬里行。公自注：余昔與高同使契丹，辭免不行。坐看飛鴻迎使節，歸來駿馬換傾城。高才本不緣勳閥，餘力還思治蜀兵。西望雪山烽火盡〔三〕，不妨尊酒寄平生。

〔一〕許沖元高士敦：愼按，施氏原注：「許沖元，名將，元祐三年，再入翰林爲學士。客省副使高士敦，宣仁后從弟也，真宗朝名將瓊之諸孫。故云『高才本不緣勳閥』。紹聖初，哲宗親政，時事一更。殿中侍御史來之邵言：『東坡制詞，譏斥先朝。』遂落職，知和州。又言：『士敦在成都有不法事。』右相范忠宣進言曰：『之邵爲御史日久，當軾、轍勢盛時，無所論。士敦官蜀之日，之邵爲監司，未嘗按謫，一旦乃爾，其情可見。』東坡弟兄平日與忠宣論異，至是，人服其公平云。」此段新刻本删去，今依原本補録。

〔二〕鈐轄：《職官分紀》：「都鈐轄，國朝以朝官及諸司使以上充，或一州，或一路，或兩路、三路，亦有無都字稱鈐轄者，在邊防之地，即不别置知州。嘉祐二年，詔内臣爲鈐轄都監者，逐路止置一員。」

〔三〕雪山：《華陽國志》：「岷山一曰汶焦山，岷嶺之最高者。遇大雪開泮，望見成都。」《元和郡縣志》：「（岷）〔汶〕山即（汶）〔岷〕山也。山嶺停雪，常深百丈。夏日融泮，江川爲之洪溢。即隴之南道也。」《圖經》云：雪山在維州保寧縣西南連乳州白苟嶺。《九域志》：山有九峰，上有積雪，（冬）〔春〕夏不消。」

附黄魯直二首：

玉鈐金印臨參井，控蜀通秦四十州。日下書來望鴻雁，江頭花發醉貔貅。巴滇有馬駒空老，林箐無人葉自秋。能爲將軍歌此曲，嗚機割錦與纏頭。

捧日高宣事，東京四姓侯。軍中聞俎豆，廟算勝兜鍪。燒燭海棠夜，香衣藥市秋。君平識行李，河漢接天流。

附子由作：

揚雄老病久思歸，家在成都更向西。邂逅王孫馳驛騎，丁寧父老問耕犂。禪房何處不行樂，壁像君家有舊題。德厚不妨三世將，時平空自萬夫齊。

次韻送程六表弟

君家兄弟真連璧，門十朱輪家萬石。竹使猶分刺史符，上方行賜尚書舄。前年持節發倉廩，到處賣刀收繭栗。歸來閉口不論功，却走渡江誰復惜。君才不用如澗松，我老得全猶社櫟。青衫莫厭百僚底，白首上有千薪積。憶昔江湖一釣舟，無數雲山供點筆。未應便障西風扇，只恐先移北山檄。憑君寄謝江南叟，念我空見長安日。浮江泝蜀有成言，江水在此吾不食。

慎按：先生集中有《送表弟程六知楚州》詩，此首即次前韻。

虚飄飄

虚飄飄，畫簷蛛結網，銀漢鵲成橋。塵漬雨桐葉，霜飛風柳條。露凝殘點見紅日，星曳餘光横碧霄。虚飄飄，比浮名利猶堅牢。

慎按：此詩施氏原本不載，新刻本《虚飄飄》三首皆入《遺詩》卷中，以《淮海集》考之，此題唱自黄山谷。「花飛不到地」一首，山谷原唱也。「風寒吹絮浪」一首，少游次韻作也。惟「畫檐蛛結網」一首，爲東坡次韻詩。又按，周紫芝《太倉稊米集》和此題詩序云：「元祐間，山谷作《虚飄飄》，蓋樂府之餘。當時諸公皆有和篇。」云云。今據此改正，而以黄、秦二章附録於後。

附黄魯直原作：

虚飄飄，花飛不到地，虹起漫成橋。入夢雲千疊，游空絲萬條。蜃樓百尺橫滄海，雁字一行書絳霄。虚飄飄，比人身世猶堅牢。

附秦少游次韻：

虚飄飄，風寒吹絮浪，春水暖冰橋。《淮海集》作「春暖履冰橋」。勢緩霙垂綫《式古堂書畫考》作「霜垂線」，聲乾葉下條。雨中漚點隨流水，風裏彩雲橫碧霄。虚飄飄，比時富貴猶堅牢

題李伯時淵明東籬圖一本無「淵明」二字。

彼哉嵇、阮曹，終以明自膏。靖節固昭曠，歸來侶蓬蒿。新霜著疎柳，大風起江濤。東籬理黄菊，意不在芳醪。白衣挈壺至，徑醉還遊遨。悠然見南山，意與秋氣高。

慎按：此詩施氏原本不載，新刻本載《續補》上卷，今據《外集》移編。

次韻黄魯直書伯時畫王摩詰

前身陶彭澤，後身韋蘇州。欲覓王右丞，還向五字求。詩人與畫手，蘭菊芳一作「方」春秋。

又恐兩皆是，分身來入流〔二〕。

〔二〕入流：《金剛經》注：「須陀洹，此翻入流。得果證者約入流而説，即入八聖道之流也。」

慎按：此詩施氏原本不載，今從新刻本《續補》上卷附編於此。又按，《山谷集》失去題畫原作，無從采録。

和王晉卿題伯時畫馬

督郵有良馬，不爲君所奇。顧收紙上影，駿骨何由歸。一朝見縶策，蟻封驚肉飛。豈惟馬不遇，人已半生癡。

慎按：周密《雲烟過眼録》：「王子慶家藏伯時天馬圖，生意飛動，有王、蘇二公和詩在後。」惜不載晉卿詩。

送錢穆父出守越州二首〔一〕

其一

簿書常苦百憂集，尊酒今應一笑開。京兆從教思廣漢，會稽聊喜得方回。

〔一〕錢穆父守越：《東都事略·錢勰傳》：「元祐初，權知開封，坐繫囚別所遷就囹空，出知越州。」施宿《會稽志》，錢勰以元祐三年十一月知越州，與施注小異。蓋九月得旨，十一月到官也。

其　二

若耶溪水〔一〕雲門寺〔二〕，賀監荷花空自開。我恨今猶在泥滓，勸君莫棹酒船回。

〔一〕若耶溪：《太平寰宇記》：「若耶溪在會稽縣東南二十八里，歐冶子鑄劍〈處〉〔之所〕。《越絶書》云：『若耶之溪涸而出銅。』唐徐浩改名爲五雲溪。」

〔二〕雲門寺：施宿《會稽志》：「雲門寺，晉中書令王子敬所居，義熙三年，有五色祥雲見，安帝詔建雲門寺。宋咸淳五年，改名淳化寺。在會稽南三十里。唐時雲門止有此寺，今分爲四，雍熙者，懺堂也；顯聖者，經院也；壽聖者，老宿所棲菴也。」

附黄魯直次韻二首：

渺然今日望人才，每見紫芝眉宇開。又觸惠文江海去，快帆誰與挽令回。

謫官猶得住蓬萊，抱犢人稀書卷開。張敞嫵眉應急召，董宣强項莫低回。

戲書李伯時畫御馬好頭赤〔一〕

山西戰馬飢無肉，夜嚼長稭如嚼竹。蹄間三丈是徐行，不信天山有坑谷。豈如廐馬好頭赤，立仗歸來卧斜日〔二〕。莫教優孟卜葬地，厚衣薪櫝入銅歷。

〔一〕好頭赤：周密《雲烟過眼録》：「李伯時《天馬跋》：『右一匹，元祐二年十二月二十三日，於左天駟監揀中秦馬好頭赤，九歲，四尺五寸。』」

〔二〕立仗：《〔新〕唐書·顔真卿傳》：「太宗置立仗馬二，有急奏，須乘者聽。」

附子由次韻：

沿邊壯士生食肉，小來騎馬不騎竹。翩然赤手挑青絲，捷下顛崖試深谷。牽入故關榆葉赤，未慣中原暖風日。黄金絡頭依圉人，俛聽北風懷所歷。

附黄魯直次韻：

李侯畫骨不畫肉，筆下馬生如破竹。秦駒雖入天仗圖，猶恐真龍在空谷。精神權奇汗溝赤，自有赤烏能逐日。安得身爲漢都護，三十六城看歷歷。

附晁无咎次韻：

崑崙龍種非凡肉一作「骨」，不但蹄高耳批竹。區區吴蜀有二駿，跳過斷橋飛出谷。萬蹄縱牧原野赤，汧隴收駒日復日。未須天廄驚好頭，冀北未空聊一歷。

附張文潛次韻：

世無將軍飛食肉，宛馬不來鞭黄竹。赤驁當御亦偶然，冀北此曹量計谷。慚愧蒲梢汗流赤，翻鬣胡風嘶漢日。麒麟不合地上行，誰道風雲未經歷。

送程七〔一〕表弟知泗州〔二〕

江湖不在眼，塵土坐滿顔。繫舟清洛尾，初見淮南山。淮山相媚好，曉鏡開烟鬟。持此娱使君，一笑簿領閒。使君如天馬，朝燕暮荆蠻。時無王良手，空老十二閑。聊當出毫末，化服狡與頑。勿謂無人知，古佛臨清一作「濤」灣〔三〕。赤子視萬類，流萍閲人寰。但使可此一作「此可」人，餘事真茅菅。

〔一〕程七：施氏原注多殘缺，據其可辨者，云：「程七表弟名之邵，字懿叔。以父廕爲（某官）〔新繁主簿〕。（兄正輔得罪）亦罷，起知祥符縣，守泗州，漕夔路，一再總管秦、蜀茶馬，爲熙河路轉運使，餉童貫熙岷之師，擢顯謨閣待制，卒年六十六，贈龍圖閣直學士。子唐，仕至寶文閣學士。先生守錢塘時，又和此詩韻。送赴夔州、運判二詩，並刻石成都府治。」此段新刻本删去，今補録。

〔二〕泗州：歐陽忞《輿地廣記》：「淮南東路泗州，秦泗水郡，漢屬臨淮，晉置角城鎮，在淮、泗之會。後魏置盱眙郡。宋徙泗州治於此。」

〔三〕古佛：注詳前「僧伽塔」下。

附子由作：《欒城集》題云「表弟程之邵奉議知泗州」。

馬有千里足，所願百里程。馬心自爲計，安用終日行。何人志四方，欲買千金輕。吾弟有俊才，見事心眼明。一年坐比部，萬口傳佳聲。談笑頑狡伏，何曾用敲榜。艱難得銅虎，洗眼長淮清。民事不足爲，但當食魚烹。重負貴餘力，過飽多傷生。不見大路馬，垂頭畏縶纓。

送曹輔〔一〕赴閩漕〔二〕

曹子本儒俠，筆勢翻濤瀾。往來戎馬間，邊風裂儒冠。詩成橫槊裏，楯墨何曾乾。一旦事遠遊，紅塵隔嚴一作「巖」，訛灘。平生羊炙口，並海搜鹽酸。一從荔支食〔三〕一作「飲」，豈念苜蓿槃。我亦江海人，市朝非所安。常恐青霞志，坐隨白髮闌。淵明賦歸去，談笑便解官。我今何爲者，索身良獨難。憑君問清淮，秋水今幾竿。我舟何時發，霜露日已寒。

〔一〕曹輔：施氏原注：「曹輔，字子方，海陵人。元祐三年九月，自太僕丞爲福建轉運判官。東坡繼出守錢塘，同過吳興，作《後六客詞》，子方其一也。子方以詩寄璽源新茶，當是閩中所寄。子方自閩歸，道錢塘，有《真覺瑞香花》、《雪中同游西湖》二詩。元豐七年間，爲鄜延路經略司勾當公事，故詩云：往來戎馬間，邊風裂儒冠。詩成橫槊裏，楯墨何曾乾。後提點廣西刑獄。先生在惠州，數有往來書帖。元祐黨禍一作錮，諸賢多在巡内，子方不狥時好，周恤備至，士論與之。紹聖中，移守衢州。」此段新刻本删削不全，今依舊本補録。

〔二〕閩漕：《苕溪叢話》：「北苑茶始於太宗朝，其後大小龍團又起於丁謂，而成於蔡君謨。名爲漕閩，實董茶事。」

〔三〕荔支食：蔡襄《荔支譜》：「閩中惟四郡有之，福州（極）〔最〕多，而興化軍（尤）〔最〕爲奇特，漳、泉時亦知名。食之，有益於人。《列仙傳》稱有食其花實，爲荔支僊人。」

附黄魯直作：《山谷集》題云「送曹子方福建路運判兼簡運使張仲謀」。

曹侯黄鬚便弓馬，從軍賦詩横槊間。阿瞞文武如虎兕，遠孫風氣猶斑斑。昨解弓刀丞太僕，坐看收駒十二閑。遠方不異輦轂下，詔遣中使哀恫瘝一作「痌鰥」。吾聞斯民病鹽筴，天有雨露東南乾。謝君論河秉《禹貢》，詰難蜂起安知山？老郎不作患失計，凛然宜著侍臣冠。願君不落謝公後，江湖以南尚少寛。百城閲人如閲馬，覂駕亦要知才難。鹽車之下有絶足，敗群勿縱爲民殘。官焙薦璧天解顔，淪湯試春聊加湌。子魚通印蠔破山，不但蕉黄荔子丹。道逢使者漢郎官，清溪弭節問平安。天子命我參卿事，奮髯相對亦可歡。迴波一醉嘲栲栳，山一作「小」驛官梅破早寒。

次韻王郎子立風雨一本有「敗書屋」三字有感

百年一俯仰，寒暑相主客。稍增裘褐氣，已覺團扇厄。不煩一作「須」計榮辱，此裘彼有獲。我琴終不敗，無攫亦一作「故」無醳。後生不自牧，呻吟空挾策。揠苗不待長，賣菜苦求益。此郎獨静退，門外無行迹。但恐陶淵明，每爲飢所迫。凄風弄衣結，小雪穿門席。願君付一笑，造物亦戲劇。朝來賦雲夢，筆落風雨疾。爲君裁春衫，高會開桂籍。

附黄魯直次韻：

婦翁不可撾，王郎非嬌客。十年爲從學，苦淡共堙厄。燕雀嗤鴻漸，犬羊睨麟獲。遇逢涇渭分，睡夢春冰釋。平生五車書，才吐二三策。已作謗熏天，金珠果何益。君窮一窗下，風雨更削迹。詩工知學進，詞苦見意迫。俗情傲秦贅，婦舍不煖席。南冶從東家，不聞被嘲劇。師儒並世難，日月過箭疾。公今未有田，把筆耕六籍。

次韻黄魯直嘲小德小德魯直子其母微故其詩云解著潛夫論不妨無外家

進饌客争起，小兒那可涯。莫欺東方星，三五自横斜。名駒已汗血，老蚌空泥沙。但使伯仁長，還興絡秀家。

附黄魯直原作：

中年舉兒子，漫種老生涯。學語春蟲聒，塗窗秋雁斜。欲嗔王母惜，稍慰女兄誇。一本作「待渠能小艇，伴我釣烟沙」。解著潛夫論，不妨無外家。

慎按：《陳後山集》亦有《贈黄氏子小德》七古一首，誤入坡集，題云「贈山谷子」，今别載《他集互見》卷中，不重録。

書黄庭内景經尾并引

余既書《黄庭内景經》，以贈葆光道師。而龍眠居士復爲作經相其前，而畫余二人像其後，筆勢雋妙，遂爲希世之寶。嗟歎不足，故復贊之。曰：

太上虛皇出靈篇〔一〕，黄庭真人舞胎僊〔二〕。髯耆兩卿相後先石刻作「前」，丱妙夾持清且妍。十有二當作「三」神服鋭堅〔三〕，巍巍堂堂人中天。問石刻作「今」我何修果此緣，是心朝空夕了然，恐非其人世莫傳。殿以二十蒼鵠騫〔四〕，南隨道師歷山淵。山人迎笑喜我還，問誰遣化老龍眠。

〔一〕虛皇靈篇：《黄庭内景經》：「上清紫霞虛皇前。」務成子《黄庭内景經叙》云：「一名《太上琴心文》，一名《東華玉篇》。」注云：「此經以虛無爲主，故以黄庭標之。」

〔二〕舞胎僊：《黄庭内景經》：「琴心三疊舞胎僊。」注云：「胎僊，即胎靈。大神以其心和則神悦，故舞胎僊也。」

〔三〕十二神：務成子《内景經注》云：「景者，神也。其經有十三神，皆身中之内景，謂髮神、腦神、眼神、鼻神、耳神、舌神、齒神、心神、肺神、肝神、腎神、脾神、膽神也。」詩中「十二」，當作「十三」。

〔四〕二十：石刻先生自題云：「初李伯時畫予，且自畫其像，故云『殿以二十』。」

慎按：此詩施氏、王氏本俱失載。考《欒城集》，有《次韻子瞻書黄庭内景經卷後贈蹇道士拱辰》一首，編在《送葆光蹇師遊廬山》之前，今從《全集》采出，編此。

附子由次韻：

君誦黄庭内外篇，本欲洗心不求僊。夜眎片月墮我前，黑氣剥盡朝日妍。一暑一寒久自堅，體中風行上通天。亭亭孤立孰傍緣，至哉道師昔云然。既已得之戒不傳，知我此心未虧騫。指我嬰兒藏谷淵，言未絶口行已旋，我思其言夜不眠。

附黄魯直次韻：山谷自題詩後云：此詩此畫，百世至寶也。故復作《十三語申戒葆光道師》。

琅函絳簡蕊珠篇，寸田尺宅可蘄僊。高真接手玉宸前，女丁來謁粲亦妍。金鑰閉欲形完堅，萬物蕩盡正秋天。使形如是何塵緣，蘇李筆墨妙自然。萬靈拱手書已傳，傳非其人恐飛騫。當付驪龍藏九淵，蹇侯奉告請周旋，緯蕭探手我不眠。

送蹇道士歸廬山〔一〕

物之有知蓋恃息，孰居無事使出入？心無天游室不空，六鑿相攘婦争席。法師逃人入廬山，山中無人自往還。往者一空還者失，此身正在無還間。綿綿不絶微風裏，内外丹成一彈指〔二〕。人間俛仰三千秋，騎鶴歸來與子游。

〔一〕蹇道士：名拱辰，字翊之。張天覺《無盡集·送羽士蹇拱辰往廬山序》略云：「成都道士蹇翊之來言於余曰：『吾鄉羽衣之族，娶（婦）〔妻〕生子，與俗無異。拱辰因觀神僊傳記，翻然覺悟，房闥之戀莫如婦，血肉之思莫如女。拱辰於是悉囊中所有與之，給以他事，出遊百里，遂泛涪江，下濮水，將（浮）〔泛〕九江，入廬山，結茅於錦繡之谷，長嘯乎香爐之頂。竊聞先生窮心跡之歸，駕鐵牛之機，故不遠千里而來見也。』余曰：『壯哉，子之志乎！難行而行，難棄而棄，吾弗及子矣。』」

〔二〕內外丹：《悟真篇》：「內藥還（須）〔同〕外藥，內通外亦須通。」又有《內丹注》、《外丹注》。外藥者，金丹也。內藥者，金液還丹也。

附子由作：《欒城集》題「送葆光蹇師遊廬山」。

建成市中有狂人，縱酒罵坐無與親。敲門訪我何逡巡，頭蓬面垢氣甚真。截河引水登崑崙，下洗尺宅骨髓勻。告我入室要自門，僊翁道師豈遺君。歸來插足九陌塵，獨游凝祥芳草春。蕭然孤鶴鳴雞群，子欲不死存谷神。海山微明朝日暾，丹成寄子勿妄云。出入無朕窮無垠，相思一笑君乃信。

次韻黃魯直戲贈

昨夜試微涼，汗衾初退紅。我願隨秋風，隨身入房櫳。君王不好事，只作好驚鴻。細看卷蠆尾，我家真栗蓬。

慎按：此詩施氏原本不載，新刻本載《續補》上卷，今編録於此。

附黄魯直原作三首：《山谷集》題云「情人怨戲效徐庾漫體」。

秋水無言度，荷花稱意紅。主人敬愛客，催喚出房櫳。一斛明珠曲，何時落塞鴻。試煩春笋手，聊爲剥蓮蓬。

障羞羅袂薄，承汗領巾紅。晚風斜蕈髪，逸艷照窗櫳。胡琴抱明月，竇瑟陣歸鴻。倚壁生蛛網，年光如轉蓬。

翡翠釵梁碧，石榴裙褶紅。隙光斜斗帳，香字冷熏櫳。聞道西飛燕，將隨北固鴻。鴛鴦會獨宿，風雨打船蓬。

書林次中〔一〕所得李伯時歸去來陽關二圖後〔二〕

其一

不見何戡唱《渭城》，舊人空數米嘉榮。龍眠獨識殷勤處，畫出《陽關》意外聲〔三〕。

〔一〕林次中：名旦，時爲右丞郎中。伯時號龍眠居士。

〔二〕陽關圖：張芸叟《畫墁集》云：「京兆安汾叟赴辟臨洮幕府，南舒李伯時自畫《陽關圖》并詩以送行，浮休居士爲繼其後。」云云。《復齋漫録》云：「王摩詰《送元二》絶句，李伯時取以爲畫，謂之《陽關圖》，余嘗以爲失。按，《漢書》陽關去長安〔五〕〔二〕千五百里。唐人送客，西去都門三十里，特是渭城耳。今有渭城館在焉。據其所畫，謂之《渭城圖》，可也。」《志雅堂雜抄》云：伯時《陽關圖》，備盡離別悲泣之態。在薛元彭家，後有題詩及書王右丞一詩，及「河東三鳳後人」印。鄧公壽《畫繼》所載，伯時畫有《歸去來》、《陽關》、《琴鶴息寂》、《嚴陵釣灘》諸圖。

〔三〕陽關意外聲：慎按，劉禹錫《贈米嘉榮》詩：「唱得涼州意外聲。」本是「涼州」，非「陽關」也。東坡借用其語，自作「陽關」，彼此原不相妨。施氏、王氏注因先生云云，遂改「涼州」爲「陽關」，以遷就本文，特爲摘出，駁正。

其二

兩本新圖寶墨香，尊前獨唱《小秦王》〔二〕。爲君翻作《歸來引》，不學《陽關》空斷腸。

〔二〕小秦王：《苕溪〔漁隱〕叢話》：「唐初歌詞，多是五言或七言，初無長短句。及〔今時〕〔本朝〕則盡作此體，所存者止《瑞鷓鴣》、《小秦王》二〔曲〕〔闋〕是七言詩。《瑞鷓鴣》猶依字易歌，若《小秦王》，必須雜以虛聲，乃可歌也。」○慎按，《小秦王》，一名《古陽關》。

附李伯時原作一首：此詩從《聲畫集》采出，原題云「小詩并畫卷奉送汾叟同年機宜奉議赴熙河幕府」。

畫出離筵已愴神，那堪真別渭城春。渭城柳色休相惱，西出陽關有故人。

附張芸叟《陽關圖歌》：此詩從《聲畫集》采出，原題云「京兆安汾叟赴臨洮幕府南舒李君自畫陽關圖并詩以送行浮休居士爲繼其後」。

古人送人贈以言，李君送人兼以畫。自寫陽關萬里情，奉送安西從辟者。澄心古紙白如銀，筆墨輕清意瀟灑。短亭離筵列歌舞，亭下喧喧簇車馬。溪邊一叟静垂綸，橋畔俄逢兩負薪。掣臂蒼鷹隨獵犬，聳耳鉅一作「駏」驢扶隻輪。長安陌上多豪俠，正值春風二三月。分明朝雨浥輕塵，客舍青青柳色新。主人舉杯苦勸客，道是西征無故人。殷勤一曲歌未闋，歌者背面沾羅巾。酒闌童僕各辭親，結束韜縢意氣振。稚子牽衣老人哭，道上行客皆酸辛。惟有溪邊釣魚叟，寂寂投竿如不聞。李君此畫何容易，畫出魚樵有深意。爲道人間離别人，若個不因名與利。紅蓮幕府儘奇才，家盡南山紫翠堆。烜赫朱門當巷陌，潺湲流水遶亭臺。當軒怪石人稀見，夾道長松手自栽。静鎖園林鶯對語，密穿堂户燕驚回。試問主人在何所？近向安西幕府開。歌舞教成頭已白，功名未立老相催。西山東國不我與，造父王良安在哉？已卜買田箕嶺下，更看築室潁河隈。凴君傳語王摩詰，畫幅《陶潛歸去來》。

附子由二首：

百年摩詰陽關語，三疊嘉榮意外聲。誰遣伯時開縞素，蕭條邊思望中生。

西出陽關萬里行，彎弓走馬自忘生。不堪未别一杯酒，長聽佳人泣渭城。

附黄魯直四首：

斷腸聲裏無形影，畫出無聲亦斷腸。想得陽關更西路，北風低草見牛羊。

人事好乖當語誰，龍眠貌出斷腸詩。渭城柳色關何事？自是離人作許悲。以上二首題《陽關圖》。

日日言歸真得歸，迎門兒女笑牽衣。宅邊猶有舊時柳，漫向老人言是非。

人間處處猶崔子，豈忍更令三徑荒。誰與老翁同避世，桃花源裏捕魚郎。以上二首題《歸去來圖》。

附（李端叔）〔蘇子容〕二首：

渭城凄咽不堪聽，曾送征人萬里行。今日玉門長不閉，誰將舊曲變新聲。

三尺冰紈一絶詩，翩翩車馬送行時。尊前懷古閒開卷，見畫關山遠别離。

次韻黄諸刻作「董」訛夷仲〔一〕茶磨〔二〕

前人初用茗飲時，煮之無問葉與骨。寖窮厥味臼始用〔三〕，復計其初碾方出〔四〕。計盡功極至於磨，信哉智者能創物。破槽折杵向牆角，亦其遭遇有伸屈。歲久講求知處所，佳者出自衡山窟。巴蜀石工强鐫鑿，理疎性軟良可咄。予家江陵疑當作「陽」遠莫致，塵土何人爲披拂。

〔一〕黄夷仲：慎按，黄廉，字夷仲，山谷之叔。《山谷集》中有《叔父夷仲行狀》。元祐元年，按察成都等路茶事。二年，權發遣都大茶馬。任淵《山谷年譜》注云：「夷仲，元祐初爲都大提舉成都府路（推官）〔榷茶〕。三年正月，除右司郎中。」以時考之，正與東坡同朝。《外集》載此詩，題中作「黄夷仲」，諸刻本俱訛作「董」，今改正。

〔二〕茶磨：《茶具十二圖》：茶磨，名石轉運，出衡山者佳。

〔三〕杵臼：《茶經》：「杵臼，一曰碓，惟恒用者佳。」

〔四〕碾：《茶經》：「碾以橘木爲之，次以（栗）〔梨〕、桑、桐、柘爲之。内圓而外方，長九寸，闊一寸七分。」

慎按：此詩施氏原本不載，新刻本載《續補》上卷，今移編於此。

卧病逾月請郡不許復直玉堂〔一〕十一月一日鎖院是日苦寒詔賜官燭法酒書呈同院〔二〕

微霰疎疎點玉堂，詞頭夜下攬衣忙〔三〕。分光玉燭星辰爛，拜賜宫壺雨露香。醉眼有花書字大，老人無睡漏聲長。何時却遂別本作「逐」桑榆暖，社酒寒燈樂未央。

〔一〕直玉堂：《夢溪筆談》：「學士院玉堂，太宗曾親幸，至今惟學士上日許正坐，（餘）〔他〕日皆不敢獨坐。」《東京夢華録》云：「宋内諸司皆在禁中。」〔《汴京遺跡志》卷三：〕「學士院（爲第一），深嚴宥密，又謂之北扉。」《文獻通考》：「開寶二年，以李昉、盧多遜並直學士院，直院之名始此。」蘇易簡《續翰林志》：「晉天福中，詔舍人晝直者當中書，夜直者當内制。」

〔二〕鎖院：《文獻通考》：「天聖元年，詔學士遇隻日出宿。故事，以雙日鎖院，隻日降麻也。」周必大《玉堂雜記》：「禁中以鎖院爲重。或親被旨，或受熟狀，本院即關閤門。某日有鎖院事，（明日）文臣職事官〔明日〕赴文德殿聽麻，參知政事一員押麻。」

〔三〕詞頭：程大昌《演繁露》：「舊制，凡有除授格當命詞者，皆即日命詞，詞出（須）〔便〕給告。故唐制五禁，稽緩居其一。」《容齋三筆》：「中書舍人所承詞頭，自唐至本朝，皆只就省中起草付吏。迨於告命之成，未嘗越日。故其職爲難，必欲速成故也。」《夢溪筆談》：「故事，堂中設視草臺，每草制，則具衣冠，據臺而坐。」周必大《玉堂雜記》：「内制名色不一，㬥直者或未詳其體式，故凡詞頭之下者，院吏必以片紙録舊作於前。陶穀所謂『一生依本畫葫蘆』，殆謂是歟？」

慎按：《邵氏聞見録》云：「元祐中，除吕公著司空平章事，吕大防左僕射，范純仁右僕射。上御閶殿，見學士蘇軾曰：『公著以病求去，不欲煩以事，故以三公留之。』是夕鎖院，苦寒，詔賜宫燭、法酒。軾一夕草三制，俱畢，且飲酒賦詩。次日，以詩呈同（事）〔院〕，人皆服其精敏。」即此事也。

附（李端叔）〔蘇子容〕次韻：

暮召從容赴玉堂，歸來院吏寫宣忙。郢醪獨賜尊常滿，龍燭初然泪有香。起草才多封卷速，把麻人衆引聲長。百官班裏聽恩制，争誦雄文出未央。

附子由次韻：

銅鐶玉鎖閉空堂，腕脱初驚筆札忙。紅燭曉憐風雪暗，黄封微瀉桂椒香。光明坐覺幽陰破，温煖深知覆育長。明日白麻傳好語，曼聲聽遶殿中央。

送周朝議〔一〕守漢州〔二〕

茶爲西南病〔三〕，岷俗記二李。公自注：謂杞與稷也。何人折其鋒〔四〕，矯矯六君子〔五〕公自注：謂思道與姪正孺、張永徽、吴醇翁、吕元鈞、宋文輔也。君家尤出力，流落初坐此。謂當收桑榆，華髮看劍履。胡爲犯雨一作「風」雪，歲晚行未已。念歸誠得計，顧自爲謀耳。吾聞江漢一作「海」間，瘡痏有未起。莫輕龔遂老，君王付尺箠。召還當有詔，挽袖謝隣里。猶堪作水衡，供張園林美。

〔一〕周朝議：名表臣，字思道。《職官分紀》：寄禄文散官有朝議大夫。

〔二〕漢州：《九域志》：「成都府路漢州德陽郡，軍事，治雒縣。」《太平寰宇記》：「漢州屬劍南西道，漢廣漢郡，唐垂拱(二)〔三〕年，分益州，立漢州。《蜀記》云：益州謂之三蜀，廣漢其一也。」

〔三〕茶爲西南病：施氏原注殘脱不全，新本删改尤多缺略，今不復補録。按，《欒城集》子由《論蜀茶本末》云：「孟氏據蜀，始榷茶。及藝祖平蜀，遂無禁。淳化間，因民間販買，量行收(租)〔税〕。近歲李杞初立茶法，禁民間私買，然所收之息，止四十萬貫。至劉佐、蒲宗閔提舉茶事，取息太重，遠人尤病。時吕陶奏乞改，行長引，令民自販茶，每一貫出錢一百，民間方有息肩。(又)却差孫迥、李稷入川相度，始議茶價隨時增減，取息依舊，由是息錢、長引二(説)〔税〕並行。稷等又益以販鹽布，增額可及六十萬。及引陸師閔(等)共事，又增額至一百萬貫。師閔又乞於額外，以百萬貫爲獻。於成都府路置都茶場，客無現錢買茶，許以金銀折博。拘攔民間物貨入場，賤買貴賣，其害過於市易。茶法至今凡四變，每變取利益深。」

〔四〕折其鋒：《後漢〔書〕・桓帝紀贊》：「屢折奸鋒。」

〔五〕六君子：洪《容齋三筆》：「蜀道諸司，惟茶馬一臺最爲富盛。茶之課利多(少)〔寡〕與民間(利)〔疚〕病，他邦無由(而)〔可〕知。予記東坡《送周朝議》詩注六君子，謂『思道與姪正孺、張永徽、吳醇翁、吕元鈞、宋文輔也。』初，熙寧七年，遣三司幹當公事李杞經畫(蜀)〔買〕茶，以蒲宗閔領其事。茶園不殖五穀，惟宜種茶，賦税一例折輸，錢三百折絹一匹，三百二十折紬一疋，十錢折綿一兩，二錢折草一圍，税額總三十萬。杞創建官場，歲增息爲四十萬。杞以疾去，都官郎中劉佐體量多其條畫，於是蒲宗閔乃議民茶息收十之三，盡賣於官場。蜀茶盡榷，民始病矣。知彭州吕陶言：『天下茶法既通，蜀獨禁榷，且盡榷民茶，隨買隨賣，今日買十千，明日即作十三千賣之。比至歲終，不可勝算，豈止三分而已。』佐坐罷去，以李稷代之。陶亦得罪。侍御史周尹復極論榷茶爲害(有知彭州吕陶、知蜀州吴師孟等奏，可以參驗)。時利路漕臣張宗諤、張升卿復建議廢茶場司，依舊通商。稷劾其疎繆，皆坐貶秩。茶場司行札子，督綿州彰明知縣宋大章繳奏，以爲非所當用。稷又詆其賣直釣奇，坐衝替。一歲之間，通課利及息耗至七十六萬緡有奇。凡上所書，皆見國史。坡公所稱思道乃周尹，永徽乃二張之一，元鈞乃吕陶，文輔乃九一作「大」章也。正孺、醇翁之事不著。」云云。○慎按，六君子：吕陶，《東都事略》有傳。再考周思道，名表臣；周正孺，名尹；張永徽，名宗諤；吴醇翁，即知蜀州之吴師孟；宋文輔，即彰明知縣宋大章。容齋訛以周尹爲思道，又不詳考吴師孟知蜀州時所奏，遂謂正孺、醇翁之事不著。今就東坡本集《雜記》，合之施氏原注，六人中惟思道事跡無可考。觀二蘇公詩，思道蓋曾任茶官，因事罷去者。

附子由三絶句：《欒城集》題「送周思道朝議歸守漢州」。

早緣民事失茶官，解印重來十二年。美惡一周還自復，始知東里解言天。

梓漢東南甲乙州，同時父子兩諸侯。自注：正孺時出守梓州。他年我作西歸計，兄弟還能得此不。

酒壓郫筒憶舊酤，花傳邱老出新圖。自注：漢州官酒，蜀中推第一。趙昌畫花，模倣丘文播，亦四川所無也。此行真勝成都尹，直爲房公百頃湖。

木　山〔一〕并引

吾先君子嘗蓄木山三峰，且爲之記與詩。詩人梅二丈聖俞，見而賦之。今三十年矣，而猶子千乘，又得五峰，益奇。因次聖俞韻，使并刻之其側。

木生不願回萬牛，願終天年仆沙洲。時來幸逢河伯秋，掀然見怪推不流。蓬婆雪嶺巧彫鎪，蟄蟲行蟻爲豪酋。阿咸大膽忽持去，河伯好事不汝尤。城中古沼浸坤軸，一林瘦竹吾菟裘。二頃良田不難買，三年檻木行可樵。會將白髮對蒼巘，魯人不厭東家邱。

〔一〕木山：老蘇公有《木假山記》。

附梅聖俞原作：

空山枯楠大蔽牛，霹靂夜落魚鳧洲。魚鳧水射幾千秋，蠹肌爛髓沙蕩流。惟存堅骨蛟龍鎪，形侔三山中雄酋。左右兩峰相挾翼，尊奉君長無慢尤。蘇夫子見之驚且喜，買於谿叟憑貂裘。因嗟大不爲梁棟，又嗟賤一作「殘」不爲薪槱。雨侵蘚澀得石瘦，宜與夫子歸隱邱。

附子由次韻：

江槎出没浮犀牛，波濤掀天谷爲洲。江寒水落鷩霜秋，危根瘦節鳴寒流。脆朽吹去誰雕鎪，連峰列嶂立酋酋。吾家此山不易得，十年棄置空自尤。猿號鶴唳豈無意，委蛇怪我懷羔裘。西歸父老拍手笑，笑憶翁子躬薪槱。去時三山今有五，不問故園惟一邱。

送千乘千能兩姪還鄉

治生不求富，讀書不求官。譬如飲不醉，陶然有餘歡。君看龐德公一作「翁」，白首終泥蟠〔一〕。豈無子孫念，顧獨貽以安。鹿門上冢回，牀下拜龍鸞。躬耕竟不起，耆舊節獨完。念汝少多難，冰雪落綺紈。五子如一人〔二〕，奉養真色難。烹雞獨饋母，自饗苜蓿槃。口腹雖累人，寧我食無肝。西來四千里，敝袍不言寒。秀眉似我一作「我似」者，訛兄，亦復心閒寬。忽然舍我去，歲晚留餘酸。我豈軒冕人，青雲意先闌。汝歸蒔松菊，環以青琅玕。榿陰三年成〔三〕，可以挂我一作「吾」冠。清江入城郭，小圃生微瀾。相從結茅舍，曝背談金鑾。

〔一〕泥蟠：《揚子》：「龍蟠於泥，蚖其肆矣。」

〔二〕五子：《欒城集·伯父墓表》云：「公諱渙，字公群。子三人，不欺、不疑、不危。孫男十二人，千乘、千運、千之、千能、千里、千秋、千經、千傑、千鈞、千尋、千億、時暉。」本集《提刑公墓表》云：不欺，官太子中舍；不疑，承議郎、通判嘉州；不危，家居不仕。所載千之兄弟十二人，未嘗指某某爲不欺之子。王氏注云：「『五子』即千乘、千之、千能、千秋、千鈞。『我兄』即太子中舍不欺。」豈別有所據耶？俟再考。

〔三〕榿：本集《題少陵詩後》云：蜀中多榿木。讀如欹仄之「欹」，散材也，樹中薪耳。然易長，三年乃拱。

慎按：山谷跋此詩後云：「觀東坡二丈詩，想見風骨巉巖，而接人仁氣粹温也。觀黄門詩，頎然峻整，獨立不倚，在人眼前。元祐中，每同朝班，予嘗目爲成都兩石筍也。」

附子由次韻：

少年食糠覈，吐去願一官。躬耕遇歛穫，不知以爲歡。謂言一飛翻，要勝終屈蟠。朝廷未遑入，江海失所安。多憂變華髮，照影慚雙鸞。恩從萬里歸，獨喜大節完。日食太倉米，篋中有餘紈。奇窮不當爾，自信處此難。長女聞孀居，將食泪滴槃。老妻飽憂患，悲吒摧心肝。西飛問黄鵠，誰當救饑寒？二子憐我老，肈致心一寬。別久得會合，喜極成辛酸。忽聞倚門望，有書驚歲闌。深情見緩急，欲報飛琅玕。勸爾勤孝友，慎毋慕衣冠。淵渟自成井，放瀉當生瀾。豈有白雪駒，舉足無和鑾。

送周正孺知東川〔一〕

得郡書生榮，還家昔人重。而况東西川〔二〕，千騎許上冢。里門下車入，父老自一作「且」驚聳。端如一作「知」。何武賢，不事長卿寵。清時養材傑，杞梓方培擁。未應遺合抱，取用及把拱。如君尚出麾，顧我宜耕壟。告歸謝先手，求去悔不勇。豈云慕廉退，實自知衰冗。爲君掃棠陰，畫像或相踵。公自注：蜀中太守無不畫像者。

〔一〕周正孺，名尹。注詳前。

〔二〕東西川：歐陽忞《輿地廣記》：「梓州路，梁末置新州，隋改新州爲梓州。唐乾元後，升爲劍南東川節度，宋爲静戎軍。」《太平寰宇記》：唐貞觀中，置劍南道爲西川。貞元中，置東川府於梓州，今潼川州也。《九域志》：「成都府路爲劍南西川，梓州路爲劍南東川，梓潼郡治郪縣。」

附子由絶句三首：《欒城集》題云「送周正孺自考功郎中歸守梓潼兼簡吕元鈞」。

白髮熙寧老諍臣，凛然心膽大如身。吾儕坐看馮唐去，誰起雲中廢棄人？

十年符竹守吾州，故吏相逢嘲土牛。每謂徐公不堪用，諸人自與世沉浮。

東道如聞近稍安，乘驄按部凛生寒。忽逢太守能相下，俱是從來言事官。

題李伯時畫趙景仁琴鶴圖二首〔一〕

其一

清獻先生無一錢〔二〕，故應琴鶴是家傳。誰知默鼓無絃曲，時向珠宫舞幻僊。

〔一〕趙景仁：按，《清獻公墓志》：「二子，長曰屼，終於潛令。次曰蚢，官尚書考功員外郎。」景仁，蚢字也。

〔二〕清獻先生：本集《神道碑》：「公諱抃，字閲道，衢之西安人。景祐元年進士。曾公亮以臺官薦，召爲侍御史，號鐵面御史。後知成都。神宗即位，召知諫院。上謂曰：『聞卿匹馬入蜀，以一琴一鶴自隨，爲政簡易，亦稱是耶？』居三月，擢諫議大夫、參知政事，再知杭。元豐二年，加太子少保，致仕。退居於衢，東南高士多從之遊。卒謚清獻。」

其二

醜石寒松未易親，聊將短曲調長人。乘軒故自非明眼，終日傲傲舞爨薪。

次前韻再送周正孺

東川得望郎〔一〕，坐與西争重。高風傾石室，舊學鄙文冢〔二〕。公自注：劉蜕文塚銘，在梓州。蜀人安使君，所至野不聳。竹馬迎細侯，大錢送劉寵。遥知句溪路〔三〕，老稚相扶擁。看畫古叢祠，百怪朝幽拱。牛頭與兜率〔四〕，雲木蔚堆壟。醉鄉追舊遊，筆陣賈餘勇。聊將詩酒樂，一掃簿書冗。西風吹好句，珠玉本無踵。

〔一〕望郎：孫樵《高郎中墓志》：鴛行望郎，錦川使星。

〔二〕文冢：《名勝志》：「劉蜕文塚在兜率寺内。」○按，蜕，桐廬人，唐懿宗朝爲左拾遺，上書言令狐綯之子不宜爲言官，貶山陽令，寓居潼川。按，蜕《文塚銘》其自序云：「長沙劉蜕復愚爲文，不忍棄其草，聚而封之。」與《名勝志》異。

〔三〕句溪：〔《名勝志》〕：「《方輿勝覽》：『句溪廟即天齊王祠。』〔《通志》〕：『在中江縣治西，祀隋凱州守李直之。』按，直之，字正叟，長安人。（守）〔刺史〕凱州，化行俗美，後乞骸歸，隱銅官山。」

〔四〕牛頭兜率：〔《名勝志》〕：「（元和郡縣志）〔《寰宇記》云〕：『牛頭山在潼川州西南，上有長樂寺，爲一方勝概。』《（方輿）勝覽》〔云〕：『兜率寺在南山，一名長壽寺。』隋開皇時建，林泉糾合，山川表裏。見王勃《本寺碑》。」

書王定國所藏烟江疊嶂圖公自注：王晉卿畫。

江上愁心千疊山〔一〕，浮空積翠如雲烟。山耶雲耶遠莫知，烟空雲散山依然。但見兩崖蒼蒼暗絶谷，中有百道飛來泉。縈林絡石隱復見，下赴谷口爲奔川。川平山開林麓斷，小橋野店依山前。行人稍度喬木外，漁舟一葉江吞天。使君何從得此本，點綴毫末分清妍。不知人間何處有此境，徑欲往買二頃田。君不見武昌樊口幽絶處，東坡先生留五年。春風摇江天漠漠，暮雲卷雨山娟娟。丹楓翻鴉伴水宿，長松落雪驚晝眠。桃花流水在人世，武陵豈必皆神僊。江山清空我塵土，雖有去路尋無緣。還君此畫三嘆息，山中故人應有招我歸來篇。墨蹟後有「元祐三年十二月十五日子瞻書」十三字。

〔一〕江上愁心：唐張説有《江上愁心賦》。

附王晉卿次韻：此詩從《式古堂書畫考》采出。

帝子相從玉斗邊，洞簫忽斷散非烟。平生未省山水窟，一朝身到心茫然。長安日遠那復見，掘地寧知能及泉。幾年漂泊漢江上，東流不舍悲長川。山重水遠景無盡，翠幙金屏開目前。晴雲漠漠曉籠岫，碧嶂溶溶春接天。四時爲我供畫本，巧自增損媸與妍。心匠構盡遠江意，筆鋒耕出西山田。蒼顔華髮何所遺，聊將戲墨忘餘年。將軍色山自金碧，蕭郎翠竹夸嬋娟。風流千載無虎頭，於今妙絶推龍眠。豈圖俗筆挂高咏，從此得名似謫僊。愛詩好畫本天性，輞川先生疑夙緣。會當別寫一匹烟霞境，更應消得玉堂醉筆揮長篇。

王晉卿作煙江疊嶂圖僕賦詩十四韻墨跡有「而」字晉卿和之語特奇麗因復次韻不獨紀其詩畫之美亦爲道其出處契闊之故而終之以不忘在莒之戒亦朋友忠愛之義也按墨跡，此詩末有「閏十二月晦日醉後寫此」十字。

山中舉頭望日邊，長安不見空雲烟。歸來長安望山上，時移事改應潸然。管絃去盡賓客散，惟有馬埒編金泉別本作「錢」者，訛。渥洼故自千里足，要飽風雪輕山川。屈居華屋啗棗脯，十年俛仰龍旗前。却因瘦病出奇骨，鹽車之厄寧非天。風流文采磨不盡，水墨自與詩爭妍。畫山何必按，墨蹟「何必」作「不獨」山中人，田歌自古非知田。鄭虔三絶君有二，筆勢挽回三百年。欲將巖谷亂窈窕，眉峰修嫮誇連娟。人間何有春一夢，此身將老蠶三眠。山中幽絶不可久，要作平地家居僊。能令水石長在眼，非君好我當誰緣。願君終不忘在莒，樂時更賦《囚山篇》。公自注：柳子厚有《囚山賦》。

附王晉卿再次韻：原題云「子瞻再和前篇非惟格韻高絶而語意鄭重相與甚厚因復用韻答謝之」。

憶從南澗北山邊，慣見嶺雲和野烟。山深路僻空弔影，夢驚松竹風蕭然。杖藜芒屩謝塵境，已甘老去棲林泉。春籃采术問康伯，夜竈養丹陪稚川。漁樵每笑坐争席，鷗鷺無機馴我前。一朝忽作長安夢，此生猶欲更問天。歸來未央拜天子，枯荄敢自期春妍。造物潛移真幻影，感時未用驚桑田。醉來却畫山中景，水墨想像追當年。玉堂故人相與厚，意使嫫母齊聯娟。豈知憂患耗心力，讀書懶去但欲眠。屠龍學就本無用，只堪投老依金僊。更得新詩寫珠玉，勸我不作區中緣。佩服忠言非論報，短章重次《木瓜篇》。

慎按：周密《雲烟過眼録》云：「王晉卿《（煙）〔長〕江疊嶂圖》幾二丈，後有與東坡唱和詩各二首，王駙馬押。徐容齋所藏。」張丑《書畫舫》云：此詩真跡，今在太倉王長公家。又，《式古堂書畫考》載晉卿詩二首云云，前一首小行書，後一首中行書，皆絹本，末題「元祐己巳正月初吉晉卿書」，今采附東坡詩後，己巳乃元祐四年，似應編次下卷，今因題類編。

次韻王定國會飲清虛堂

何遜揚州又幾年，官梅詩興故依然。何人可復閒季孟，與子不妨中聖賢〔一〕。卜築君方淮上郡，歸心我已劍南川。此身正似蠶將老，更盡春光一再眠。

〔一〕聖賢：俞德隣《佩韋齋輯聞》：「鄒陽賦云：『清者爲酒，濁者爲醴。清者聖明，濁者愚騃。』故魏人廋語云：『清者聖，濁者賢。』皇甫嵩《醉鄉日月》：『酒以色清味重而飴者爲聖，色濁而味苦者爲賢。』」

慎按：施氏原注：「王定國嘗通守揚州，此詩章首云云，又以何遜喻定國也。是時定國始得揚州，故云『卜築君方淮上郡』。未幾，言者論罷，未嘗到任也。」而任淵注《山谷年譜》云：「東坡有《和王定國會飲清虚堂》，作時定國歸自揚州。」與施注不合，當以任注爲據。

附子由次韻：

枯木無枝不記年，寒灰誰遣强吹然。南遷不折知非妄，未老求閑愈覺賢。屢出詩章新管籥，偶開畫卷小山川。簿書堆委慚君甚，撥去歸來粗了眠。

興龍節侍宴前一日微雪與子由同訪王定國小飲清虚堂定國出數詩皆佳而五言尤奇子由又言昔與孫巨源同過王定國感念存殁悲嘆久之夜歸稍醒各賦一篇明日朝中以示定國也〔一〕

天風淅淅飛玉沙，詔恩歸沐休早衙。遥知清虚堂裏雪，正似薝蔔林中花。出門自笑無所詣，呼酒持勸惟君家。踏冰凌兢戰疲馬，扣門剥啄驚寒鴉。羡君五字入詩律，欲與六出争天葩。頭風已倩檄手愈，背癢却得僊爪爬。銀瓶瀉油浮蝗酒，紫盌鋪粟盤龍茶。幅巾起作鸜鵒舞，疊鼓誰摻漁陽撾。九衢燈火雜夢寐，十年聚散空咨嗟。明朝握手殿門外，共看銀闕暾朝霞。

〔一〕興龍節：《宋史·哲宗本紀》：十二月初七日，帝生日也。避僖祖忌辰，以次日爲興龍節。

附子由作： 原題云「雪中訪王定國感舊」。

昔游都城歲方除，飛雪紛紛落花絮。徑走城東尋故人，馬蹄旋没無尋處。翰林詞人呼巨源，笑談清夜倒清尊。住在城西不能返，醉卧吉祥朝日暾。相逢却説十年事，往事皆非隔生死。惟有飛霙似昔時，許君一醉那須起。蘭亭俛仰迹已陳，黄公酒壚愁殺人。君知散聚翻覆手，莫作吴楚乘朱輪。

王晉卿所藏著色山二首

其一

縹緲營邱水墨僊〔一〕，浮空出没有無間。爾來一變風流盡，誰見將軍著色山〔二〕。

〔一〕營邱：王明清《揮麈録》：「李成，字咸熙，系出長安唐之後裔。避地徙營邱。嗜酒，善奕、琴，妙畫山水。周世宗時，樞密使王朴與之友善，嘗召赴輦下，會朴亡，因放誕酣飲，遨遊搢紳間。

後客家於陳，病酒，卒，年四十九。子覺，仕太宗，歷國子博士。其後以覺贈光禄丞。覺，字仲明，列三朝國史《儒學傳》。覺之子宥，仕至諫議大夫、知制誥，有傳載兩朝史。云：『祖成，五代末以（酒）詩〔酒〕游公卿間，善模寫山水，至得意，殆非筆墨所成。』歐陽公《歸田録》乃云：『李成仕至本朝尚書郎』，誤矣。米元章《畫史》復云贈銀青光禄大夫，又甚誤也。」

〔三〕著色山：《圖繪寶鑑》：「李思訓，唐宗室也。官至左武衛大將軍。畫皆超絶，尤工山水林泉，筆格遒勁，得湍瀨潺湲烟霞縹緲難寫之狀，用金碧輝映，爲　家法。後人所畫著色山，往往多宗之，然至妙處，不可到也。」

其　二

犖确何人似退之，意行無路欲從誰〔一〕？宿雲解駮晨光漏，獨見山紅澗碧時。

〔一〕意行：劉禹錫《蠻子歌》：「腰斧上高山，意行無舊路。」

次韻黄魯直效進士作二首

歲寒知松柏

龍蟄雖高卧，雞鳴不廢時。炎凉徒自變，茂悦兩相知。已負棟梁質，肯爲兒女姿？那憂霜貿貿，未喜日遲遲。難與夏蟲語，永無秋實悲。誰知此植物，亦解秉天彝。

慎按：《黄山谷集·擬省題四首》：一，《東觀讀未見書》；二，《歲寒知松柏》；三，《被褐懷珠玉》；四，《款塞來享》。任淵注《歲寒知松柏》詩下云：「此篇效進士體。」元有兩篇，按，「知」字韻一首，在《外集》，先生所和，即此韻也。

附黄魯直原作：

松柏天生獨，青青貫四時。心藏後彫節，歲有大寒知。慘淡冰霜晚，輪囷澗壑姿。或容螻蟻穴，未見斧斤遲。摇落千秋静，婆娑萬籟悲。鄭公扶正觀，已不見封彝。

款塞來享

蠢爾氐羌國，天誅亦久稽。既能知面内，不復議征西。斥堠銷兵火，邊城息鼓鼙。輸忠修貢職，棄過爲黔黎。雪滿流沙静，雲沉太白低。巍巍二聖治，盛德古難齊。

慎按：本集《雜記》云：「元祐三年十二月二十八日，上御延和殿，奏范鎮新樂。時西夏方遣使。款延州塞，故進士作《延和殿奏新樂賦及款塞來享》詩。」任淵注山谷詩云：「元祐三年，夏人遣使謝封册，故以命題。」非也。此詩施氏原本不載，今考據年月，從《續補》下卷類編於此。

附黄魯直原作：

前朝夏州守，來款塞門西。聖主敷文德，降書付狄鞮。氊裘瞻日月，剺面帶金犀。殿陛閒干羽，邊亭息鼓鼙。永輸量谷馬，不作觸藩羝。聲勢常相倚，今聞定五溪。

夜直玉堂攜李之儀端叔詩百餘首讀至夜半書其後〔一〕

玉堂清冷不成眠，伴直〔二〕難呼孟浩然〔三〕。暫借好詩消永夜，每逢佳處輒參禪。愁侵硯滴初含凍，喜入燈花欲鬬妍。寄語君家小兒子，他時此句一時編。

〔一〕李之儀：《東都事略》：「李之儀，字端叔，姑孰人。舉進士。元祐中，爲樞密院編修官。能詩，善屬文，工於尺牘。後坐黨籍，廢（斥）〔黜〕。」所著有《姑溪集》。

〔二〕伴直：牟子才《玉堂石刻跋》云：玉堂地切禁省，諸學士皆有儤宿之直。唐人每以北廳堦前花甎道，爲入直之候。故舊規，交宿例有早入、晚入、伴入之名。國朝因唐制，然學士皆早入。又單直，無復伴直矣。故太宗以來，雙日夜直，隻日下直。

〔三〕孟浩然：《〔新〕唐書·孟浩然傳》：「王維私邀入内署，俄而，玄宗至，浩然匿牀下。維以實對。帝曰：『恨未見也！何懼而匿？』詔浩然出。」云云。周益公云：「東坡直玉堂，用孟浩然事。考新舊《唐書·王維傳》，皆不載曾入翰林，况禁地亦非外人可至。疑蘇公自有所據。按，李肇《翰林志》，明皇初，改北門學士爲翰林待詔，張説、徐堅、張九齡、徐安〔正〕相繼（被薦）〔爲之〕，而不及維。後又改爲翰林供奉，計一時才藝之士，畢集其中。如維能詩善畫，固宜預選。新史既采雜説，載伴直事於《浩然傳》，則《維傳》自不必書矣。」

慎按：《詩眼》云：「東坡『暫借好詩』二句，蓋端叔用意太過；『參禪』之句，所以儆之云。」

次韻王定國得晉卿酒相留夜飲

短衫壓手氣横秋，更著僊人紫綺裘。使我有名全是酒，從他作病且忘憂。詩無定律君應將，醉有真鄉我可侯。且倒餘尊盡今夕，睡蛇已死不須鈎。

慎按：此詩施氏原本不載，新刻本載入《續補》下卷，今據《外集》改編。

范景仁和賜酒燭詩復次韻謝之〔一〕公自注：時公方奏新樂。

笙磬分均上下堂〔二〕，公自注：舊法，堂上之樂皆受笙均，堂下之樂皆受磬均。游魚舞獸自奔忙。朱絃初識孤桐韻，公自注：舊樂金石聲高而絃聲微，今樂金石與絲聲皆著。玉琯猶聞秬黍香。公自注：舊法，以尺生律，今以黍定律，以律生尺。萬事今方一作「方今」咨伯始，一斑我亦愧真長。此生會見三雍就〔三〕，無復寥寥嘆未央。

〔一〕景仁新樂：《東都事略·范鎮傳》：「初，仁宗命李照改定大樂，下王朴樂三律，又使胡瑗等考正。范鎮與司馬光皆上疏，論律尺之法。後(仁)〔神〕宗詔鎮與劉几定樂。鎮曰：『定樂當先正律。』作律尺，龠合，升斗，豆區，鬴斛，欲圖上之。而劉几即用李照樂加用四清聲而奏樂成。詔罷局，賜賚有加。鎮謝曰：『此劉几樂也，臣何與焉。』及致仕，請太府銅爲之，逾年乃成。比李照樂下一律有奇。」《宋史・樂志》：「范鎮新樂成，上樂章三、鑄律十二、編鐘十二、鎛鐘衡一、尺一、斛一、編磬十二、特磬一、簫、笛、塤、篪、巢笙、和笙各二，并及圖法。帝與太皇太后御延和殿，詔執政、侍從皆往觀。」范蜀公《樂書》云：「王朴始用尺定律，聲與器皆失之。太祖患其聲高，減一律，仁宗皇祐中，又減半律。然太常樂比之唐聲，猶高五律，比今燕樂高三律，失之於以尺生律也。宜訪求真黍，以定黃鍾。」云云。

〔二〕分均：徐景安《樂章文譜》：「變宮以均字爲譜。」《困學紀聞》：「凡十二律皆有二變，一律之內通五聲，分爲七均。」

〔三〕三雍：《漢書・河間獻王傳》：「武帝時，獻雅樂，（召）對三雍宫。」《後漢・儒林傳》：「建武五年，修起太學，中元元年，初建三雍。」注云：謂辟雍、明堂、靈臺也。

附范純父次韻：此詩從《范太史集》中采出。

晨入金華暮浴堂，聲容不動筆奔忙。星間忽降龍銜耀，天上重分玉醴香。欲炧寒宵宫漏永，半酣歸夢蜀山長。起看絳闕銀河曉，山立千官拱未央。

【校記】

一、《次韻黄魯直畫馬試院中作》注二引黄庭堅《太學試院題名記》，見《山谷集・别集》卷十一，題爲

《題太學試院》，引文中「東坡與莘老、經父同知貢舉所」一句，於原文乃在「宗室二人」之後，原文作「子瞻、莘老、經父知舉」。

二、《書艾宣畫四首·杏花白鷳》注一引張華《博物志》「行止閒暇故曰鷳」云云，不見於今本《博物志》，實轉引自《淵鑑類函》卷四百二十八《鳥部十一》「白鷳一」條引《本草釋名》。

三、《憩寂圖》注一引子由詩序云云，按，此詩序不見於蘇轍《欒城集》，首見於宋孫紹遠《聲畫集》卷二「人物」條引蘇子由《憩寂圖》詩，詩前有序，而無「元祐三年」四字，頗疑初白轉引於此。又，宋阮閱《詩話總龜》卷二十「詠物門上」亦載子由詩及此引文，後注明出自《百斛明珠》。另，《佩文齋書畫譜》卷八十三「宋李公麟憩寂圖」條載子由詩及東坡和詩，詩前言緣起，亦有此引文，然未言明子由詩序。

四、《慶源宣義王丈以累舉得官爲洪雅主簿雅州户掾遇吏民如家人人安樂之既謝事居眉之青神瑞草橋放懷自得有書來求紅帶既以遺之且作詩爲戲請黄魯直秦少游各爲賦一首爲老人光華》注一引蘇叔黨《王元直墓志》云云，實轉引自任淵《山谷内集詩注》卷九《次韻子瞻以紅帶寄王宣義》「白頭不是折腰具，桐帽棕鞵稱老夫」注，「墓志」作「墓表」，「欲罷去」作「憂以罪去」。○注五引《益州記》云云，實轉引自曹學佺《名勝志·四川名勝志》卷二十四《上川南道·眉州青神縣》，「神名」作「神號」，「離堆」作「離碓」。

五、《次韻許冲元送成都高士敦鈐轄》注一引施氏原注，多闕漏，今據「中華再造善本」影宋嘉泰六年淮東倉司景定三年鄭羽補刻施顧注《東坡先生詩》卷二十七補。○注三引《華陽國志》云云，今本《華陽國志》不見此引文，實轉引自樂史《太平寰宇記》卷七十八《劍南西道七·茂州汶山縣》「岷山」條，「岷嶺」作「汶嶺」。

六、《次韻黄魯直書伯時畫王摩詰》注一引《金剛經》注云云，實轉引自法雲《翻譯名義集》卷三《三乘通號篇》第五「須陀洹」條，「金剛經注」作「金剛經疏」。

七、《送錢穆父出守越州二首·其二》引注一《太平寰宇記》云云，引文中「《越絶書》云若耶之溪涸而出銅」一句，於原文位於「歐冶子鑄劍處」一句之前。「鑄劍處」作「鑄劍之所」。○注二引《會稽志》云云，其中「在會稽南三十里」一句，於原文乃在首句「雲門寺」之後，「雲門寺」作「淳化寺」。

八、《戲書李伯時畫御馬好頭赤》注二引《唐書·顔真卿傳》云云，其中「有急奏」於原文乃在「置立仗馬二」之前。《唐書》乃《新唐書》也。

九、《送程七表弟知泗州》注一引施氏原注，稱「多殘缺」，往往注明「少一字」、「少四字」等，今據「中華再造善本」影宋刻本施顧注《東坡先生詩》卷二十七補。

十、《送蹇道士歸廬山》注一引張天覺《無盡集·送羽士蹇拱辰往廬山序》云云，實轉引自覺岸《釋氏稽古略》卷四宋神宗元豐四年「張無盡序送羽士蹇拱辰」條，後注出《雲卧紀談》。

十一、《書林次中所得李伯時歸去來陽關二圖後》注二引《復齋漫録》云云，實轉引自胡仔《苕溪漁隱叢話·後集》卷九「王右丞」第一條，又，蔡正孫《詩林廣記》卷五亦有載。另，此段引文又見於宋吳曾《能改齋漫録》卷三與宋吳幵《優古堂詩話》，然二書均未言出自《復齋漫録》。○後附李端叔二首，誤。此二詩非李之儀之作，實乃蘇子容頌之詩也，見蘇頌《蘇魏公文集》卷十一，題《和題李公麟陽關圖二首》。

十二、《卧病逾月請郡不許復直玉堂十一月一日鎖院是日苦寒詔賜官燭法酒書呈同院》注一引《東京夢華録》云云，按，今本《東京夢華録》僅見「内諸司皆在禁中」一句，而「學士院爲第一，深嚴宥密，又謂之北扉」則引自明李濂《汴京遺跡志》卷三《官署二》「學士院」條，引文衍「爲第一」三字。○同注又引《文獻通考》云云，今本《文獻通考》不見此引文，實轉引自李濂《汴京遺跡志》卷三上述同條注引馬端臨《文獻通考》。○注二引周必大《玉堂雜記》云云，其中「禁中以鎖院爲重」一句，於原文乃在末句「參知政事一員押麻」之後，實爲下一條之首句。○「愼按」引《邵氏聞見録》云云，此引文不見於今本《聞見録》，實轉引自宋謝維新《古今合璧事類備要·後集》卷二十二《翰苑門·翰林學士》「一夕草三制」條。○後附李端叔次韻，誤。此詩非李之儀之作，乃蘇頌詩也，見《蘇魏公文集》卷十一，題《次韻子瞻鎖院賜酒燭》。

十三、《次前韻再送周正孺》注三引《方輿勝覽》云云，今本《方輿勝覽》無此引文，實轉引自《名勝志·四川名勝志》卷十五《川北道二·潼川州中江縣》「句溪廟」條。下二句「在中江縣治西，祀隋凱州守李直之」亦出《名勝志》同條引《通志》。而「直之字正叟」至「隱銅官山」，均爲出《名勝志》同條。○注四引《元和郡縣志》云云，誤，《元和郡縣志》無此引文，實轉引自《名勝志·四川名勝志》卷十四《潼川州》「牛頭山」條，「元和郡縣志」作「寰宇記」。○同注又《方輿勝覽》云云，亦轉引自《名勝志·四川名勝志》卷十四《潼川州》「兜率寺」條。

十四、《次韻黄魯直效進士作二首·款塞來享》「慎按」引本集《雜記》云云，實轉引自宋黄𦱡《山谷年譜》卷二十五引東坡《雜記》。

十五、《夜直玉堂攜李之儀端叔詩百餘首讀至夜半書其後》「慎按」引《詩眼》云云，實轉引自魏慶之《詩人玉屑》卷六《命意》「用意太過」條。

十六、《范景仁和賜酒燭詩復次韻謝之》注一引范蜀公《樂書》云云，實轉引自宋王應麟《玉海》卷七《律曆·律吕下》「皇祐隨月律」條。○注二引徐景安《樂章文譜》云云，實轉引自宋王應麟《困學紀聞》卷五「樂」第二條。

東坡先生編年詩卷三十一

古今體詩四十九首元祐四年己巳春由翰林學士除龍圖閣學士，四月以後出知杭州，盡一年。

慎按：以下四首，施氏原本錯編上卷末，今改置卷首，以從編年之例。

次韻劉貢父春日賜幡勝〔一〕

寬詔隨春出内朝，三軍喜氣挾狐貂。鏤銀錯落翻斜月，剪綵繽紛舞慶霄。臘雪强飛纔到地，曉風偷轉不驚條。脱冠徑醉應歸卧，便腹從人笑老韶。公自注：前一日微雪，是日幕次賜酒。

〔一〕春日賜幡勝：《東京夢華録》：「立春日，宰執、親王、百官皆賜金銀幡勝，入賀訖，戴歸私第。」《文昌雜録》：「立春日，賜三省官采勝，謝於紫宸殿門。」

附孔武仲次韻：

鏤幡剪勝喜傾朝，不問紆藍與珥貂。群玉參差排曉日，萬花瑣碎動春霄。蕙風已轉東郊緑，柳雪猶低北苑條。從此恩波與温律，併隨歌頌入咸韶。

再和

與君流落偶還朝，過眼紛綸七葉貂。莫笑華顛羞采勝，幾人黄壤隔青霄。行吟未許窮騷雅，坐嘯猶能出教條。記取明年江上郡，五更春枕夢春韶。

附孔武仲再次韻：

拜賜怱怱早上朝，公卿前列盡金貂。日留愛景明雙闕，春逐恩輝下九霄。靈沼輕澌猶覆水，上林微緑已縈條。自慚羽翮非鸞鳳，亦預彤庭舞舜韶。

葉公秉〔一〕王仲至見和次韻答之〔二〕

袗絺方暑亦堪朝，歲晚凄風憶皂貂。共喜鵷鸞歸禁籞，心知日月在重霄。君如老驥初遭絡，我似枯桑不受條。强鑷霜須簪彩勝，蒼顔得酒尚能韶。

〔一〕葉公秉：施氏原注：「葉公秉，名均，時爲秘書監。」

〔二〕王仲至：《宋史》：「王欽臣，字仲至，宋城人。以父洙廕入官，試學士院，賜進士第。」《侯鯖録》：「欽臣，神宗時名（臣）〔儒〕。原叔之子，大臣薦文藝，召試學士院。試罷賦詩，有『翠木陰陰白玉堂，老來方始試文章』之句。」蓋被用時年已老矣。

再　和

衰遲何幸得同朝，温勁如君合珥貂。誰惜異才蒙徑寸，自慚枯枿借凌霄。光風泛泛初浮水，紅糝離離欲綴條〔一〕。後日一尊何處共，奉常端冕作《咸》《韶》。

〔一〕紅糝：韓愈詩：「始見洛陽春，桃枝綴紅糝。」

和王晉卿送梅花次韻

東坡先生未歸時，自種來禽與青李。五年不踏江頭路，夢逐東風泛蘋芷。江梅山杏爲誰容，獨笑依依臨野水。此間風物君未識，花浪翻天雪相激。明年我復在江湖，知君對花三歎息。

慎按：石刻先生自題此詩後云：「僕去黄州五周歲矣，飲食夢寐，未嘗忘之。方請江湖一郡，書此一詩，寄王文父、子辯兄弟，亦請一示李樂道也。」此詩施氏原注編上卷知貢舉之後，而詩中有「五年不踏江頭路」之句，當是元祐四年作，今改編。

次韻王晉卿惠花栽栽所寓張退傅第中〔一〕

坐來念念失前人，共向空中寓一塵。若問此花誰是主，天教閒客管青春。

〔一〕張退傅：《宋宰輔編年録》：張士遜，字退傅，博州人。歷事太宗、真宗、仁宗，凡三入相。「康定元年致仕，封鄧國公。就第十年卒，年八十六，謚文懿。」《宋史新編》云：士遜，字順之，與《編年録》互異。○慎按，《東都事略》，士遜以太傅致仕歸老，自號退傅，非其字也。大觀末，蔡魯公以太師罷相，詔以南園賜之。蔡作詩云：「八年帷幄竟何爲，更賜南園寵退師。」以此例之可知矣。

次韻王晉卿上元侍宴端門〔一〕

月上九門開，星河繞露臺。君方枕中夢，我亦化人來。光動仙毬縋，香餘步輦回，相從穿萬馬，衰病若爲陪。

〔一〕上元端門：《石林燕語》：端門在大慶殿之南。朱弁《曲洧（紀）〔舊〕聞》：「本朝太宗（以）三元不禁夜，上元御端門，中元、下元御東華門。後罷中元、下元，而上元遊觀之盛，冠於前代矣。」

王鄭州挽詞〔一〕

羨君華髮起琳宮，右輔初還鼓角雄。千里農桑歌子産，一時冠蓋慕蕭嵩。那知聚散春糧外，便有悲歡過隙中。京兆同僚幾人在，猶思對案筆生風。公自注：吾爲開封府幕，與子難同廳。

〔一〕王鄭州：字子難，失考。

附子由作：《欒城集》題云「王子難龍圖挽詞」。

帝子乘鸞已列仙，遺芳留得衆孫賢。俊科早與寒儒競，禁從終償白髮年。輦路聯鑣驚往事，圃田回首泣新阡。舊聞推歷知天命，看熟黄粱定灑然。

書王定國所藏王晉卿畫著色山二首

其一

白髮四老人，何曾在商顔？煩君紙上影，照我胸中山。山中亦何有，木老土石頑。正賴天日光，澗谷紛斕斑。我心空無物，斯文定何閒〔一〕一作「何足關」。君看古井水〔二〕，萬象自往還。

〔一〕定何閒：陶潛《連雨獨飲》詩：「世間有松喬，於今定何閒。」

〔三〕古井水：白居易詩：「無波古井水。」

其　二

君歸嶺北初逢雪，我亦江南五見春。寄語風流王武子，三人俱是識山人。

呈定國《外集》題云「絶句呈王定國」。

舊病應逢醫口藥，新粧漸畫入時眉。信知詩是窮人物，近覺王郎不作詩。

慎按：此詩施氏原本不載，新刻本載《續補》下卷，今據《外集》移編。

寄傲軒

先生英妙年，一掃千兔秃。仕進固有餘，不肯踐場屋。通闤何所傲，傲名非傲俗。定知軒冕中，享榮不償辱。豈無自安計，得失猶轉轂。先生獨揚揚，憂患莫能瀆。得如虎挾乙，失若龜藏六〔二〕。茅簷聊寄寓，俯仰亦自足。東坡無邊春，方寸盡藏蓄。醉哦旁若無，獨侑一尊醁一作「緑」。牀頭車馬道，殘月挂疎木。朝客紛擾時，先生睡方熟。

〔二〕龜藏六：《法句譬喻經》云：「龜從河出，水狗欲噉龜，龜縮頭尾，四脚藏於甲中，（遂）不（敢）〔能得」噉。沙門説偈云：『藏六如龜，防意如城。慧與魔戰，勝則無患。』」

慎按：此詩施氏原本不載，新刻本載《續補》上卷，今據《外集》移編。

附李端叔詩：《姑溪集》題云「題韋深道寄傲軒」。

南窗何似北窗凉，寄傲風來各有方。千古光輝如昨日，一時收拾付新堂。已驚醆裏醅初緑，更覺籬邊菊漸黄。就使主人官即顯，此間高興定難忘。

送吕昌朝知嘉州

不羨三刀夢蜀都，聊將八咏繼一作「寄」東吴〔一〕。卧看古佛凌雲閣〔二〕，敕賜詩人明月湖〔三〕。得句會應緣竹鶴，思歸寧復爲蓴鱸。横空好在修眉色，頭白猶堪乞左符〔四〕。

〔一〕八咏寄東吴：〔《名勝志》〕：「《海録碎事》：『僞蜀歐陽彬（出領）〔守〕嘉州，曰：「青山緑水中爲二千石，作詩飲酒，爲風月主人，豈不佳哉？」』其後，太守吕昌朝以宋（迪）〔復古〕所畫八景〔圖〕皆天下名勝懸於州治，與相映發。蘇子瞻有《八咏（寄）〔繼〕東吴之贈》。」

〔二〕凌雲閣：〔《名勝志》〕：「《方輿勝覽》（云）：『九頂山在嘉州城（東）〔左〕，（每）峰（舊皆）〔各〕有寺，今惟存凌雲一寺。』（唐）開元中，僧海通鑿山爲彌勒大像，高三百六十尺，積十九年而工始備。韋（皇）〔臯〕有《大像記》。《墨莊漫録》：『《嘉州凌雲寺大像記》，張綽書，其碑甚豐。』」

〔三〕明月湖：《名勝志》：「明月樓在嘉州城譙樓之右，下瞰明月湖。郭璞讖云：『鬱姑鬱姑，將州對洛都。但看千載後，變成明月湖。』後隋鬱姑將軍始開此湖也。洛都，山名，在嘉州西五里。」

〔四〕左符：《〔新〕唐書·輿服志》：「隨身魚符，左二右一，左者（通）〔進〕内，右者隨身。皆盛以袋，三品以上飾以金，五品以上飾以銀。景雲中，詔衣紫者以金飾，衣緋者以銀飾，謂之章服。」程大昌《演繁露》：「漢太守之官，必得左符以出，至郡用以爲驗。蓋右符先已留州，故令以左合右也。唐世刺史亦執左魚至州，與右魚合契。」

次韻黄魯直寄題郭明父府推潁州西齋二首〔一〕

其一

樹頭啄木常疑客，客去而瞋定不然。脱轄已應生井沫，解衣聊復起庖煙。平生詩酒真相污，此去文書恐獨賢。早晚西湖暎華髮，小舟翻動水中天。

〔一〕府推：孫彦同《職官分紀》：惟開封及京留守有判官、推官，其餘名節推、察推者，皆幕職官也。

其二

寂寞東京月旦州〔一〕，德星無復綴珠旒。莫嗟平輿空神物〔二〕，尚有西齋接勝流。春夢屢尋湖十頃，家書新報橘千頭。雪堂亦有思歸曲，爲謝平生馬少游。

〔一〕月旦州：《太平寰宇記》：「蔡州汝陽縣，唐貞元七年，割汝水之南地，置汝南縣。元和十三年，以地復歸汝陽。安城廢城在汝陽縣東〔南即于〕水，北有二龍鄉、月旦里是也。」

〔二〕平輿神物：歐陽忞《輿地廣記》：「平輿縣有葛陂，水物含靈。後漢費長房投竹化龍處。」

附黄魯直原作二首：

食貧自以官爲業，聞説西齋意凛然。萬卷藏書宜子弟，十年種木長風烟。未嘗終日不思潁，想見先生多好賢。安得雍容一尊酒，女郎臺下水如天。

東京望重兩并州，遂有汾陽整綴旒。翁伯入關傾意氣，林宗異世想風流。君家舊事皆青史，今日高才未白頭。莫倚西齋好風月，長隨三徑古人遊。

次韻秦少章〔一〕和錢蒙仲〔二〕

碧畦黄隴稻如京，歲美人和易得情。鑑裏移舟天外思，地中鳴角古來聲。山圍故國城空在，潮打西陵意未平〔三〕。二子有如雙白鷺〔四〕，隔江相照雪衣明。

〔一〕秦少章：《東都事略》：「秦觀弟覿，字少章，亦能文。」陳後山有《送少章》詩，注云：「元祐四年三月，東坡自翰苑出知杭州，少章時從東坡學。」黄山谷有《送少章從蘇公餘杭》詩，張文潛有《送秦覿從蘇杭州爲學序》，少游有《送少章弟赴仁和主簿》詩。

〔二〕錢蒙仲：穆父之子。穆父知越州，蒙仲時亦在越，故結句云「隔江相照雪衣明」。

〔三〕西陵：《越絶書》：「浙江南路西城者，范蠡敦兵（處）〔城〕也。其陵可守，故謂之固陵。」
〔四〕二子如鷺：《詩·振鷺》箋：「杞宋之君，有潔白之德，其至止亦有此容，言威儀之善如鷺然。」

次韻錢越州〔一〕

髯尹超然定逸群〔二〕，南遊端爲訪雲門。謫仙歸侍玉皇案〔三〕，老鶴來乘刺史轓。已覺簿書哀老子，故知籩豆有司存。年來齒頰生荆棘，習氣因君又一言。

〔一〕錢越州：名勰，字穆父。先生有《送穆父守越州》詩，見上卷。
〔二〕髯尹：穆父自知開封府出守越，故稱尹。
〔三〕玉皇案：《〔新〕唐〔書·儀衛〕志》：「宣政殿朝日，殿上設黼（座）〔扆〕、躡席、熏爐、香案，宰相兩省官對班於香案前」。程大昌《演繁露》：「香案在殿上對班案前者，乃從殿下準望言之。及入閣而夾侍香案，亦從左右準望，非真夾並香案也。元稹自言『我是玉皇香案吏』，其亦準望而爲言歟！宋景文《筆記》：『予領門下省，天子排正仗，吏〔供洞案〕設（香案）於前殿，修注官夾案立，此時二史已立殿上矣。』」

同秦仲二子〔一〕雨中遊寶山〔二〕

平明已報百吏散，半日來陪二子閒。立鵠一作「鶴」低昂烟雨裏，行人出没樹林間。

〔一〕秦仲二子：施氏原注：「黄師是龍圖諸孫直孺，以其先世此詩石刻歸宿。後題云：『元祐四年八月二十六日，偶同仲天貺、秦少章來游寶山。』石刻雖已湮沕，而字極姿媚可愛。」此段新刻本删去，今補注。

〔二〕寶山：注見前。

去杭州十五年〔一〕復遊西湖用歐陽察判韻〔二〕

我識南屏〔三〕金鯽魚〔四〕，重來拊檻散齋餘。還從舊社得心印，似省前生覓手書。葑合平湖久蕪没〔五〕一作「漫」，人經豐歲尚凋疎。誰憐寂寞高常侍，老去狂歌憶孟諸〔六〕。

〔一〕去杭十五年：《咸淳臨安志》：「元祐四年，熊本自杭徙知江寧府。蘇軾自翰林學士乞郡，三月丁亥得旨，以龍圖閣學士知杭州。」〇慎按，《年譜》：先生於熙寧辛亥通判杭州，甲寅九月，自杭移知密州，至元祐己巳，十五年矣。先生以七月三日到杭州任，謝表云：「江山故國，所至如歸。父老遺民與臣相問，知朝廷輟近侍爲太守，蓋聖主視天下如一家。」云云。

〔二〕歐陽察判：名失考。按，《職官分紀》：諸州幕職，有觀察判官。

〔三〕南屏：《西湖遊覽志》：「净慈寺畔有南屏興教寺，舊名善慶，中有齊雲亭、清曠樓。」載先生此詩於條下。

〔四〕金鯽魚：《長公外紀》：南屏萬工池，舊有金魚，魚有鯽有鯉，鯽食淤澱，鯉食螺蜆。若餅餌之類，則皆食之。《咸淳臨安志》：「中都有豢魚者，(多)〔能〕變〔魚，以〕金色鯽爲上，鯉次之。問其術，秘不肯言。或云以闤市洿渠之小紅蟲飼，凡魚百日皆然。初白如銀，漸次黄，久則金矣。又別有雪質而黑章，的皪若漆，曰玳瑁魚，文采尤可觀。」

〔五〕葑合平湖：本集《請開西湖狀》云：「錢氏有國，置撩湖兵千人，日夜開濬。自國初以來，稍廢不治，水涸草生，漸成葑田。熙寧中，通判本州，湖之葑合者蓋十二三。今者十六七年間，遂塞其半，父老皆言，更二十年，無西湖矣。」

〔六〕孟諸：《元和郡縣志》：「孟諸，澤名。在宋州虞城縣西北，周圍五十里，俗號盟諸澤。」高適詩：「我本(狂歌)〔漁樵〕孟諸野，一生自是悠悠者。」

與莫同年雨中飲湖上〔一〕

到處相逢是偶然，夢中相對各華顛。還來一醉西湖雨，不見跳珠十五年。

〔一〕莫同年：施氏原注：「莫君陳，字和中，吴興人。官至少府監。」

送子由使契丹〔一〕

雲海相望寄此身，那因遠適更沾巾。不辭驛騎淩風雪，要使天驕識鳳麟。沙漠回看清禁月，湖山應夢武林春。單于若問君家世，莫道中朝第一人。

〔一〕子由使契丹：《宋史》：元祐四年八月十六日，詔翰林學士蘇轍爲賀遼國生辰國信使。

附子由次韻：

朔雪胡沙試此身，青羅便面紫狐巾。擁旜代北隨飛雁，頓足江東有卧麟。欺酒壺冰將送臘，照溪梅蕚定先春。漢家五餌今方驗，更愧當年嘆息人。

次韻答劉景文〔一〕左藏〔二〕

公自注：有美堂燕集，景文有詩。

我老詩壇仆鼓旗，借君佳句發良時。但空賀監杯中物，莫示孫郎帳下兒。夜燭催詩金燼落，秋芳壓帽露華滋。故應好語如爬癢，有味難名只自知。

〔一〕劉景文：施氏原注：「劉景文，名季孫，開封祥符人。壯閔公平之少子。初以右班殿直監饒州酒稅，王荆公提點江東刑獄，行部至饒，按酒務，至廳事，見小屏間景文所題絶句，云：『呢喃燕子語梁間，底事來驚夢裏閒。説與旁人應不解，杖藜攜酒看芝山。』大稱賞之。時饒學缺教授，士人以言荆公，即俾兼攝。後以左藏副使爲兩浙兵馬都監，駐杭州。東坡爲守，一日遇景文，遂表薦之，得隰州以没。先生爲從官上奏曰：『季孫仕至左藏副使，年至六十，篤志好學，博通史傳，工詩能文，輕利重義，至於忠義勇烈，識者以爲有平之風。家無甔石，妻子寒餓，欲望特詔有司優與賻贈。』又嘗自書云：『劉景文，慷慨奇士也。博學能詩，英偉冠世，孔文舉之流。嘗寄僕詩，云：四海共知霜鬢滿，重陽曾插菊花無？死之日，家無一錢，但有書一萬軸，畫數百幅云。』其愛重之如此，所與唱和幾二十篇，載以後五卷中。」此段新刻删改不全，今補録。

〔三〕左藏：本集《乞擢用劉季孫狀》云：「元昊寇延州，危急環慶，將官劉平以孤軍戰殁。平有數子，皆早世。今臣同僚西京左藏庫副使劉季孫，平之少子，年已五十八，備位將領，未盡其用。」云云。黄山谷《書景文詩後》云：「景文，樞密副使盛文肅公之壻。余嘗評景文胸中有萬卷書，筆下無一點俗氣。東坡守餘杭，而景文以（左藏）〔文思〕副使爲東南第三將。」按，王林《燕翼貽謀録》：「元豐四年，詔東南團練諸軍爲十三將，淮東第一，淮西第二，浙西第三，浙東第四。」

附劉景文原作：

雲間獵獵列旌旗，公在胥山把酒時。笑語幾番留湛輩，風流千載與吴兒。湖山日落丹青焕，樓閣風收雨露滋。誰使管簫江上住，胸中事業九門知。自注云：是日大霈。

慎按：尤延之《遂初堂書目》，劉景文詩名《横槊集》，今不傳，與東坡唱和二十餘篇，予所見者十餘首耳。此首從王氏注中采出，附録公詩之後。

坐上復借韻送岢嵐軍〔一〕通判葉朝奉〔二〕

雲間踏一作「蹋」白看纏旗〔三〕，莫忘西湖把酒時。夢裏吴山連越嶠，尊前羌婦雜胡兒。夕烽過後人初醉，春雁來時雪未滋。爲問從軍真樂不，書來粗遣故人知。

〔一〕岢嵐軍：《元和郡縣志》：「河東節度所理太原府岢嵐軍，在樓煩郡北百里。」《太平寰宇記》：

「岢嵐軍理嵐谷縣，隋大業中置岢嵐鎮，唐長壽中置軍，取東北岢嵐山爲名。東至雪山六十里，與朔州分界。」《九域志》：「河東路岢嵐軍。太平興國五年，以嵐州嵐谷縣建軍，去東京一千八百里。」

〔二〕葉朝奉：名失考。《宋史·職官志》：文散官有朝奉大夫、朝奉郎，舊名通議，太平興國中改今名。費衮《梁溪漫志》：「六曹郎中後行爲朝奉大夫，員外郎後行及左右司諫爲朝奉郎。」

〔三〕踏白：《宋史·宋琪傳》：「去官軍三五十里，踏白先行。」王清明《摭青雜説》云：「北人南侵，朝廷遣大軍遏其衝，主將每令小校四出游徼，謂之踏白軍。」

始於文登海上得白石數升如芡實可作枕聞梅丈〔一〕嗜石故以遺其子子明學士子明有詩次其韻〔二〕

海隅荒怪有誰珍，零落珊瑚泣季倫。法供坐令微物重，一本公自注：軾舊有《怪石供》。色難歸致孝心純。只疑薏苡來交趾，未信蠙珠出泗濱。願子聚爲江夏枕，不勞揮扇自寧親。

〔一〕梅丈：子明之父也，名失考。先生有《寄梅宣義園亭》詩，載後卷中，即其人矣。

〔二〕子明：施氏原注：「梅子明，吴郡人，自館閣求便親養，爲杭州通判。張文潛有長篇送之，云：『吾公神仙後，厭直承明廬。借問太守誰？子雲蜀名儒。』太守謂東坡也。」

次韻錢越州見寄

莫將牛弩射羊群，卧治何妨晝掩門。稍喜使君無疾病，時因送客見車轓。搔頭白髮秋無數，閉眼丹田夜自存。欲息波瀾須引去〔一〕，吾儕豈獨坐多言。

〔一〕引去：施氏原注：「東坡起流落中，掌二制。勇於報國，不爲顧慮，且復踈於言語。是時，衆賢雖聚本朝，而已有洛黨、川黨、朔黨之語，言路以謗訕誣之。二聖察其忠藎，不以爲罪。諸公無以洩其怒，凡所薦引，如黄魯直、歐陽叔弼、王定國、秦少游皆被彈劾，無得免者。公乃屢章乞去，歷辨謗傷。元祐四年三月，除龍圖閣學士，知杭州。而錢穆父時以京尹坐奏獄空事守越，正言劉器之謂責之太薄，錢與公以氣類厚善，故後和詩又云：『欲息波瀾須引去，吾儕豈獨坐多言。』意皆有在也。」按，本卷有《次韻錢越州》七律一首，此詩再次前韻。

文登蓬萊閣〔一〕下石壁千丈爲海浪所戰時有碎裂淘灑歲久皆圓熟可愛土人謂此彈子渦〔二〕也取數百枚以養石菖蒲且作詩遺垂慈堂老人〔三〕

蓬萊海上峰，玉立色不改。孤根捍滔天，雲骨有破碎。陽侯殺廉角，陰火發光彩。纍纍彈丸間，瑣細成一作「或」珠琲〔四〕。閻浮一漚耳，真妄果安在？我持此石歸，袖中有東海。垂慈老人眼，俯仰了大塊。置之盆盎中，日與山海對。明年菖蒲根，連絡不可解。倘有蟠桃生，旦暮猶可待。

〔一〕文登蓬萊閣：《元和郡縣志》：「蓬萊鎮在黄縣東北五十里。」《齊乘》：「宋治平中，登州郡守朱處約於海神廟基建蓬萊閣，爲山海登臨勝概。」《名勝志》：「蓬萊閣在蓬萊縣城北丹崖山，舊傳漢武於此望海中蓬萊山。東西二面，石壁巉巖。」

〔二〕彈子渦：《齊乘》：「蓬萊閣下有碎石，白〔黑〕者可以〔爲〕奕。」《名勝志》：「珠璣巖在丹崖山下，石壁千尺，水中有小石，狀如珠璣，或如彈丸。」

〔三〕垂慈堂老人：《武林梵志》：垂慈堂在千頃廣化院，「僧了性精於醫，善草書。趙清獻公名其堂曰『垂慈』，以著其療疾濟人之功。」

〔四〕珠琲：《吴都賦》：「金鎰磊砢，珠琲闌干。」

次韻毛滂法曹感雨〔一〕

江南佳公子，遺我錦繡端。攬之温如春，公子焉得寒。興雨自有時，膚寸便蒙靉。斂藏以自潤，牛斗何足干。空庭月與影，强結三友歡。我豈不足歟，要此清團團。欲一作「所」歡在一醉，常恐尊中乾。捨酒尚可樂，明珠如彈丸。但恐千仞雀，忽忽發虚彈。迨子閒暇時，種子田中丹。一朝涉世故，空腹容欺謾。我頃在東坡，秋菊爲夕餐。永媿坡間人，布褐爲我完。雪堂初覆瓦，上簟無下莞。時時亦設客，每醉筒輙殫。一笑便傾倒，五年得輕安。公子豈我徒，衣鉢傳一簞。定非郊與島，筆勢江河寬。悲吟古寺中，穿帷雪漫漫。他年記此味，芋火對嬾殘。

〔一〕毛滂：施氏原注：「滂，字澤民。公出守錢塘，澤民適爲椽。」〇慎按，本集《與毛滂書》云：「承示長箋及詩文一軸，今時爲文者至多，可喜者亦衆，然求如足下閒暇自得、清美可口者，實少也。」公在嶺南，又有《與澤民推官》尺牘，云：「得書累幅，又獲新詩一篇。居夷久矣，不意復聞韶濩之餘音。」又云：「《秋興》之作，追配騷人矣。不肖何足以窺其粗。遇不遇，自有定數，然非戹窮無聊，何以發此奇思，以自表於世耶？」觀先生之推服如此，澤民文品非同流俗泛泛者。所著《東堂集》，世不傳，後無知之者。

送鄧宗古還鄉〔一〕

廣漢有姜子，孝弟行里閭。赤眉雖豺虎，弛兵過其墟。至今空清泉，無復雙鯉魚。南鄭有李郃，妙得一本作「得妙」甘公書。夜坐指流星，驚倒兩使車。抱關不肯仕，布褐蒙璠璵。西南固多士，君得二子餘。凜凜忠文公，搜士及樵漁。澗溪有幽討，蘋芷真嘉蔬。歲晚終不食，心惻當何如。

〔一〕鄧宗古：《宋史·孝義傳》：「鄧宗古，簡州人。父死，自培土爲墳，廬其側，晨夕號慟，甘露降墓木，里中呼爲鄧孝子。」

參寥〔一〕上人初得智果院會者十六人分韻賦詩得心字〔二〕

慎按：施氏原本有公自注，云：用《圓覺經》「以大圓覺爲我伽藍身心安居平等性智」。新刻本删去，今補録。

漲水返舊壑，飛雲思故岑。念君忘家客，亦有懷歸一作居心。三間得幽寂，數步藏清深。攢金盧橘塢，散火楊梅林。茶笋盡禪味〔三〕，松杉真法音。雲崖有淺井，玉醴常半尋。遂名參寥泉〔四〕，可濯幽人襟。相攜横嶺上，未覺衰年侵。一眼吞江湖，萬象涵古今。願君更小築〔五〕，歲晚解我簪。

〔一〕參寥：名道潛。注詳徐州詩卷中。

〔二〕智果院：《咸淳臨安志》：「上智果院，開運元年錢氏建，元祐中（重修）蘇文忠公重建法堂，有題梁。」《武林梵志》：「智果寺在孤山。」《西湖遊覽志》：「紹興間，徙築於寶石山麓。」

〔三〕禪味：《維摩經》：「雖復飲食，而以禪悦爲味。」

〔四〕參寥泉：本集序云：「予嘗與參寥同游武昌西山，夢相與賦詩，有『寒食清明都過了，石泉槐火一時新』之句。後七年，予守錢塘，參寥子卜智果禪院居之。又明年，新居成，舍下舊有泉出石間，是月又鑿石得泉，參寥笑曰：『是見夢於九年衞公之靈也，久矣。』乃名之參寥泉。」

〔五〕小築：杜詩：「畏人成小築，褊性合幽棲。」

附參寥詩自注云，得「以」字。：

泰山屹天下，四海同仰止。我公命世英，突兀等於是。胸中廓秋漢，皎絶微雲滓。當年事危言，軒冕如脱屣。正貴知我希，寧慚不吾以。風雲果再符，六翮排風起。一時厭承明，抗章求迤邐。餘杭古雄藩，比屋富生齒。立談政即成，興不負山水。雍容敦末契，訪我頑且鄙。大旆輝松門，禽猿亦驚喜。森森門下士，左右燦朱履。使君道德姿，圭角非所恃。軟語如春風，薰然着桃李。今朝真勝事，千載足遺美。安得筆如椽，磨崖爲公紀。

哭王子立次兒子迨韻三首〔一〕

其一

彭城初識子，照眼白而長。異夢成先兆，公自注：余爲密州，子立未嘗相識，忽告同舍生曰：「吾夢爲密州壻，何也？」已而，果以子由之子妻之。清言得未嘗。豈惟知禮意，遂欲補詩亡。公自注：子立能詩，而有禮學。咄咄真相逼，諸生敢雁行？

〔一〕王子立：本集《王子立墓志（序）〔銘〕》云：「子立，名適。趙郡臨城人。始余爲徐州，子立爲州學生，知其賢而有文，喜怒不見，得喪若一。曰：『是類子由者。』故以其子妻之。與其弟遹，皆從余於吴興，學道日進，東南之士皆稱之。余與子由有六男子，皆從子立游學，文有師法。」○慎按，子立於元祐四年十月殁於奉高官舍。其從先生於吴興，實元豐己未。先生守湖州時，有《與王郎兄弟繞城觀荷花》詩，故第三章結句「回看十年事」云云。

其　二

非無伯鸞志，獨有子雲悲。恨子非天合，猶能使我思。兒曹㝵悽慟，老眼欲枯萎。會哭皆豪傑，公自注：子立與黄魯直、張文潛、晁無咎、秦少遊、陳無己皆友善。誰爲感舊詩？

其　三

龍困嘗魚服，羊傒或虎蒙。忽忽成鬼録，憒憒到天公。偶落藩牆上，同遊羿彀中。回看十年事，黄葉卷秋風。

異鵲并引

熙寧中，柯侯仲常〔一〕通守漳州〔二〕，以救饑得民，有一鵲棲其廳。事訖，侯之去，鵲亦送之，漳人異焉。爲賦此詩。

昔我先君子，仁孝行於家。家有五畝園，么鳳集桐花。是時烏與鵲，巢鷇可俯拏。憶我與諸兒，飼食觀群呀。里人驚瑞異，野老笑而嗟。云此方乳哺，甚畏鳶與蛇。手足之所及，二物不敢加。主人若可信，衆鳥不我遐。故知中孚化，可及魚與豭一作「鰕」，訛。柯侯古循吏，悃愊真無華。臨漳所全活，數等江干沙。仁心格異族，兩鵲棲其衙。但恨不能言，相對空楂楂。善惡以類應，古語良非夸。君看彼酷吏，所至號鬼車〔三〕。

〔一〕柯仲常：名述，見《晁无咎集》。其子曄，爲廣陵掾。餘無可考。

〔二〕通守漳州：《職官分紀》：軍、州俱有通判，大臣出鎮，多指名奏辟。《九域志》：「福建路漳州漳浦郡，軍事，治龍溪縣，東南至海一百六十九里。」

〔三〕鬼車：《齊東野語》：「鬼車俗稱九頭鳥。陸長源《辨疑志》又名渠逸鳥。世傳此鳥血滴人家，能爲災咎，聞之者，必叱犬滅燈，以速其過。風雨之夕，往往聞之。身圓如箕，十脰環簇。其九有頭，其一獨無，而鮮血點滴。每脰各生翅，飛時十〔八〕翼競進，不相爲用，至有争拗相傷者。」

次韻詹適宣德〔一〕小飲巽亭〔二〕

君方夢謫仙，公自注：來詩紀李白郎官湖事。我亦弔文園。江上同三黜，天涯共一尊。濤雷殷白晝，梅雪耿黄昏。歸去多情雨，應隨御史軒〔三〕。公自注：詹爲御史臺主簿。

〔一〕詹適宣德：詹適事蹟失考。《職官分紀》：寄禄文散官，有宣德郎。政和四年，以犯宣德門名，改宣教郎。

〔二〕巽亭：趙清獻公守杭，有八咏，題云《有美堂》、《中和堂》、《清暑堂》、《虚白堂》、《巽亭》、《望海樓》、《望湖樓》、《介亭》。《咸淳臨安志》：「南園巽亭，慶曆三年郡守蔣堂建。」在鳳皇山舊府治内，以在郡城東南，故名。蘇舜欽詩：「東南地本多幽勝，此向東南轉壯哉。」胡宿詩：「武林天下奇，巽亭境中絶。」趙抃詩：「閒上東南巽亭望，直疑身世似蓬瀛。」

〔三〕御史雨：《舊唐書》：「顔真卿開元中爲監察御史，使隴。時五原有寃獄，久不决，真卿至，立辨之。天方旱，决獄乃雨，郡人呼爲御史雨。」

東川清絲寄魯冀州戲贈〔一〕

鵝溪清絲清如冰〔二〕，上有千歲交枝藤。藤生谷底飽風雪，歲晚忽作龍蛇升。嗟我雖爲老侍從，骨寒只受布與繒。牀頭錦衾未還客，坐覺芒刺在背膺。豈如髯卿晚乃貴，福禄正似川方增。醉中倒着紫綺裘，下有半臂出縹綾。封題不敢妄裁剪，刀尺自有佳人能。遥知千騎出清曉，積雪未放浮塵興。白須紅帶柳絲下，老弱空巷人相登。但放奇紋出領袖，吾髯雖老無人憎。

〔一〕魯冀州：魯有開，字元翰。注詳前。《九域志》：河北東路冀州信都郡，安武軍節度，治信都縣。

〔二〕鵝溪清絲：任淵《黄山谷詩注》：「鵝溪，〔在今〕潼川（溪名），（出）畫絹（甚佳）〔所出〕。」《太平寰宇記》：劍南東道梓州，舊進兩熟烏頭紋綾、水紋綾。《九域志》：「梓州路東川節度，土貢白〔花〕綾〔一〕十（一）疋。（其地有）蠶絲山，每（歲）上春七日，士女游此，以祈蠶絲。」云云。清絲，必綾絹之名也。

怡然〔一〕以垂雲新茶〔二〕見餉報以大龍團〔三〕仍戲作小詩

妙供來香積，珍烹具大官。揀芽分雀舌〔四〕，賜茗出龍團。曉日雲菴暖，春風浴殿寒。聊將試道眼，莫作兩般看。

〔一〕怡然：杭州寶巖院僧，名清順。注詳先生倅杭時詩卷中。

〔二〕垂雲茶：《（咸淳臨安志）〔西湖遊覽志餘〕》：「錢塘寶雲（菴）〔山〕産者名寶雲茶，下天竺香林洞産者名香林茶，上天竺白雲峰産者名白雲茶。又，寶巖院垂雲亭亦産茶。」

〔三〕大龍團：《北（院）〔苑〕貢茶録》：「興國初，特置龍鳳模，遣使即北苑造團茶，遂爲歲貢。大龍、大鳳，皆粗色也。」《歸田録》：「茶之品莫貴於龍鳳，謂之團茶。（大者）凡八餅重一觔。蔡君謨始造小片龍茶，謂之小團，凡二十餅重一觔。」

〔四〕揀芽：黄儒《品茶要録》：「茶之精（妙）〔絶〕者曰鬭，曰亞鬭，其次曰揀芽。遍園隴中，擇其精英。」造揀芽，剔取鷹爪，乃一芽帶一葉者，號一旗一槍。

次韻王忠玉游虎邱三首〔一〕

其一

當年大白此相浮，老守娱賓得二邱〔二〕。公自注：郡人有閶邱公，太守王規父嘗云：不謁虎邱，即謁閶邱。規父，忠玉伯父也。白髮重來故人盡，空餘叢桂小山幽。

〔一〕王忠玉：名瑜，洛陽人。顧仲瑛《玉山集·拜石壇記》云：「忠玉乃王規父姪孫。」觀此詩公自注，則忠玉爲規父之姪，《玉山集》訛也。

〔二〕老守：王規父，名誨。《吴郡志》：王誨於熙寧六年知蘇州。時東坡爲杭州通守，沿檄往來常、潤，過吴，有唱和詩。見前卷。

其二

青蓋紅旗映玉山，新詩小草落玄泉。風流使者人争看，知有真娘立道邊〔一〕。公自注：虎邱中路有真娘墓。

〔一〕真娘：《吴都文粹》：「李紳詩序云：『真娘，吴妓，死葬虎邱寺前。墓多花草，以蔽之。』白居易詩：『真娘墓，虎邱道，不見真娘鏡中面，惟見真娘墓頭草。』」

其　三

舞衫歌扇轉頭空，只有青山杳靄中。若共吴王鬭百草，使君未敢借驚鴻。

寄蔡子華〔一〕

故人送我東來時，手栽荔子待我歸。荔子已丹吾髮白，猶作江南未歸客。江南春盡水如天，腸斷西湖春水船。想見青衣江畔路，白魚紫筍不論錢。霜髯三老如霜檜〔二〕，舊交零落今誰輩？莫從唐舉問封侯，但遣麻姑更爬背。

〔一〕蔡子華：名褒，眉之青神人。見施氏原注。

〔二〕三老：謂子華及王慶源、楊君素也。慶源，注詳三十卷。本集《與慶源尺牘》云：「日與蔡子華、楊君素聚會，每念此，即致仕之興愈濃矣。」君素名失考，乃東坡表叔。本集又有《與楊君素尺牘》，云：「吾丈優游自得，心恬體舒，必享龜鶴之壽。劣姪與時齟齬，終當捨去，相從林下云。」

和錢四寄其弟穌

其一

再見濤頭湧玉輪，煩君久駐浙江春。年來總作維摩病，堪笑東西二老人〔一〕。

〔一〕東西二老：施氏原注：「錢四即穆父，時穆父守越，東坡守杭，故云東西二老人。」

其二

老來日月似車輪，此去知逢幾箇春。昨夜冰花猶作柱，曉來梅子已生人。

附錢穆父原作： 題云「走筆代書寄巴仲七弟」。

東方千騎擁朱輪，衣錦歸逢故國春。莫向西湖戀風月，鴿原知有望歸人。

慎按：王氏舊注：「先生和穆父詩凡二首。」今從注中采出，補編於後。

附錢巴仲次韻：

烏衣巷裏走雙輪，正是家山二月春。明日潮平定歸去，蓬萊還見謫仙人。

附劉景文次韻：

會稽山上月如輪，鴻雁相將江水春。幕府英雄雖可數，尊前誰是急難人。

附周次元次韻：次元名燾，注見後。

東山蠟屐壞此字疑訛車輪，小草青知塞外春。園柳鳴禽喚幽夢，惠連詩句更何人。

慎按：以上四首俱載王氏舊注中，今采出，依和詩例附録。

故周茂叔先生濂溪〔一〕公自注：溪在廬山下。

世俗眩名實，至人疑有無。怒移水中蟹，愛及屋上烏。坐令此溪水，名與先生俱。先生本全德，廉退乃一隅。因抛彭澤米，偶似西山夫。遂即世所知，以爲溪之呼。先生豈我輩，造物乃其徒。應同柳州柳，聊使愚溪愚。

〔一〕周茂叔：施氏原注：「周茂叔先生，名敦頤，道州營道人。以舅任入官，在州縣間。遇事剛果，爲政簡而密，嚴而恕。官蜀時，趙清獻爲使者，不爲所識察。逮守虔，而先生爲倅，熟其行事，乃執手歎曰：『吾幾失君矣。』用清獻及吕正獻薦，爲廣東轉運判官，提點刑獄。以疾求知南康軍，因家廬山蓮花峰下。前有溪，合於湓江，取營道所居濂溪以名之。先生博學力行，著《太極圖》，窮天地造化之妙，而及於人物之終。又著《通書》，發明太極之秘，旨約而道大，文質而義該，得孔、孟之本原，有功於學者也。初掾南安，時程明道、伊川二先生侍其父通判軍事，重其知道，使受業焉。二程之學由此起。子燾，字次元。東坡守杭，次元爲兩浙轉運，同在錢塘，爲賦此詩。」此段新刻本删削過半，今補録。

次周燾韻〔一〕并引

周燾游天竺，觀激水〔二〕，作詩云云。東坡和之。

道眼轉丹青，常於寂處鳴。蚤知雨是水，不作兩般聲。

〔一〕周燾：史容《山谷外集注》：「濂溪先生二子，壽、燾。壽字季老，後改元翁。燾字通老，後改次元。元翁於元豐五年黄裳榜登第，次元於元祐三年李常寧榜登第。元翁終司封員外郎，次元終徽猷閣待制。」施宿注謂次元終寶文閣待制，未詳孰是。

〔二〕天竺激水：《咸淳臨安志》：「下天竺靈山教寺，隋開皇中建。中有曲水亭，一曰流杯亭，有水臺盤。石刻周次元與東坡和詩。」

慎按：此詩施氏原本失載，今從新刻本采出，據《咸淳志》編次守杭時。

附周次元原作：從詩引中采出。

拳石耆婆色兩青，竹龍驅水轉山鳴。夜深不見跳珠碎，疑是檐前滴雨聲。

送南屏謙師〔一〕并引

南屏謙師妙於茶事，自云得之於心，應之於手，非可以言傳學到者。十二月二十七日，聞軾游落星，遠來設茶，作此詩贈之。

道人曉出南屏山〔二〕，來試點茶三昧手。忽驚午盞兔毛斑〔三〕，打作春甕鵝兒酒。天台乳花世不見，玉川風腋今安有。先生有意續《茶經》，會使老謙名不朽。

〔一〕謙師：失考。

〔二〕南屏山：《咸淳臨安志》：「南屏山在興教寺後，怪石聳秀，中穿一洞，上有石壁，若屏障然。」

〔三〕兔毛盞：蔡襄《茶録》：「茶色白，宜黑盞。建安所造者紺黑，紋如兔毫，其杯微厚，熁之久熱難冷。他處或薄或色紫，皆不及也。其青白盞，鬭家自不用。」

慎按：此詩施氏原本載《遺詩》卷中，今據《外集》改編。

次韻子由使契丹至涿州見寄四首〔一〕

其一

老人癡鈍已逃寒，子復辭行理亦難。公自注：余昔年辭免使北。要到盧龍看古塞〔二〕，投文易水弔燕丹〔三〕。

〔一〕涿州：《太平寰宇記》：「河北道涿州，理范陽縣。古涿鹿地，唐大曆四年，於范陽縣置涿州。」《水經注》：「漢高六年，分燕置涿郡，晉太始元年，改曰范陽縣，今郡理涿縣故城。」《名勝志》：「州因涿水而名，城周九里，形如凹字。」

〔二〕盧龍塞：《元和郡縣志》：盧龍鎮有山，如龍形，黑色。《十六國春秋》：「柳城之北，龍山之南，所謂福地也。」自鎮以西又一百里，曰盧龍道。《魏志》：「曹公北征烏桓，田疇自盧龍道引軍出塞。」《太平寰宇記》：「盧龍塞，在平州郡城西北二百里。」又云：「契丹居黄水之南，黄龍之北，故地在長安東北五千三百里。」《一統志》：即今永平府。

〔三〕易水：《名勝志》：易水有南、北、中三水。「《水經》所云出涿郡故安縣閻鄉城谷中者，燕丹祖荊軻，即此處也。」

其二

胡羊代馬得安眠，窮髮之南共一天。又見子卿持漢節，遥知遺老泣山前〔一〕。

〔一〕山前：《五代史》：石晉割燕雲十六州以賂契丹，皆在山後，故云「遺老泣山前」。

其三

氊毳年來亦甚都，時時鴂舌問三蘇。公自注：予與子由入京時，北使已問所在。後予館伴，北使屢誦三蘇文。那知老病渾無用，欲向宋刻本作「向」。别本作「問」者，非君王乞鏡湖〔一〕。

〔一〕鏡湖：任昉《述異記》：「軒轅鑄鏡湖邊，或云黄帝獲寶鏡於此，故名鏡湖。」《元和郡縣志》：

「漢永和五年，太守(馬)〔馮〕臻創立鑑湖，在山陰、會稽兩縣界。築塘蓄水，水少則洩湖灌田，水多則閉湖，洩田中水入海，所以無凶年。」曾南豐《元豐類藁·鑑湖圖序》：鏡湖一曰南，周三百五十八里。

其四

始憶庚寅降屈原，旋看蠟鳳戲僧虔〔一〕。隨翁萬里心如鐵，此子何勞爲買田。公自注：時猶子遲侍行。

〔一〕蠟鳳僧虔：按，《宋書》：王弘與兄弟會集，任子孫戲。僧達跳下地，作虎子，僧綽正坐，采蠟燭珠爲鳳皇，僧虔累十二碁。則蠟鳳之戲，乃僧綽，非僧虔也。《南史·王僧虔傳》與《宋書》略同，先生偶訛用僧綽事爲僧虔。注家既遷就史傳，以就本文，復曰或云僧綽，其紕繆如此。

附子由原作：《欒城集》題云「神木館寄子瞻兄四首十一月二十六日是日大風」。

少年病肺不禁寒，命出中朝敢避難。莫倚皂貂欺朔雪，更催靈火煮鉛丹。自注：馬上作李若芝守一法，似有功。

夜雨從來相對眠，兹行萬里隔胡天。試依北斗看南斗，始覺吴山在目前。

誰將家集過幽都，逢見胡人問大蘇。莫把文章動蠻貊，恐妨談笑卧江湖。

虜廷一意向中原，言語綢繆禮亦虔。顧我何功慙陸賈，槖裝聊復助歸田。

【校記】

一、《送吕昌朝知嘉州》之一引《海録碎事》云云，實轉引自曹學佺《名勝志·四川名勝志》卷二十四《上川南道·嘉定府》。注文後半「其後，太守吕昌朝以宋迪所畫八景皆天下名勝懸於州治，與相映發。蘇子瞻有『八咏寄東吴』之贈」一段，亦出自曹學佺《名勝志》上述同卷，「宋迪」作「宋復古」，「八景」後奪「圖」字，「寄」字訛，原文及蘇詩均作「繼」。初白漏引書名。○注二引《方輿勝覽》，原文見卷五十二。然引文「今惟存凌雲一寺」原文作「今惟存報恩一寺」，經查，實轉引自《名勝志·四川名勝志》卷二十四《上川南道·嘉定府》「九頂山」條。注文自「開元中僧海通鑿山爲彌勒大像」至末，亦引自《名勝志》上述同條。

二、《次韻黄魯直寄題郭明父府推潁州西齋二首·其二》注一引《太平寰宇記》云云，其中后二句「安城廢城在汝陽縣東水，北有二龍鄉、月旦里是也」，於原文乃在「唐貞元七年」一句之前，「東水」作「東南即于水」。

三、《坐上復借韻送岢嵐軍通判葉朝奉》注三引王清明《遮青雜説》云云，實轉引自陶宗儀《説郛》卷十八下，此卷全卷爲王氏《遮青雜説》，初白引文出自第一條。

四、《文登蓬萊下石壁千丈爲海浪所戰時有碎裂淘灑歲久皆圓熟可愛土人謂此彈子渦也取數百枚以養石菖蒲且作詩遺垂慈堂老人》注一引《名勝志》云云，其中「舊傳漢武於此望海中蓬萊山」一句，於原文乃在「蓬萊閣在蓬萊縣城北丹崖山」一句之前。

五、《怡然以垂雲新茶見餉報以大龍團仍戲作小詩》注二引《咸淳臨安志》云云，誤。《咸淳臨安志》無此引文，實轉引自明田汝成《西湖遊覽志餘》卷二十四《委巷叢談》「杭州茶」條。

六、《次韻子由使契丹至涿州見寄四首·其一》注二引《元和郡縣志》「盧龍鎮有山如龍形，黑色」，今本《元和郡縣志》無此引文。引文見於《畿輔通志》卷十五《形勝疆域·永平府》「平州」條引《元和郡縣志》。然于成龍《畿輔通志》雖始創修於康熙十一年前後，而李衛重修成書乃在於雍正十三年，已是初白身後事，初白所引，殆出自于成龍本乎？○同注又引《魏志》云云，實轉引自樂史《太平寰宇記》卷七十《河北道十九·平州·盧龍縣》「盧龍道」條。

七、同上《其三》引任昉《述異志》云云，實轉引自宋施宿《會稽志》卷十一《湖·會稽縣》「鏡湖」條。

八、同上《其四》注一引《宋書》云云，此引文不見於今本《宋書》，而見於多書，胡仔《苕溪漁隱叢話·前集》卷四十稱出自《晉書》，宋葉大慶《考古質疑》卷五引此稱出自《齊書》，明馮琦等《經濟類編》卷九十二、明彭大翼《山堂肆考》卷九十一引此，均未稱出處。《淵鑑類函》卷二百九十二引此則注明出自《增人物志》，惟宋潘自牧《記纂淵海》卷四十引此則注明出自《通鑑》，而《通鑑》卷一百三十五有此引文。未知初白引此究出自何書。

東坡先生編年詩卷三十二

古今體詩七十一首元祐五年庚午守杭州作。

臥病彌月聞垂雲〔一〕花開順闍黎以詩見招次韻答之〔二〕

道人心似水，不礙照花妍。宴坐春强半，清陰月屢遷。平生無起滅，一念有陳一作「塵」鮮。嫋嫋風枝舉，離離日萼蔫。病吟終少味，老醉不成顛。何必邀頭出，湖中有散仙。

〔一〕垂云：亭名，在孤山廣嚴院，注見前。

〔二〕順闍黎：即清順，注見前。

雪後便欲與同僚尋春一病彌月雜花都盡獨牡丹在爾劉景文左藏和順闍黎詩見贈次韻答之

殘花怨久病，剩雨泣餘妍。不見雙旌出，空令九陌遷。公自注：開園時市井皆入。知君苦寂寞，妙語嚼芳鮮。淺紫從争發，深一作「浮」紅任蚤蔫。天葩尚青萼，國色待華顛。載酒邀詩將，臞儒不是仙。

慎按：以上二首，乃同時次韻之作。施氏原本編排失次，今改正。

病後醉中

病爲兀兀安身物，酒作逢逢各本作「蓬」者，訛入腦聲。堪笑錢塘十萬户，官家付與老書生。

慎按：此詩施氏原本不載，今從新刻《續補》下卷移編。

次韻劉景文周次元寒食同游西湖〔一〕

絮飛春減不成年，老境同乘下瀨船。藍尾忽驚新火後〔二〕，遨頭要及浣花前。公自注：成都太守自正月二日出遊，謂之遨頭。至四月十九日浣花乃止。山西老將詩無敵，洛下書生語更妍。共向北山尋二士〔三〕，畫橈鼉鼓聒清眠。

〔一〕周次元：名燾。注見上卷。

〔二〕藍尾：蘇鶚《演義》：「今人以酒巡匝爲啉尾。南朝有異國貢藍牛，其尾長三丈，時人倣之，以爲酒令。今兩盞從其簡也，此皆非正。行酒巡匝，即重其盞，蓋慰勞其得酒在後也。又，啉云者，貪也，謂處於〔座〕末（坐），得酒最晚，既得酒巡匝，更貪婪之。啉字從口，是明貪啉之意。」

《湘素雜記》：「東坡詩注引樂天詩作『藍尾』，『藍』『婪』一也。」

〔三〕北山二十：施氏原注：「二十謂清順、道潛。」

附劉景文原作： 此詩從《咸淳臨安志》采出。

西湖春意勝當年，公領笙簫泛畫船。錦繡一林生水面，衣冠萬堵立山前。仁恩在物禽魚遂，喜氣隨人草木妍。半醉插花風調別，寫真須是李龍眠。

連日與王忠玉張金別本作「仝」，非。翁〔一〕游西湖訪北山清順道潛二詩僧登垂雲亭飲參寥泉最後過唐州陳使君夜飲忠玉有詩次韻答之

北山非自高，千仞付我足。西湖亦何有，萬象生我目。雲深人在塢，風靜響應谷。與君皆無心，信步行看竹。竹間逢詩鳴，眼色奪湖渌。百篇成俯仰，二老相追逐。故應千頃池，養此一雙鵠。山高路已斷，亭小膝更促。夜尋三尺井，渴飲半甌玉。明朝鬧絲管，寒食雜歌哭。使君坐無聊，狂客來不速。載酒有鴟夷，扣門非啄木。浮蛆灩金盌，翠羽出華屋。須臾便陳迹，覺夢那可續。及君未渡江，過我勤秉燭。一笑换人爵，百年終鬼録。

〔一〕張金翁：名璹，安陸人。按，東坡《龍井題名》：「元祐庚午，辯才老師年始八十，道俗相慶，施

千袈裟，飯千僧，七日而罷。眉山蘇軾子瞻、洛陽王瑜忠玉、安陸張𤪌金翁、九江周燾次元來餽薌茗。二月晦日書。」《題名》載《咸淳臨安志》，「全翁」作「金翁」。施氏、王氏諸刻本作「全」者，訛。當據此改正。按，張𤪌時爲轉運判官，亦見《咸淳志》中。本集有《與張秉道同相視新河》詩，施注謂即張𤪌，則金翁乃其别號，未可知耳。

附參寥次韻： 此詩從《參寥子集》中采出。

使君薄珪組，富貴良易足。一麾下東南，千里争拭目。援毫賦山水，詞力瀉谿谷。勝游便杖屨，聒耳厭絲竹。西湖破春冰，曉漲翻晴渌。相將二使軺，導從還屏逐。後先度巖壑，頡頏追鸞鵠。樂事殊未央，酒行宜局促。風流俄醉舞，坐客瞻頽玉。嵇阮真達生，秦唐漫歌哭。斜陽絶湖去，兩槳凌波速。却尋元龍居，隱隱隔喬木。到門呼主人，展畫滿高屋。夕鼓來遠近，雨聲飄斷續。籃輿入城市，夾道鬧燈燭。盛事在餘杭，他年見圖録。

謝曹子方惠新茶

陳植文華斗石高，景公詩句復稱豪。數奇不得封龍雒，禄仕何妨有馬曹。囊簡久藏科斗字，銛一作「劍」鋒新瑩鷿鵜膏。南州山水能爲助，更有英辭勝廣騷。

慎按：曹子方時爲福建轉運使，此詩施氏原本不載，今據《外集》守杭時作，從新刻《續補》下卷移編。

新茶送簽判程朝奉〔一〕以餽其母有詩相謝次韻答之

縫衣付與溧陽尉，舍肉懷歸潁谷封。聞道平反供一笑，會須難老待千鍾。火前〔二〕試焙分新胯〔三〕，雪裏頭綱輟賜龍。從此升堂是兄弟，一甌林下記相逢。

〔一〕簽判程朝奉：本集《乞擢用程遵彦狀》云：「左朝散郎前僉書杭州節度判官廳公事程遵彦，吏事周敏，學問該洽，文詞雅麗，三者皆有可觀。母性甚嚴，遵彦甚宜其妻，而母不悦，遵彦出之。妻既被斥，孝愛不衰，母卒不悦，遵彦亦不再娶。身爲僕妾之役，以事其母。臣與同僚二年，（頗）〔備〕得其實。」云云。按，《宋史·職官志》：諸州幕職有簽書判官廳公事一員，政和初，改爲司録。凡諸州減罷通判，則升判官爲簽判兼之。

〔二〕火前：《苕溪漁隱叢話》：「水揀茶即社前者，生揀茶即火前者，粗色茶即雨前者。」

〔三〕新胯：熊蕃《北苑茶録》有貢新胯、試新胯之名。

次韻林子中王彦祖唱酬〔一〕

蚤知身寄一漚中，晚節尤驚落木風。公自注：近聞莘老、公擇皆逝，故有此句。昨夢已論三世事，歲寒猶喜五人同。公自注：余與子中、彦祖、子敦、完夫同試舉人景德寺，今皆健。雨餘北固山圍座，春盡西湖水映空。差勝四明狂監在，更將老眼犯塵紅。

〔一〕林王唱酬：施氏原注：「林子中名希，時守潤，故云『雨餘北固山圍座』，後爲同知樞密院。王彦祖名汾，禹偁孫，後爲兵部侍郎。時守明州，當是道出京口唱酬。」此段新刻本删去，今補録。

壽星院寒碧軒〔一〕

清風肅肅摇窗扉，窗前修竹一尺圍。紛紛蒼雪落夏簟，冉冉緑霧沾人衣。日高山蟬抱葉響，人静翠羽穿林飛。道人絶粒對寒碧，爲問鶴骨何緣肥？

〔一〕壽星院：《咸淳臨安志》：「壽星院在葛嶺，天福八年建。」《西湖遊覽志》：「寶雲山之西爲葛嶺，嶺下有壽星院。院中有杯泉、靈泉、（觀臺）寒碧軒、此君軒。」

慎按：《咸淳臨安志》：「壽星院有石刻，公自書此詩後云：『僕在黄州，偶思壽星竹軒，作此詩。今録以遺通悟師。元祐五年十二月。』」據此，則此詩應入黄州卷中，今姑依施注原本。

書劉景文左藏所藏王子敬帖〔一〕

家雞野鶩同登俎，春蚓秋蛇總入奩。君家兩行一本作「子敬」十二《百斛明珠》作「十六」字，氣壓鄴侯三萬籤〔二〕。

〔一〕子敬帖：《詩話總龜》引《百斛明珠》：「世傳王子敬帖有『黄甘三百顆』之語，此帖乃在劉季孫家。景文死，不知今在誰家矣。韋蘇州有言：『書後欲題三百顆，洞庭須待滿林霜。』蓋蘇州亦見此帖也。予嘗有詩與景文，『家雞野鶩』云云。」

〔三〕鄴侯三萬籤：韓愈詩：「鄴侯家多書，插架三萬軸。」《困學紀聞》：「李泌父承休，聚書二萬餘卷，戒子孫，（世間）有求讀者，别院供饌。鄴侯家多書，有自來矣。」○慎按，《苕溪漁隱叢話》：此帖乃右軍帖也，東坡以爲子敬，誤矣。考，右軍《黄甘帖》，惟《汝帖》載之。

書劉景文所藏宗少文一筆畫〔一〕

宛轉回文一作「紋」錦，縈盈連理花。何須郭忠恕〔二〕，匹素畫繅車。

〔一〕宗少文畫：《（廣川畫跋）〔歷代名畫記〕》：「宗炳，字少文，南陽人。善畫，好山水，凡所遊歷，皆圖於壁。嘗自爲《畫山水序》。」米海岳《畫史》：「宗少文《一筆畫》，唐人摹絹本，在劉季孫家，故蘇太簡物。」

〔二〕郭忠恕：（畫繼）〔本集《郭忠恕畫贊》〕：「忠恕字恕先，以字行。周（末）〔祖召〕爲博士，（宋）〔國〕初（改）〔貶〕乾州司户。秩滿，不仕，放曠雍、岐、陝、洛間。善畫山水屋木。太宗聞其名，召除國子監主簿。縱酒肆言時政，流登州。（道）〔因掊地爲穴，度可容面，俯窺焉而〕卒。（人以爲）〔蓋〕尸解〔也〕。」

真覺院〔一〕有洛花〔二〕花時不暇往四月十八日與劉景文同往賞枇杷〔三〕

綠暗初迎夏，紅殘不及春。魏花非老伴，盧橘是鄉人〔四〕。井落依山盡，巖崖發興新。歲寒君記取，松雪看蒼鱗。

〔一〕真覺院：《咸淳臨安志》：「真覺院，開寶八年建，舊名奉慶，祥符元年改今額。」《西湖遊覽志》：「錢塘門沿城而北，舊有真覺院，即隱净菴。」又，龍山亦有真覺院，未詳孰是。

〔二〕洛花：《長公外紀》：「牡丹，唐時杭州無此種。長慶中，開元寺僧惠澄自都下乍得一本，謂之洛花。」

〔三〕枇杷：《咸淳臨安志》：「枇杷無核者，名椒子。（嘉會門外舊有真覺院，蘇東坡詩云云。）出於濳縣黄嶺前烏巾山小錫塘塢者尤珍，白色者上，黄次之。」

〔四〕盧橘：《韻語陽秋》：「東坡詩：『盧橘是鄉人。』又，『盧橘楊梅尚帶酸。』皆以盧橘爲枇杷。彼徒見《上林賦》有『盧橘夏熟』之語，遂以爲枇杷。審爾，則夏熟之下，不當復有黄甘枇杷橪柿之品。然唐子西《李氏山園記》言：『有一物而爲二物者，如《上林賦》云云是也。』據子西言，盧橘即枇杷矣。李白《宫中行》云：『盧橘爲秦樹。』許渾《送表兄使南海》詩云：『盧橘花香拂釣磯。』若以爲枇杷，何獨秦中、海南有耶？錢起《送陸贄》詩：『思親（枇杷）〔蘆柑〕熟。』則又以爲木奴，益無按據。」朱新仲《猗覺寮雜記》：「嶺外以枇杷爲盧橘，故東坡詩云云。按，《上林賦》注：『盧，黑也。』枇杷熟則黄，不應言盧。《初學記》：『張勃《吴録》曰：建安有橘，冬月於樹上覆裹之，明年春夏，色變青黑。』又，《太平御覽》載魏王《花木志》：『蜀土有給客橙，似橘而小，若柚而香，冬夏花實相繼，亦云盧橘。』（觀此二段）〔考二事〕，則非枇杷明甚。」

附劉景文次韻： 此詩從《咸淳臨安志》采出。

夏木有餘緑，山僧知勝春。日長尋卧榻，花落斷遊人。紅旆來雖晚，清風到亦新。成林盧橘熟，翠羽雜金鱗。

附參寥次韻： 此詩從《參寥子集》中采出。

脱略今山簡，能吟舊子春。偶因尋勝出，不爲采芳人。紅紫千葩盡，甘酸萬顆新。江雲浮翠壁，靄靄散魚鱗。

又和景文韻

牡丹松檜一時栽，付與春風自在開。試問壁間題字客，幾人不爲看花來。

西湖壽星院此君軒〔一〕

卧聽謖謖碎龍鱗，俯看蒼蒼玉立身。一舸鴟夷江海去，尚餘君子六千人。

〔一〕此君軒：注見本卷「壽星院」下。

此君軒

雲幢烟節十一作「七」州人，犀甲檀槍百萬軍。翳薈叢一作「發」生何足道一作「數」，此君真是此君君。

觀　臺〔一〕

三界無所住，一臺聊自寧。塵勞付白骨，寂照起黄庭。殘磬風中嫋，孤燈雪後青。須防童子戲，投瓦犯清泠。

〔一〕觀臺：在壽星院，注見本卷。

遊中峰杯泉〔一〕

石眼杯泉舉世無，要知杯度是凡夫。可憐狡獪維摩老，戲取江湖入鉢盂。

〔一〕杯泉：在壽星院，注見本卷。

慎按：以上三首，施氏原本皆不載。《咸淳臨安志》：「壽星院在葛嶺，中有寒碧軒、此君軒、觀臺、杯泉，東坡皆有詩。」此三首皆載本條題詠下。今據此，從吴中新刻《續補》下卷類編於此。

仲天貺〔一〕王元直自眉山來見余錢塘留半歲既行作絶句五首送之〔二〕

其　一

仲君豈弟多學，王子清修寡言。病後空驚鶴瘦，時來或作鵬騫。

〔一〕仲天貺：失考。

〔二〕王元直：蘇叔黨《斜川集》有《王元直墓志》：君姓王氏，名箴，字元直，小字惇叔。○按，東坡初娶鄉貢進士王方女，封通義郡君。繼娶王君錫女，封同安郡君。本集《祭君錫丈人文》云：「某始婚姻，公之猶子，允有令德，夭閼莫遂。惟公幼女，（繼）〔嗣〕執罍篚。」則通義、同安必同堂姊妹。施氏原注謂元直爲同安君之弟，則君錫之子也。

其　二

海角煩君遠訪，江源與我同來。剩作數詩相送，莫教萬里空回。

其　三

三人一日同行，公自注：二子與秦少章同寓高齋，復同舟北行。留下高齋月明〔一〕。遥想扁舟京口，尚餘孤枕潮聲。

〔一〕高齋：《咸淳臨安志》：「高齋，唐時郡齋名。嚴維《九日登高》，有「遲客高齋瞰浙江」之句。葉夢得《録話》云：『錢塘州宅之東，清暑堂之後，舊據城闉，横爲屋五間，下瞰虚白堂，不甚高大，而最超出州宅及園圃之中，故爲州者多居之，謂之高齋。』」

其　四

更欲留君久住，念君去國彌年。空使犀顱玉頰，長懷髯舅凄然〔一〕。

〔一〕髯舅：施氏原注：「髯舅謂元直。」注詳前。

其　五

爲余遠致殷勤，瑞草橋邊老人〔一〕。公自注：老人，王慶源也。紅帶雅宜華髮，白醪光泛新春。

〔一〕瑞草橋老人：見上卷《慶源宣義王丈》詩注中。

附黃山谷次韻五首：山谷詩自序云：「王元直惠示東坡先生與景文老將唱和六言十篇，感今懷昔，似聞東坡已渡瘴海來歸，而景文墓木已拱。天既之壟，亦有宿草。猶喜元直尚健，能道錢塘舊事。故追韻，作此五篇，只今眼前無景文輩人，故詩語及之尤多。」

仲子賨霜殺草，風流無地寄言。王君攀鱗附翼，禮義端能不騫。

不怨子堂堂去，蓋念君得得來。家藏會稽翰墨，晚歲喜識方回。

兩公六字語翰，我獨一雙眼明。書似出林飛鳥，詩如落澗泉聲。

老憶夷門老將，當年許我忘年。博學似劉子政，清詩如孟浩然。

天子文明濬哲，今年不次用人。九原埋此佳士，百草無情自春。

附劉景文次韻五首：此五首從《山谷別集》采出。按，史季温注山谷詩，附載景文五章，原序云：「季孫惶恐，伏蒙知府内翰寵示，送仲天貺王元直詩五首，仰同嚴韻，不勝狂妄之罪。」

誰懷二子千里，公賦五篇六言。月底飛雲西去，山頭歸雁雙騫。

小艇辭公晚發，高齋記客初來。耿耿不忘歸路，阻修萬折千回。

府下莫非群傷，坐中不見三明。遠意關河馬首，静吟筆硯泉聲。

雖到蜀都有日，却逢謝傅何年。歷歷林蹊勝處，想君把酒依然。

樂事無如飲酒，休官自是高人。紅帶遨頭寄與，是翁矍鑠尋春。

贈善相程傑〔一〕

心傳異學不謀身，自要清時閲縉紳。火色上騰雖有數，急流勇退豈無人。書中苦覓原非訣，醉裏微言却近真。我似樂天君記取，華顛賞遍洛陽春。

〔一〕程傑：失考。

參寥惠楊梅

新居未换一根椽，只有楊梅不直錢。莫共金家鬭甘苦〔一〕，參寥不是老婆禪〔二〕。

〔一〕金家：《咸淳臨安志》：南山近瑞峰石塢内有一老嫗，姓金，其家楊梅甚盛，俗稱楊梅塢，所謂金婆楊梅是也。」

〔二〕老婆禪：（傳燈録）〔《宗門統要續集》卷第一〕：「雪竇云：明眼的覷着，將謂雪竇門下教你老婆禪。」

慎按：此詩施氏原本不載，據《外集》編第八卷守杭時作也，今從新刻《續補》下卷改編。

次韻林子中〔一〕蒜山亭見寄〔二〕

奇逸多聞老敬通，何人慷慨解憐翁。十年簿領催衰白，一笑江山發醉紅。聞道賦詩臨北固，未應舉扇向西風。叩頭莫喚無家客，歸掃岷峨一畝宮。

〔一〕林子中：名希，時以天章閣待制知潤州。

〔二〕蒜山：曹旼《潤州類集》：蒜山在江上，說者曰山多澤蒜，故名。一說謂周瑜、諸葛亮會此，議拒曹操，當作「計算」之「算」。

再和并答楊次公〔一〕

昆盧海上妙高峰，二老遥知説此翁。聊復艤舟尋紫翠，不妨持節散陳紅。高懷却有雲門興〔二〕，好句真傳雪竇風〔三〕。唱我三人無譜曲，馮夷亦合舞幽宮。

〔一〕楊次公：名傑，時提點兩浙路刑獄。

〔二〕雲門：按，禪宗雲門山，在粤東韶州者，爲文偃禪師道場，越州亦有雲門，即少陵所云若耶溪雲門寺也。

〔三〕雪竇風：《傳燈録》：「明州雪竇禪師悲學者尋流失源，作偈曰：『三分光陰二早過，靈臺一點不揩磨。』其妙語偈頌，遍播叢林。」

次韻劉景文送錢蒙仲三首

其一

誰識天閑老驥，不爭日暮長途。送盡青雲九子，歸去扁舟五湖。

其二

寄語竹林社友，同書桂籍天倫。王郎獨爲鬼録，世間無此玉人。

其三

五字古原春草，千金漢殿長門。經緯尚餘三策，典刑留與諸孫。

附劉景文原作三首： 此詩從王氏舊注中采出，原題云「送蒙仲赴舉」。

膝下五車就業，殿中三月亨途。日出喚君名姓，春風吹過江湖。

文價從今第一，家風經古無倫。不假湘靈十字，知君才倍前人。

俊氣將探虎穴，清才早踐龍門。故比隔江白鷺，萬人回看王孫。

菩提寺〔一〕南漪堂杜鵑花〔二〕

南漪杜鵑天下無，披香殿上紅氍毹〔三〕。鶴林兵火真一夢，不歸閬苑歸西湖。

〔一〕菩提寺：《咸淳臨安志》：「菩提院，太平興國二年建，本名惠嚴，七年改賜今額。」中有杜鵑花最盛。

〔二〕南漪堂：《西湖遊覽志》：「錢塘門緣城而北，有菩提院，本錢惟演別墅也。捨以爲寺，有南漪、迎薰等亭，後併入昭慶律寺。」

〔三〕披香殿：漢宮閣名，長安有披香殿。白居易詩：「染爲紅線紅於花，織作披香殿上毯。」

寒具

公自注：乃撚頭，出劉禹錫《佳話》。

纖手搓來玉數尋，碧油輕蘸嫩黃深。夜來春睡濃於酒《苕溪漁隱》作「無輕重」，壓褊佳人纏臂金。

慎按：此詩施氏原本不載，據《外集》編守杭第八卷中，今從《續補》下卷移編。

題楊次公春蘭

春蘭如美人，不采羞自獻〔一〕。時聞風露香，蓬艾深不見。丹青寫真色，欲補《離騷傳》。

對之如靈均，冠佩不敢燕。

〔二〕不采：韓愈《猗蘭操》：「不采而佩，於蘭何傷？」

題次公蕙

蕙本蘭之族〔一〕，依然臭味同。曾爲水仙佩，相識《楚辭》中。幻色雖非實，真香亦竟空。云何起微馥，鼻觀已先通。

〔一〕蘭蕙：〔《本草綱目・正誤》〕：「黄山谷云：『一幹一花爲蘭，一幹（五七）〔數〕花爲蕙。』《遯齋閒覽》云：『《楚騷》之蘭（蕙），或以爲都梁香，或以爲澤蘭，或以爲猗蘭，當以澤蘭爲正。今人所種，如麥門冬（葉）者爲幽蘭，非真蘭也。故陳止齋作《盜蘭説》以譏之。』」朱文公《離騷辨正》云：「古之香草，必花葉皆香，燥濕不變，故可佩。今之蘭蕙，（但）〔則〕花香而葉乃無氣，質弱易萎，（必）〔其〕非古人所指，甚明。（古之蘭似澤蘭，而蕙即今之零陵香，今之似茅而花有二種者。）不知何時始誤也。」吴草廬《蘭説》云：蘭爲醫經上品，草之植者也。今所謂蘭，乃無枝無莖，因黄山谷稱之，世遂謬指爲《離騷》之蘭。

次韻曹輔寄壑源試焙新芽〔一〕

仙山靈草一作「雨」濕行雲，洗遍香肌粉未勻。明月來投玉川子，清風吹破武陵春。要知冰一作「玉」雪心腸好，不是膏油首面新〔二〕。戲作小詩君勿一作「一」笑，從來佳茗似佳人。

〔一〕 鋻源試焙：《太平寰宇記》：「龍焙監在建州建安縣南鄉。」黄儒《品茶要録》：「鋻源（在建溪，與）沙溪〔其〕地相背，中隔一嶺。其（去）〔勢〕無數里之遠，然茶産頓殊，豈水脉、地脉（獨）〔偏〕萃於鋻源耶？凡鋻源之茶售以十，則沙溪之茶售以五。」《夢溪筆談》：「建安勝處曰郝源曾坑，（在）坌根山頂二品尤勝，李氏時號爲北苑，置使領之。」《苕溪叢話》：「北苑茶入貢之後，市無貨者，惟鋻源私焙茶，其絶品可敵官焙。蓋鋻源與北（源）〔苑〕爲鄰，山阜相接，纔二里餘，其茶香甘，在諸私焙之上。」

〔二〕 膏油首面：熊蕃《北苑貢茶録》：「南唐初造研膏，繼造蠟面。」○慎按，施氏原注：「集本云，『仙山靈雨濕行雲』，『試作小詩君一笑』。吴興向氏有畢良史舊藏墨跡，『靈雨』作『靈草』，『一笑』作『勿笑』，今從墨跡。後又題『曾坑鋻源』四大字。輔時爲閩漕。」此段新刻本删去，今補録。

次韻袁公濟〔一〕謝芎椒〔二〕

燥吻時時著酒濡，要令卧疾致文殊。河魚潰腹空號楚，汗水流骹始信吴。公自注：《吴真君服椒法》云：半年脚心汗如水。自笑方求三歲艾，不如長作獨眠夫。羡君清瘦真仙骨，更助飄飄鶴背軀。

〔一〕袁公濟：施氏原注：「袁公濟，名轂，後知處州。據先生詩考之，本卷次『溽』字韻有『今年復爲僚』之句，又，『除夕詩』題云『呈公濟子牟二通守』，則此時袁爲杭倅。」

〔二〕芎椒：《本草》：「芎藭，一名山鞠窮。此藥行上，專治頭腦（之）〔諸〕疾（兼禦濕氣）。出關中者爲西芎，出四川者爲川芎。」《爾雅》：「椵，大椒。」郭璞注：「椒，叢生，實大者爲椵。」陸璣《詩疏》：「椒樹如茱萸（味亦辛香）。蜀人作茶，吴人作茗，皆以其葉合煮爲香。」《本草服食方》：「單服椒紅，補下，宜用蜀椒。段成式云：『椒氣下達，餌之不衝上也。』」

次韻楊次公惠徑山龍井水公自注：龍井水洗病眼有效。

漏盡雞號厭夜行〔一〕，年來小器溢缾罌。棄官縱未歸東海，罷郡猶堪作水衡。幻色將空眼先暗，勝遊無礙脚殊輕。空煩遠致龍淵水〔二〕，寧復臨池似伯英。

〔一〕漏盡：蔡邕《獨斷》：「夜漏盡，鼓鳴則起；晝漏盡，鐘鳴則息。」

〔二〕龍淵水：蔡襄《徑山記》：「山間（有）小井，云故龍湫也。龍亡湫在，歲常一來，雷雨（晦冥）〔暝曀〕。」《吴興掌故集》：「蛟龍池在天目山東南。」

次韻劉景文登介亭〔一〕

澤國梅雨餘，衰年困蒸溽。高堂磨新磚，頗覺利腰足。松根百尺井，兩綆飛浄渌。流觴聚兒童，一笑爲捧腹。清風信可御，剛氣在巖麓。始知共此世，物外無三伏。長歌入雲去，不待絃管逐。西湖真西子，煙樹點眉目。濤江少醖藉，高浪翻雪一作「飛」屋。俛仰拊四海，百世飛鳥速。遠追錢氏餘，近弔祖侯躅〔二〕。吾生如寄耳，寸晷輕尺玉。誰似劉將軍，逸韻謝邊幅。千言一揮手，五車不再讀。春嵓彩雞舞，月峽哀猿哭。朝先鶗一作「啼」鴂起，暮與寒螿續。我老廢吟哦，賴君時擊觸。從今事遠覽，發軔此幽谷。清游得三昧，至樂謝五欲〔三〕。莫作狂道士，氣壓劉師服。

〔一〕介亭：《咸淳臨安志》：「鳳凰山在錢塘舊治正南，山顛有排衙石，第一峰有白塔，塔西有小徑，青石崔嵬，夾道皆峭壁，中穿一衕，人可往來，名曰石衕，好事者多題名其(上)〔間〕。熙寧中，郡守祖無擇對排衙石作介亭，天風冷然，有縹緲憑空之意。」

〔二〕祖侯：《邵氏聞見録》：「祖無擇，字擇之，蔡州人。登甲科，與王介甫同知制誥。熙寧二年，介甫參知政事，時無擇知杭州。介甫密諭監司，求無擇之罪，使御史王〔子〕韶按(驗)〔治〕，無所得。坐送賓客酒三百小瓶，責節度副使。元豐中，復秘書監、集賢〔院〕學士，移知光化軍，卒，士大夫冤之。」《咸淳臨安志》：「英宗治平四年十月丁未，祖無擇以右諫議大夫加龍圖閣學士、知杭州，嘗作介亭於鳳皇山。」

〔三〕五欲：《釋典大論》：「二乘但(能)斷界内五欲，故世間五欲所不能動，故爲界外上妙聲色之所染污。故迦葉云：三界五欲，我已斷竟，不能動心，此是菩薩妙浄五欲，吾於此事不能自安，斯爲法塵所惑也。」

附劉景文原作：此詩從王氏舊注中采出。

使君中和堂，六月無炎溽。隨呼衆賓集，一笑清風足。復爲曲水飲，石面涌寒渌。持杯襟袂涼，酒出金鯨腹。旌旗登鳳皇，羽翼在林麓。半空老崖斷，千古靈藥伏。松杉各雄枝，螭蜃傍奔逐。古韻豈塵世，遐瞻有天目。霸國荒故壇，墠社移新屋。霞標起山近，潮勢卷江速。物外得長涼，尊前尋往躅。有客告將行，遲留待珠玉。欣然點鼠須，萬象歸一幅。終篇燦燦動，滿座琅琅讀。此時天樂奏，到夜山鬼哭。和之慚豈敢，來者信難續。粉壁鑑相射，香煤塵不觸。醉歸掃雙堵，字字照巖谷。星辰衆所仰，富貴公豈欲。一言换凡骨，芝术誰能服。

附孫覺詩：見李濂《汴京遺跡志》，按，《孫莘老集》世已失傳，附録以存其詩。

真人昔未起，奔鹿駭四方。連延天目山，兩乳百里長。有城跨江海，無地生侯王。中霄潦穹旻，列石表壇場。朱旗大梁野，英氣吞八荒。寥寥百年後，故物亦已亡。所餘彼巉巖，峰巔屹相望。主人承明老，星斗工文章。築亭紫霄上，坐客蒼株旁。攀雲弄明月，曉星生扶桑。禹山隔波濤，簡書永埋藏。願逢希夷使，水土還故常。

袁公濟和復次韻答之

昏昏墮醉夢，奈此六月溽。君詩如清風，吹我朝睡足。登臨得佳句，江白照湖渌。袖手獨不言，默藁已在腹。是時風雨過，靄靄雲歸麓。踈星帶微月，金火争見伏。惜哉此清景，變滅不可逐。歸來讀君詩，耿耿猶在目。却思少年日，聲價争場屋。文如翻水成，賦作叉手速。秋風起鴻雁一作「鵠」，我亦繼華躅〔一〕。那知君蹭蹬，獨泣荆山玉。相見南新道，青衫垂破幅。蚤知事大謬，恨不十年讀。莫嫌馮唐老，終勝賈誼哭。今年復爲僚，舊好許重續。升沉何足道，等是蠻與觸。共爲湖山主，出入窮澗谷。衆馳君不争，人棄我所欲。何時神武門，相約挂冠服。

〔一〕繼華躅：施氏原注：「袁轂試館職首薦，東坡亦第七人。」按，《年譜》：召試秘閣，入三等，直史館，治平二年事。

附袁公濟次韻： 此詩從王氏舊注中采出。

東南富山水，所病在卑溽。陰晴變朝暮，梅雨大田足。翰苑宴高堂，金罍浮蟻緑。清泠四座耳，醉飽五經腹。停午登介亭，縈紆俯山麓。行路愁渴死，是月丁初伏。乘高瞰群峰，前後浪奔逐。三吴在指掌，百越入雙目。漢憂分朱轓，堯意注黄屋。下輿曾未幾，傳命甚郵速。霸遂伏下風，元白仰高躅。唱予而和女，談笑唾珠玉。所恨繼者貧，囊箱無寸幅。劉侯世良將，文史三冬讀。坐嘯胡騎却，行歌燕旦哭。儒將久寂寥，斷絃今日續。所得最在詩，銛利鋒莫觸。唱酬黄卷上，如響答深谷。王侯富方丈，熊掌我所欲。獨餒不得飽，中心但誠服。

介亭餞楊傑次公

籃輿西出登山門，嘉與我友尋仙村。丹青明滅風篁嶺〔一〕，環珮空響桃花源〔二〕。公自注：郡人謂介亭山下爲桃源路。前朝欲上已蠟屐，黑雲白雨如傾盆。今晨積霧卷千里，豈畏觸熱生病根。在家頭陀無爲子〔三〕，久與青山爲弟昆。孤峰盡處亦何有？西湖鏡天江抹坤。臨高揮手謝好住，清風萬壑傳其言。風迴響答君聽取，我亦到處隨君軒。

〔一〕風篁嶺：《咸淳臨安志》：「風篁嶺在錢塘門外放馬塲，西路通龍井，嶺最高峻，修篁怪石，風韻蕭爽。」

〔二〕桃花源：《咸淳臨安志》：「冷水峪在嘉會門外，夾山多桃花，中有流水，爲城南勝概，舊呼桃源，游人多集焉。」

〔三〕無爲子：楊傑自號無爲子。注見前。

次京師韻送表弟程懿叔赴夔州運判

與子甥舅氏，摧頹各蒼顔。並爲東諸侯，長此佳江山。寒松無時花，安得插髻鬟。惟將老不死，一笑榮枯間。我甚似樂天，但無素與蠻。挂冠及未耄，當獲一紀閒。子亦拙進取，才高命堅頑。譬如萬斛舟，行此九折灣。仲氏新得道，一漚目塵寰。公自注：君之兄德孺自云：近於佛法有得。歲晚家鄉路，莫遣生榛菅。

慎按：此首，次《送程七表弟知泗州》韻，詩載第三十卷中。

葉教授和溽字韻詩復次韻爲戲記龍井之遊〔一〕

先生魯諸儒，飲食清不溽。空腸出秀句，吟嚼五味足。華堂鬧絲管，眸子漲春淥。先生疾走避，面冷毒在腹。歸來煮瓠葉，弟子歌《旱麓》。聲淫及《靈臺》，中有麀鹿伏。功名一走兔，何用千人逐。故應容我輩，清坐時閉目。高亭石排衙〔二〕，木杪挂飛屋。我來無時節，客亦不待速。似聞雪髯叟，西嶺訪遺躅。朝陽入潭洞，金碧涵水或作「冰」玉。泉扉夜不扃，雲袂本無幅。慈皇付寶偈，神侶得幽讀。訥菴當作「齋」有老人〔三〕，宴坐天魔哭。時來獻瓔珞，法供燈相續。吾儕詩酒污〔四〕，欲往無乃觸。齋厨費晨炊，車騎滿山谷。願聞第一義，鉢飯非所欲。便投切雲冠，予幼好奇服。

〔一〕龍井：《咸淳臨安志》：松篁嶺下龍井壽聖院，辯才所居。秦少游《龍井記》略云：「龍井當西湖之西，浙江之北，風篁嶺之上，深山亂石之間，蟠幽而（宅）〔距〕阻。嶺之左右，大率多泉，龍井其尤者也。」

〔二〕石排衙：注詳本卷「介亭」下。

〔三〕訥齋：《咸淳臨安志》：「元豐二年，辯才自天竺退休龍井，游覽之所，有方圓菴、歸隱橋、寂室、照閣、閒堂、訥齋諸名。」按，（本集）〔子由〕《訥齋記》云：「辯才初在上天竺十四年，有利其富者，迫而逐之，師欣然捨去。明年，復其舊。無幾，師告其衆曰：『天竺之南，山深而木茂，泉甘而石峻，我將老於是。』言已，策杖而往，以茅竹自覆。不期年而臺觀飛涌，自是謝事，不復出入。（少游）〔秦觀太虚〕名其所居曰『訥齋』，道潛屬余爲記。」

〔四〕詩酒污：杜甫詩：「久遭詩酒污，何事忝簪裾。」

次韻林子中見寄

飄零洛社數遺民，詩酒當年困惡賓。元亮本無適俗韻，孝章要是有名人。蒜山小隱雖爲客，江水西來亦帶岷。卷却西湖千頃葑一作「緑」，笑看一作「他」魚尾更莘莘。

安州老人食蜜歌〔一〕

安州老人心似鐵，老人心肝小兒舌。不食五穀唯食蜜，笑指蜜蜂作檀越。蜜中有詩人不知，千花百草爭含姿。老人咀嚼時一吐，還引世間痴小兒。小兒得詩如得蜜，蜜中有藥治平聲百疾。正當狂走捉風時，一笑看詩百憂失。東坡先生取人廉，幾人相歡幾人嫌。恰似飲茶一作「茶」甘苦雜，不如一作「知」食蜜中邊甜。一本公自注：佛云：吾言譬如食蜜，中邊皆甜。因君寄與雙龍餅，鏡空一照雙龍影。三吴六月水如湯，老人心似雙龍井。

〔一〕安州老人：《太平寰宇記》：「淮南道安州安陸郡，宋爲安遠軍節度。」《吴郡志》：「仲殊，字師利，承天寺僧也。初爲士人，嘗預鄉薦。其妻以藥毒之，遂棄家削髮，時食蜜以解毒。蘇公與之往還甚厚，號曰蜜殊。工詩，有《寶月集》行於世，非世俗詩僧比。」《侯鯖録》載仲殊《過潤州絶句》，云：「北固樓前一笛風，斷雲飛出建昌宫。江南二月多芳草，春在濛濛細雨中。」《寶月集》今不傳，附録於此。

次韻錢穆父紫薇花二首

其一

虚白堂前合抱花〔一〕，秋風落日照横斜。閲人此地知多少，物化無涯生有涯。公自注：虚白堂前紫薇兩株，俗云樂天所種。

〔一〕虚白堂：《咸淳臨安志》：虚白堂在鳳皇山舊府治中。「唐長慶中，刺史白文公有詩，刻石堂上。」

其二

折得芳蕤兩眼花，題詩相報字傾斜。篋中尚有絲綸句，公自注：白居易《紫薇花》詩：絲綸閣下文章靜，鐘鼓樓中刻漏長。獨坐黄昏誰是伴，紫薇花對紫薇郎。上嘗書此詩，以賜軾。坐覺天光照海涯。

送張嘉州〔一〕

少年不願萬户侯，亦不願識韓荆州。頗願身爲漢嘉守，載酒時作凌雲遊〔二〕。虚名無用今白首，夢中却到龍泓口〔三〕。浮雲軒冕何足言，惟有江山難入手。峨眉山月半輪秋，影入平羌江水流。謫仙此語誰解道，請君別本作「看」者，訛。見月時登樓〔四〕。笑談萬事真何有，一時付與東巖酒〔五〕。公自注：佛峽人家白酒舊有名。歸來還受一大錢，好意莫違黄髮叟。

〔一〕張嘉州：名失考。應劭《漢書注》：順帝改青衣爲漢嘉，以公孫述稱帝，青衣人不賓，光武嘉之也。

〔二〕凌雲：《方輿勝覽》：「九頂山在嘉州城左，有九峰。唐會昌以前，峰（皆）〔各〕有寺，今惟存（凌雲）〔報恩〕一寺。」

〔三〕龍泓：《太平寰宇記》：「嘉州治龍游縣，隋（初）伐陳，有龍見江水，引軍，故名。」王氏舊注云：

「龍泓口在凌雲之上，士人謂之龍巖。」不知何據。

〔四〕看月登樓：嘉州有明月樓，注見前。又，陸放翁有《嘉州月榭》詩，云：「試傾萬（頃）〔景〕湖亭酒，來看半輪江月秋。」

〔五〕東巖酒：《輿地紀勝》：東巖在嘉州城東佛峽，即聖岡山。巖半有洞，出泉，清冽宜釀。

絶　句

春來濯濯江邊柳，秋後離離湖上花。不羨千金買歌舞，一篇珠玉是生涯。

慎按：此詩施氏原本不載，今從《續補》下卷移編。

次韻蘇伯固主簿重九〔一〕

雲間朱袖拂雲和，知一作「應」是長松挂女蘿。髻重不嫌黄菊滿，手香新喜緑橙搓。墨翻衫袖吾方醉，紙落雲烟子患多。只有黄雞與白日，玲瓏應識使君歌。

〔一〕蘇伯固：名堅，鎮江人。施氏原注：「公自翰林守杭，伯固以臨濮縣主簿監杭州在城商税。」

九日袁公濟有詩次其韻

古來静治得清閒，我愧真長也一斑。舉酒東榮挹江海，回尊落日勸湖山。平生傾蓋悲歡裹，蚤晚抽身簿領間。笑指西南是歸路，倦飛弱羽久知還。

和公濟飲湖上《外集》本題下尚有「東坡來爲不速」六字。

昨夜醉歸還獨寢，曉來宿雨鳴孤枕。扁舟小棹截湖來，正見青山駁雲錦。須知老人興不淺，莫學公榮不共飲。與君歌鼓樂豐年，唤取千夫食陳廩。

慎按：以上二首，施氏原本不載，《外集》載第八卷，今從新刻《續補》卷中移編於此。

次韻景文山堂聽一作「彈」箏三首

其一

忽憶韓公二妙姝，琵琶箏韻落空無。猶勝江左狂靈運，空鬭東昏百草鬚。

慎按：劉禹錫《嘉話録》：「謝靈運鬚，施爲祇洹寺維摩像鬚，寺僧寶惜，初不虧損。中宗朝，安樂公主五日鬭（百）草，欲廣其物色，令馳驛取之，又恐爲他所得，因剪棄其餘。」《苕溪漁隱》云：「東坡《次韻劉景文聽琵琶》詩，乃以安樂公主爲東昏侯。按，東昏侯是齊明帝第三子，雖昏虐暴亂，未嘗取靈運鬚以鬭百草，豈非誤耶？」

其　二

馬上胡琴塞上姝，鄭中丞後有人無。詩成畫一作「樺」燭飄金燼，八尺英公欲燎鬚。

其　三

荻花楓葉憶秦姝，切切么絃細欲無。莫把胡琴挑醉客，回看霜戟褚公鬚。

慎按：以上三首，施氏原本不載，今從新刻本《續補》下卷編次於此。

秋晚客興

草滿池塘霜送梅，疎林野色近樓臺。天圍故越侵雲盡，潮上孤城帶月回。客夢冷隨楓葉斷，愁心低逐雁行一作「聲」來。流年又喜經重九，可意黄花是處開。

慎按：此詩不似先生手筆，施氏原本不載，因詩中有「天圍故越」二句，或是杭州作，今從新刻《續補》下卷移編。

秋興三首

其一

野鳥游魚信往還，此身同寄水雲間。誰家晚吹殘紅葉，一夜歸心滿舊山。可慰摧頹仍健食，此生通脱屢酡顔。年華豈是催人老，雙鬢無端只自斑。

其二

故里依然一夢前，相攜重上釣魚船。嘗陪大幙今陳迹，謬忝承明愧昔年。報國無成空白首，退耕何處有名田。黄雞白酒雲山約，此計當時已浩然。

其三

浴鳳池邊星斗光，宴餘香滿上書囊。樓前夜月低韋曲，雲裏車聲出未央。去國何年雙鬢雪，黄花重見一枝霜。傷心無限厭厭夢，長似秋宵一倍長。

慎按：此三首施氏原本不載，《外集》編第八卷守杭時作，今據此，從《續補》下卷改編。

贈劉景文

荷盡已無擎雨蓋〔一〕，菊殘猶有傲霜枝。一年好景君須記，正一作「最」是橙黄橘緑時。

〔一〕《苕溪漁隱叢話》：「『天街小雨潤如酥』云云，退之《早春》詩也，『荷盡已無擎雨蓋』云云，子瞻初冬詩也。二詩意同而辭殊，皆曲盡其妙。」

慎按：此詩施氏原本編《次韻公濟梅花十首》之後，今移編於此。

送李陶通直赴清溪〔一〕

忠文、文正二大老，公自注：司馬温公、范蜀公，君之師友。温公謚文正，蜀公謚忠文。蘇、李、廣平三舍人。公自注：蘇子容、宋次道與先公才元，熙寧中封還李定詞頭，天下謂之三舍人。喜見通家賢子弟，自言得邑少風塵。從來勢利關心薄，此去溪山琢句新。肯向西湖留數月，錢塘初識小麒麟。

〔一〕李陶通直：按，李陶之父名大臨，字才元。故云「賢子弟」。陶曾爲徐州通判，有子能詩，結句「小麒麟」指其子。通直，陶之官號也。《職官分紀》：寄禄文散官有通直郎。杜氏《通典》云：「通直郎，隋置，謂官高下通爲宿直者也，因此爲名。」

辯才老師退居龍井不復出入余往見之嘗出至風篁嶺左右驚曰遠公復過虎溪矣辯才笑曰杜子美不云乎與子成二老來往亦風流因作亭嶺上名曰過溪亦曰二老謹次辯才韻〔一〕

日月轉雙轂，古今同一邱。惟此鶴骨老，凜然不知秋。去住兩無礙，人天争挽留。去如龍出山，雷雨卷潭湫。來如珠還浦，魚鼈争駢頭。此生暫寄寓，常恐名實浮。我比陶令愧，師爲遠公優。送我還過溪，溪水當逆流。聊使此山人，永記二老游。大千在掌握，寧有離別憂。

〔一〕辯才退居龍井：《咸淳臨安志》：「延恩衍慶寺，俗名龍井寺。唐乾祐二年，居民凌霄募建，爲報國看經院。熙寧中改壽聖院。元豐二年，辯才（禪）〔大〕師自天竺歸老（於此）〔兹山〕，始鼎新棟宇及遊覽之所，有過溪亭、德威亭、白雲堂、滌心沼、歸隱橋、獅子峰、薩埵石，山川勝概，一時呈露，龍井古荒刹，由是振顯。」《西湖遊覽志》：「龍井本名龍泓，吴赤烏中，葛洪煉丹於此。林樾幽古，石鑑平開，深不可測。相傳有龍居焉，禱雨多應。」

附辯才原作： 此詩從《臨安志》采出。

暇政去旌旆，策杖訪林邱。人惟尚求舊，况悲蒲柳秋。雲谷一臨照，聲光千載留。軒眉師子峰，洗眼蒼龍湫。路穿亂石脚，亭蔽重岡頭。湖山一目盡，萬象堂中浮。煮茗款道論，奠爵致龍優。過溪雖犯戒，兹意亦風流。自惟日老病，當期安養游。願公歸廊廟，用慰天下憂。

附參寥次韻： 以下二首亦從《臨安志》采出。

遠公吾家傑，道妙非壺邱。德傾龍象侶，貌蓋江湖秋。平生經綸學，不爲名相留。滔滔若懸瀑，下注萬丈湫。昔年謝講事，衆挽不轉頭。刳心老巖穴，百念本不浮。東南望多士，惟見此老優。翰林天下公，方外實輩流。旌旗虎溪路，竟日泉石游。衆生病未已，師意可忘憂。

附錢穆父次韻：

幻泡本空色，真夢迷黄邱。宦學類狂走，爾來三十秋。髪齒非他時，歲月不我留。古刹插亂石，蟄龍蟠靈湫。天人大導師，駐錫今白頭。安住善護念，晚節非沉浮。吾嘗謂出處，未用相劣優。權實分二乘，股肱均九流。今知攬攬者，安得逍遥遊。從兹許禮足，尚可治幽憂。

慎按：辯才及穆父詩，世不多見，以上唱和，俱載《臨安志》「龍井」條下。此外更有楊次公《記》及《龍井雜絶句》十三首，趙清獻公亦有詩，非同時唱和，故不録。

問淵明

公自注：或曰：東坡此詩，與淵明反。此非知言也。蓋亦相引以造意言者，未始相非也。元祐五年十月日。

子知神非形，何復異人天。豈惟三才中，所在靡不然。我引而高之，則爲星斗懸。我散而卑之，寧非山與川。三皇雖云没，至今在我前。八百要有終，彭祖非永年。皇皇謀一醉，發此露槿妍。有酒不辭醉，無酒斯飲泉。立善求我譽，飢人食饞涎。委運憂傷生，憂一作「運」去生亦還。縱浪大化中，正爲化所纏。應盡便須盡，寧復事此言。

慎按：此詩施氏原本不載，新刻本載《續補》上卷，今據自注年月，編次於此。

偶於龍井辯才處得歙硯甚奇作小詩

羅細無紋一作「文」角浪平〔一〕，半丸犀璧浦雲泓。午窗睡起人初静，時聽西風拉瑟聲。

〔一〕羅紋：高似孫《硯箋》：「南唐元宗時，歙守獻硯並徵硯工李少微，擢硯官。」其硯有羅紋坑、眉子坑、金星坑之别。《歙州硯譜》：「羅紋山，亦曰芙蓉溪，硯坑十餘處，皆山前後沿溪所生。水巖坑在羅紋山西北，石理如浪紋。」

書辯才白雲堂壁〔一〕

不辭清曉扣松扉，却值支公久不歸。山鳥不鳴天欲雪，卷簾惟見白雲飛。

〔一〕白雲堂：注詳前。

慎按：以上二首，施氏原本不載，今從新刻《續補》下卷因題類編。

送程之邵僉判赴闕〔一〕

夜光不自獻，天驥良難知。從來一狐腋，或出五羖皮。賢哉江東守〔二〕，收此幕中奇。無華豈易識，既得不自隨。留君望此府〔三〕，助我憐其衰。二年促膝語，一旦長揖辭。林深伏猛在，岸改潛珍移。去此當安從？失君徒自悲。念君瑚璉質，當今臺閣宜。去矣會有合，豈當一作「常」懷其私。

〔一〕程之邵：名遵彥，時簽書杭州節度判官廳公事。注見上卷。

〔二〕江東守：《咸淳臨安志》：「元祐三年六月，楊繪卒於杭。熊本以龍圖閣（學士）〔待制〕自越改知杭州，四年五月，徙知江寧府。」

〔三〕望此府：《世説》：「王東亭爲桓宣武主簿，既承藉有譽，爲·府之望（焉）。」

寄梅宣義園亭

仙人子真後，還隱吴市門。不惜十年力，治此五畝園。初期橘爲奴，漸見桐有孫。清池壓邱虎，異石來湖黿〔一〕。敲門無貴賤，遂性各琴尊。我本放浪人，家寄西南坤。敝廬雖尚在，小圃誰當樊？羡君欲歸去，奈此未報恩。愛子幸僚友〔二〕，久要疑弟昆。明年過君西，飲我空缾盆。

〔一〕湖黿：《吴郡志》：「太湖石出湖中之黿山，瑩潔可鑑，堅潤如金（石）〔玉〕。」

〔二〕愛子：梅子明，宣義之子也。注見上卷、

觀湖二首「湖」，疑當作「潮」。

其一

乘槎遠引神仙客，萬里清風上海濤。回首不知沙界小，飄衣猶覺色塵高。須彌有頂低垂日，兜率無根下戴鼇。釋梵茫然齊劫火，飛雲不覺醉陶陶。

其二

朝陽照水紅光開，玉濤銀浪相徘徊。山分宿霧儘寬遠，雲駕高風馳送來。昇霞影色歛殘火，及物氣象明纖埃。可憐極大不知已，浮生野馬悠悠哉。

醉題信夫一作「老」方丈

鶴作精神松作筋，堦庭蘭玉一時春。願君且住三千歲，長與東坡作主人。

慎按：以上三首，施氏原本不載。據《外集》編第八卷守杭時作，今從《續補》下卷移編於此。

元祐五年十二月十二日同景文義一作「羲」伯聖途次元伯固仲蒙遊七寶寺題竹上

結根豈殊衆，修柯獨出林。孤高不可恃，歲晚霜風侵。

慎按：景文即劉季孫；聖途，張天驥字；次元，周燾字；伯固，蘇堅字；仲蒙，即錢穆父之子。義伯，無可考。此詩施氏原本失載，新刻本載《續補》下卷，題中歲月鑿然無疑，故編次於此。

熙寧中軾通守〔一〕此郡除夜直都廳〔二〕囚繫皆滿日暮不得返舍因題一詩於壁今二十年矣衰病之餘復忝郡寄再經除夜庭事蕭然三圄皆空蓋同僚之力非拙朽所致因和前篇呈公濟子侔〔三〕二通守

前詩

除日當早歸，官事乃見留。執筆對之泣，哀此繫中囚。小人營餱糧，墮網不知羞。我亦戀薄禄，因循失歸休。不須論賢愚，均是爲食謀。誰能暫縱遣，閔默愧前修。

〔一〕通守：《隋書》：「煬帝置通守，每郡各一人，位次太守。京兆、河南謂之内史。」

〔二〕都廳：《咸淳臨安志》：「杭州有通判北廳、南廳、東廳，又有都廳，在府治西。祖宗時，諸郡皆有都廳，宣和二年，懷安軍奏尚書省公相廳改作都廳，内外都廳，並行禁止，(合)以簽廳爲名，從之。」

〔三〕公濟子侔：公濟即袁轂，子侔未詳。本集前卷有《以文登白玉寄子明學士》詩，施氏原注云：「梅子明，吴郡人，自館閣求便親養，爲杭州通判云云。」子侔疑即「子明」之訛。施注謂子明當已去官，不知何據也。

今詩

山川不改舊，歲月逝不留。百年一俯仰，五勝更王囚。同僚比岑范，德業前人羞。坐令老鈍守，嘯諾獲少休。却思二十年，出處非人謀。齒髮付天公，缺壞不可修。

【校記】

一、《次韻劉景文周次元寒食同游西湖》注一引蘇顎《演義》云云，然引文整段除首句外，不見於今本《蘇氏演義》。按，此段引文見於宋黄朝英《靖康緗素雜記》卷三「婪尾」條、陶宗儀《説郛》卷二十二上「婪尾」條，引文末句「是明貪啉之意」，二書均作「足明貪啉之意」。而胡仔《苕溪漁隱叢話·前集》卷二十一因此段注明出《緗素雜記》，且末句作「是明貪啉之意」，則初白轉引自《苕溪漁隱叢話》無疑也。

二、《書劉景文所藏宗少文一筆畫》注一引《廣川畫跋》云云，誤。今本《廣川畫跋》無此引文，實引自張彦遠《歷代名畫記》卷六「宋」篇第五條。○注二引《畫繼》云云，今本《畫繼》不見此引文，而蘇軾《郭忠恕畫贊并序》有載，然文小異，「周末」作「周祖召」，「宋初改」作「國初貶」，「道卒」作「因掊地爲穴而」，「人以爲尸解」作「蓋尸解也」。

三、《參寥惠楊梅》注二引《傳燈録》云云，誤。《傳燈録》無此引文，而多見於他書，如元清茂《宗門統要續集》卷第一「城東老母」條、明瞿汝稷《指月録》卷一《七佛・釋迦牟尼佛》「城東老母」條、明黎眉《教外别傳》卷一《釋迦牟尼佛》「城東老母」條及清代多種釋典，而上述諸書均不見於初白《采輯書目》，究不知初白所引何自，姑繫於《宗門統要續集》。

四、《再和并答楊次公》注三引《傳燈録》云云，誤。此段引文不見於《傳燈録》，實轉引自覺岸《釋氏稽古略》卷四宋仁宗皇祐四年「雪竇」條。

五、《題次公蕙》注一引「黄山谷云」及《遯齋閒覽》，實均轉引自《本草綱目》卷十四《草之三》「蘭草」條「正誤」所引，文字小有異，「一幹五七」作「一幹數」。

六、《葉教授和溽字韻詩復次韻爲戲記龍井之遊》注三引本集《訥齋記》云云，誤。按，《訥齋記》乃子由作，見《欒城集》卷二十三，初白誤謂東坡也。